七叔，請多指教 3 完

風文創 684

蘇自岳 著

風文創 684

目錄

第二十四章

阿蘿一直等了四日，依然沒有蕭敬遠的消息。

聽爹的意思，不光是蕭家，就是朝廷也派出人馬前去尋找，可是根本尋不到，翻遍了燕京城外方圓百里之內，沒有任何蛛絲馬跡，蕭敬遠像是憑空消失一樣。

她剛開始心裡還存著一絲僥倖，抱著希望；後來逐漸慌亂起來，到了最後，當連自己的爹也覺得蕭敬遠這次凶多吉少的時候，她整個人幾乎快崩潰了。

她一遍遍地回想著往日和蕭敬遠相處的種種，他的每個動作、神情和每一句話；想起他說要娶她、他送她那塊刻著「蘿」字的玉，說等到洞房花燭夜，他會告訴她為什麼那塊玉上刻著一個「蘿」字。

她也許都等不到那一天，永遠都不會有了，他若真的凶多吉少，她便再也看不到他了……

想到這裡，她在極度的崩潰中，開始了挖心一般的自責，自責自己為什麼之前不趕緊嫁給他，非要等到現在，等到他出事才知道後悔？她更自責自己那一晚為什麼要讓七叔來萬壽寺，為什麼要讓他出去跟蹤外面偷聽的人？

如果他真有個三長兩短，現在她在別人眼裡只是一個和七叔無關的晚輩而已，恐怕連為他落幾滴淚都顯得太過，這樣的身分令她後悔莫及！

原本她還想著自己未必要嫁給他，畢竟蕭家對她而言是十足的夢魘，若沒有十二萬分的保障，膽小如她，怎麼敢輕易再嫁入蕭家？可是現在他人沒了，她才知道，這個人於自己有多重要……

門忽然被推開了，一個頎長的身影站立在門口逆光處，靜默地望著阿蘿的方向。阿蘿抬起頭，充盈著淚珠的眸底，映入了葉青川熟悉的身影。

「哥——」她壓抑地抿著嘴，語帶哽咽。「他死了，他是不是真的死了？」

葉青川邁步，走入室內，隨手關上門。

他走到阿蘿身邊，輕嘆了口氣，無奈地道：「阿蘿，爹今日從蕭家回來，打聽到消息，據說連蕭家人都不抱什麼希望了。」

這一句話，無異於壓死駱駝的最後一根稻草，阿蘿幾近崩潰邊緣。

她知道所謂的不抱希望，那意思就是說，要放棄繼續尋找蕭敬遠了。

「為什麼不抱希望？」她緊攥著拳頭，淚目望著葉青川。「我要去問問蕭老太太，蕭敬遠不是她的兒子嗎？便是真出了事，活要見人，死要見屍，難道就這麼不找了？」

說著，她幾乎就要衝出去，葉青川抬手一把拽住她。

「妳瘋了嗎！」葉青川清雋的眉眼變冷，語氣也嚴厲起來。「看看妳現在，像什麼樣子？一個沒嫁的閨中小姐，為了一個不相干的男人哭成這樣，妳還要去蕭家質問人家，以什麼身分、用什麼名目？妳問得出口嗎？還是說，妳要把妳和蕭敬遠的私情宣揚得天下皆知？」

阿蘿聽此言，頓時僵在那裡。

是了，她憑什麼去質問這個？她若真衝動之下跑去問，怕是第二天葉家就成了全燕京城最大的笑柄了！

她的哀傷是不能攤到陽光底下的，只能獨自飲泣，一股難以名狀的哀傷緊緊攥住她的心，只覺得每吸一口氣，都要費盡全身力氣。

「哥哥——」她被悲傷擊得幾乎無法站立，最後崩潰地撲進葉青川懷裡。「他不能死，不能死……我不要眼睜睜看著他死……」

「可是他或許已經死了。」葉青川抬手抱住懷裡哭泣的妹妹，俊美的臉上沒有神情，抿著唇，斬釘截鐵地說，眸中隱約泛起清冷的殺意。

但是現在的阿蘿自然不會注意到這些，她絕望地癱靠在自己哥哥的懷裡，泣不成聲。

「哥哥，你說的我都知道，我都懂，可是我心裡好難過、好難過……」

那種被什麼尖利冰冷之物狠狠地絞著心的滋味，太痛了，痛得她語無倫次。

葉青川修長白淨的手輕輕攥住她單薄的肩膀，擰眉，低聲道：「沒關係，過一段時日妳就會忘記了，妳只是乍聽到他的死訊，不能接受罷了。」

「可是哥哥，為什麼我覺得自己現在彷彿就要死了……」阿蘿痛苦地閉上眼睛。「我以為他沒有那麼重要，雖然我喜歡他，但是也不一定非嫁他不可……」

至少在七叔出事前，她還覺得自己可以不選擇七叔，而是選擇其他人的。於她而言，喜歡一個人又如何？她上輩子還喜歡蕭永瀚呢，但是那所謂的喜歡，到了現在回頭一看，不是很荒謬可笑？

是以重活一輩子，她要的就是好好活著，自己好好活著，家人也好好活著，活得自在舒適，至於那些虛無縹緲的情情愛愛，有最好，沒有她也可以的。

可如今絕望地趴在哥哥的懷裡，想到蕭敬遠可能就此死去，今後再也看不到他，她真的不知道自己以後的日子該怎麼煎熬？

淚眼模糊中，想到這裡，阿蘿已經是痛不欲生。

「哥，若是他死了，我也活不成了……」

她為什麼要重生？為什麼這輩子要遇上七叔？若知道將在今生嘗這心痛滋味，她寧願自己的記憶停頓在蕭家水牢的十七年裡。

葉青川感受著胸膛上的濕潤，好看的手指一點點地收緊，發出咯吱咯吱的聲響，臉色也極其難看。

「難道蕭敬遠就那麼重要？妳心裡眼裡還有沒有爹，有沒有娘？還有沒有——我這個哥哥？」

阿蘿哽咽著道：「爹娘和哥哥都好好活著，可是蕭敬遠死了……他死了，再也不會回來了……」

上蒼能給她一次重生的機會，卻不可能給她第二次，她知道自己再也見不到七叔了。

葉青川靜默了好半晌，才輕嘆了口氣。他抬起手，溫柔地抬起阿蘿的臉，低首望著那滿臉的淚水，最後終於伸出手，替她擦了擦眼淚。

「妳就這麼喜歡他，他還沒死，就為他哭成這樣？」

「他——」阿蘿咬唇。怎麼又說沒死？

「我意思是說，蕭家不抱希望了，可也沒說真的怎麼了，大批人馬還在找呢！畢竟蕭七爺在朝中的地位舉足輕重，便是蕭家不找，當今皇上都得找，太子也不會放棄的。」

活要見人、死要見屍，他們不會輕易放棄的。

「可是，不是說找不到嗎？」阿蘿癟癟嘴，含淚的眸子困惑地望著葉青川，再次有種說不出的異樣感，總覺得他說的話不太對勁。

「沒見到屍體，就說明有希望。」葉青川臉色非常難看，但是依然勉強地這麼說道。

當葉青川離開的時候，阿蘿模糊的淚眸望著他的背影，腦中有一道微弱的光一閃而過，總覺得自己遺漏了什麼。

哥哥知道她和七叔有私情，卻顯然並不喜七叔活著，不但不盼著他活著，看那樣子，倒彷彿恨不得他再也不要回來，若果如此，他該不會有什麼事瞞著她吧？他今日為何忽然說出這番話？

正呆呆地站在門邊，便見底下丫鬟過來，是來送燕窩羹的。阿蘿忙擦乾眼淚，吩咐放在几案上，便命丫鬟出去。

她端起碗來，胡亂吃了幾口，卻是食不知味，想著蕭敬遠現在生死不知，可是自己除了掉眼淚，竟是什麼都做不得，一時想起葉青川所說，不免又胡思亂想起來。想到爹今日才從蕭家回來，恐怕還有告訴哥哥什麼消息，只是哥哥不告訴她，她也不好直接問爹爹，這該怎麼辦呢？

轉念一想，她乾脆靜坐在榻邊，凝神細聽，試圖聽聽父母房中的動靜，她其實是存著僥倖。萬一爹娘討論到這件事，自己也好從中窺知一二。

誰知葉長勳和寧氏不過只閒談著裡裡外外的家事，根本不涉及蕭家一言半語，阿蘿聽得心焦，可是也沒辦法，便疲憊地躺在榻上，只盼著能聽到關於蕭敬遠的隻言片語。也不知過了多久，想是她傷心過度，實在太疲乏，竟然昏沈沈睡去。

睡著的她恍惚中作了一個夢，夢裡，蕭敬遠渾身是血地倒在一個牆角，黑髮凌亂地披散在紫袍上。

她一驚，連忙喊道：「七叔！七叔你可好？」

可是喊了半晌，她發現自己根本發不出聲音，當下急了，明明隱約中也知道自己是在夢裡，可是心裡又分外焦急，彷彿不喊醒眼前這個人，她便再也見不到他似的，當下便放開喉嚨喊起來。

「蕭敬遠，你醒醒！蕭敬遠——」

她從那噩夢中掙脫的時候，終於聽到自己好像喊出聲了。

「蕭敬遠，蕭敬遠——」一個聲音在她耳邊迴響。

可是當她徹底醒來時，才發現，確實有人說出「蕭敬遠」這個名字，只是那聲音並不是自己發出的。

是誰在談論蕭敬遠的事？

她閉上眼睛，側耳傾聽，那聲音頗為細微遙遠，並不在附近，聽起來分外費力。

她乾脆蜷縮在榻上，緊閉著雙眸，屏蔽周圍一切嘈雜的聲音，只專注地在萬千聲響中，捕捉這道聲音。

最後終於，那絲微弱的聲響從遙遠處傳來，猶如蠶絲一般，飄飄蕩蕩，進入她的耳中，被她小心翼翼地放大。

確實有一個人喊著七叔的名字，聲音中還帶著威脅，而與之相隨的是另一個聲音，男人喘息的聲音，那喘息聲頗為沈重緩慢，像是在負重中艱難前行。

阿蘿一個激靈，興奮和激動從腳底板往上，直竄向全身各處。儘管那喘息聲遙遠微弱，可是她依然感覺熟悉。

那是蕭敬遠的聲音！

他還活著，不但活著，而且人就在燕京城裡的某個地方！

她噌地一下跳起來就要往外衝，可是衝到一半，卻又頓住。

蕭敬遠呼吸如此沈重，看樣子是受傷了，到底是誰有這種本事囚禁他這樣的人？她貿然衝過去，怕是也救不了他，合該找個幫手一起去救才是。

該找誰幫忙呢？阿蘿第一想到的自然是蕭家的人，只是轉念間，她又一想，以蕭敬遠的功夫來說，不應會輕易落難，這次會如此，難保不是什麼人設了圈套。想起自己上輩子在蕭家吃的大虧，她不免猶豫了。

蕭家的人就可信嗎？萬一她恰好自投羅網，找上了那個不能相信的人呢？

就這麼掙扎了半晌，抬頭間，恰見南牆根底下的花圃旁，葉青越正在那裡揮舞拳頭比劃著。最近一、兩年，因爹看出他喜武不喜文，便也著意培養，如今別看年紀小，已經小有所成，甚至連爹手下的副將和他比試，都要稍遜一籌。

阿蘿見此，眼前一亮。

她想自己去探查蕭敬遠的下落，若是真的找到了，再定奪也不遲。

如今倒是不妨請弟弟一起前往，既能有個照應，萬一被發現了，也不會引人注意。當然最關鍵的是，青越小小年紀，功夫卻已經不是尋常人能比的；再說了，弟弟一向聽她的話，也會為她保密的。

打定了主意，她便推開窗，向南牆根底下的葉青越招手。葉青越正在那裡嘿唷嘿唷練武呢，聽到她的聲音，便擦了擦汗跑過來。

「姊，有事？」

阿蘿笑了笑，示意他進來，又命他關上門。

葉青越納悶地道：「這麼神秘兮兮的？」

阿蘿嘆息。「青越，有個事需要你幫忙，只是或許有點冒險。」

葉青越聽到這話，頓時精神一抖擻，眼睛都亮了。「姊，妳說吧，是要殺人，還是放火？」

阿蘿聽他這話，頓時無奈。「呸，這是說什麼話，你小小年紀的能殺得了誰，又能去誰家放火！」

葉青越見姊姊言語中多有不屑，便抬起胳膊來，握了握拳頭，向姊姊展示了下自己的力道。

「姊，妳也太看不起我了，遠的不說，只說蕭家吧，也算是武將之後，可是那一家子，從蕭永瀚到蕭永澤，哪個是我對手？還不是一個個被我打得落花流水！」

阿蘿原本心裡還有些忐忑，如今聽他這話，總算放心了，面上卻故意笑道：「別人不過是看你小，讓著你罷了。」

葉青越最不愛聽這話了，以至於聽到這話他幾乎蹦起來。「姊，幸虧妳是我姊，不然我和妳急！就連咱爹都說了，再過兩年他都未必是我對手，他說我是武學奇才！」

阿蘿放心地點點頭，拉住他的手，小聲道：「好，我信你，現在有件事，我想讓你陪我一起去。不過，你千千萬萬不能告訴別人。」

「姊，妳就直說吧，什麼事？」葉青越瞇著眼睛笑，笑得充滿期待。

他終於能去幹點驚天動地的大事了嗎？一戰成名的機會到了？

阿蘿在葉青越的陪同下，離開葉家，乘坐上一輛不起眼的馬車。

一路上，她靠在馬車壁上，越過那陣陣馬蹄聲，去分辨著遠處蕭敬遠的呼吸聲。

因為她已經尋找到那根似有若無，彷彿蠶絲一般的聲線，以至於現在輕而易舉就能指出方向，一邊這麼細聽著那邊的動靜，一邊吩咐車夫前行。

旁邊的葉青越只知道要去找人，可是不知道去找誰？他這種年紀，正是好奇心最強的時候，自然會問阿蘿，阿蘿只道：「到時候你就知道了。」

葉青越沒辦法，只好摩拳擦掌，又伸伸腿腳，準備來一場轟轟烈烈的殊死搏鬥。

馬車拐過一條又一條街道。終於，那聲響越來越清晰了，阿蘿不自覺地握著拳，整個人也緊繃起來。

最後他們來到了一處，是一條尋常的巷子，並無任何出奇，甚至連青石板路都沒有鋪，從外頭來往之人的衣著打扮看來，這裡出入的都是尋常苦力。

葉青越頗有些失望。「就是這裡？」

這什麼破爛的一個地方，能有什麼驚天動地的大事發生？說好的幹出一番大事業，遇到一個絕世高手呢？

阿蘿瞪了葉青越一眼。「之前不是說好了嗎？不要問，少說話。」

葉青越聽此，無奈地摸了摸腦袋。

「罷了，我不問。妳只說，接下來要我做什麼？」

阿蘿起身，牽著他的手道：「隨我進去，我們去看看。」

當下姊弟二人下了馬車，進了那巷子，越往裡面走，阿蘿越聽得真切——蕭敬遠就在前面了！

沒多久，阿蘿停在一戶人家門前，那戶的大門分外破舊，木門上紅漆斑駁，就連門鎖都不見了。她仔細地傾聽著裡面的動靜，可是卻只能聽到蕭敬遠的呼吸聲，其他人的，一概沒有。

她不免疑惑了。按理說，七叔被囚禁在這裡，應該有人把守才是，可為什麼現在竟然除了七叔外，一個人都沒有？是有什麼陰謀埋伏嗎？

可是，又能有什麼陰謀呢？就算有埋伏，也應該有人守在這裡才對啊。

阿蘿停站在門前不動，旁邊的葉青越有些按捺不住了。「姊，就是這裡嗎？咱們衝進去吧！」

阿蘿咬咬唇。「會不會有問題？」她聽到了七叔的聲音，也想立即衝進去找他，可是眼下的情景實在太匪夷所思了。

葉青越已經被「來一場轟轟烈烈的大戰」的渴望衝昏了頭，果斷地道：「能有什麼問題呢！再說了，這不是有我嗎？」

阿蘿想想也是，點頭道：「好，咱們進去——」

話還沒說完呢，葉青越已經抬起腳來，直接踢了過去，卻見半扇破舊的大門就這麼直直地飛起，然後劇烈地撞到迎門牆上，發出噼哩啪啦的聲響，最後落在地上，四分五裂，成了木屑。

阿蘿雖然知道自己的弟弟功夫了得，可是沒想到他竟然力氣這麼大，當下也微吃了一驚。

「裡面的人，有種你出來！」葉青越踢飛了門後，便朝裡面叫陣。

阿蘿擰眉。「裡面並沒有人。」

只有蕭敬遠。

這下子葉青越也納悶了，他側耳聽了聽，儘管他的耳力是絕對不可能和阿蘿比的，可到底是練武之人，當下他也聽出來了。

「裡面好像有個人受了重傷？」他望了姊姊一眼。「進去看看？」

阿蘿有些迫不及待想見到蕭敬遠，連忙點頭。

於是姊弟二人手牽著手，走進了院子。

待到進去，這才發現，裡面果然沒什麼古怪，不過是再尋常不過的普通小院。

阿蘿心裡急，連忙跑過去推開房間的大門，咯吱一聲響後，她便看到了躺在角落的男人。

他竟和自己夢中的一般無二，半身都是血，烏黑的頭髮濕漉漉地黏在紫色的袍子上。

阿蘿瞪大眼睛，有些不敢相信地望著這男人。

一直以來，她見到的都是他體面的模樣，高高大大地立著，穿著貴氣講究，威儀天生。她也一直以為，他就是這樣的人，永遠都是這模樣。

以至於她會覺得，無論什麼事，他都是可以為自己做到的、無所不能的。

可是現在，她看到他虛弱地倒在那裡，渾身是傷。

「姊，這、這不是——」葉青越也看傻了眼。他以為闖進來後，會遇到點什麼特別的事，誰知道，卻看到了身受重傷的蕭敬遠——蕭家那個最出色的蕭七爺。「這不是蕭七爺嗎……」

當葉青越結結巴巴地終於說出「蕭七爺」這幾個字時，他愣在了那裡，因為他看到自己的姊姊，已經不顧一切地撲到蕭七爺身上，抱住他，痛哭失聲。

「姊姊，妳……」他瞪大晶亮的眼睛，幾乎不知道說什麼好了。

蕭敬遠蕭七爺，那、那不是年紀很大很大了嗎，姊姊為什麼會抱著他哭哭啼啼的？

而阿蘿此時根本顧不上弟弟怎麼想了，她幾乎是跪在那裡，捧住蕭敬遠那張沾了血的剛硬臉龐，心疼地喚道：「七叔，你醒醒，你沒事吧？」

她拂去他沾了血的髮絲，露出他的鼻子和眼睛，又哆嗦著用手去試探他的鼻息。

蕭敬遠從疼痛中醒來，便聽到一個姑娘的聲音，悽惶心痛地喚著自己的名字，那聲音，像是阿蘿。

他皺了皺眉，艱難地發出一聲呻吟，努力匯聚起僅有的一絲力氣，睜開沈重的眼皮，映入眼底的，是一雙淚汪汪的眼睛，正心痛地望著自己。

「阿……阿蘿？」

阿蘿看他睜開眼來，先是一喜，接著又看那眼睛布滿紅血絲，想著他必然受了許多許多的苦楚，心疼得眼淚啪啪地往下掉，摟住他的胳膊哭道：「七叔，你若真出了事，我也不會獨活的！」

「阿蘿，我沒事。」蕭敬遠咬咬牙，試圖坐起來。

阿蘿連忙扶他，只可惜蕭敬遠太重了，她沒什麼力氣，以至於險些和蕭敬遠一起栽倒在地。幸好旁邊的葉青越終究看不過去，從原本的震驚中恢復過來，好心地上前扶了一把。

「姊，妳得告訴我這到底怎麼回事，我現在腦袋裡都是霧水。」他開始絮叨起來。

阿蘿此時哪裡顧得上搭理他，一邊費勁地架著蕭敬遠的胳膊，一邊吩咐他：「你趕緊去把馬車叫來，趁著這裡沒人，咱們得快把他帶走！」

「可是妳還沒告訴我，這到底怎麼回事？」葉青越追問。

為什麼姊姊會知道蕭敬遠在這裡？為什麼姊姊說蕭敬遠死了她也不獨活？

她她她，她和蕭敬遠是什麼關係？

「去！趕緊去叫馬車啊！他的傷勢耽擱不得！」阿蘿帶著哭腔大吼一聲。

葉青越嚇了一跳，看看淚眼婆娑的姊姊，再看看虛弱重傷的蕭敬遠，終於麻溜地往外跑，叫馬車去了。

葉青越現在非常不自在。

儘管他是個武學小天才，可他還是個孩子啊，為什麼要讓他這樣，和一對私定終身的男女擠在馬車廂裡？

他想躲，可是想到自己這樣一個男子漢還得保護姊姊，只能忍受著一切不舒服，堅定地坐在馬車裡，繼續看他家姊姊和那位蕭家「長輩」在那裡卿卿我我。

此時他家姊姊正含淚抱著那身受重傷的蕭七爺，泣不成聲地道：「七叔，我明日就嫁你，我馬上就嫁你！」

虛弱的蕭七爺還沒來得及說什麼，就見他家姊姊又來了一句：「七叔……若你有個好歹，我也絕不獨活，今生今世，我只為你而活！」
阿蘿此言，言辭懇切、情深義重，然而聽在旁邊的葉青越耳中，卻是目瞪口呆、臉頰發燙、羞愧不已。

姊姊啊姊姊，這是他的姊姊嗎？怎麼可以說出如此大膽的話？太太太……太不知羞恥了啊！

他抬起手，摀住了臉，真不想承認這人是他姊姊。

蕭敬遠靠在阿蘿的腿上，疲憊地睜開眸子，冷汗順著臉頰往下流。他定定地凝視著上方那雙哭花的臉，艱難地笑了，費勁地抬起大手想替她擦眼淚，只是最後手還是無力地垂下。

「我……我沒事。」

他越是說沒事，阿蘿越心疼。

他的嗓子都啞了，身上也都是血，不知道受了多少罪。

阿蘿的眼淚再次噼哩啪啦地往下落，落在蕭敬遠臉上，打濕了他的鬢髮。

「阿蘿……等我好了，我就去……去提親……」蕭敬遠凝視著上方那個嬌美的人兒，疲憊地笑著道。

旁邊的葉青越從指縫裡看到此情此景，不由長嘆了口氣。

唯一慶幸的是，他家姊姊不是剃頭擔子一頭熱，好歹這蕭七爺看著對他姊姊也是有意的，還好還好。

正這麼想著，他忽然記起一件重要的事。

「姊，咱現在去哪兒啊？」

帶著個重傷的大活人，總不能就這麼回家去啊，怕是爹娘看到蕭敬遠和姊姊的這副樣子，不是氣死，就是嚇死。

葉青越這麼一問，阿蘿才想到這個問題，她愣了下，這才低頭問蕭敬遠。

「七叔，我們現在去哪兒啊？」她的聲音分外輕柔，彷彿抱在懷裡的蕭敬遠是個脆弱的小娃兒。

蕭敬遠有些費力地道：「去……太子府。」

阿蘿聽此，頓時明白了。蕭家和葉家都不能回，太子倒是個好人選，他和蕭敬遠是莫逆之交，定會護他周全。

當下她抬頭，直接吩咐葉青越道：「聽到了吧，去太子府！」

葉青越難得見阿蘿這麼說話，倒是一愣，不免心裡嘀咕。怎麼和那蕭七爺說話像是親娘，和他說話一臉後母樣？

不過此時此刻他也不好計較這個，連忙吩咐車夫趕往太子府。

劉昕這幾日也沒睡好，為了找蕭敬遠，他甚至向父皇調了守城人馬，搜遍了燕京城內外，只可惜依然一無所獲。

此時忽聽說外面葉家小少爺葉青越求見，本就疑惑，不過看在阿蘿的面子，他自然趕緊見了。

這一見之下，大吃一驚，蕭敬遠傷勢頗重，且中了很陰損的毒，當下不敢耽擱，連忙命人偷偷進宮，請了素日相熟的太醫前來診治。

好在這位太醫醫術高明，那毒雖陰損，卻不難治，當下先解毒，再治傷。過了兩個時辰，太醫總算擦了擦汗，長吁一口氣，出來對外面等著的劉昕道：「命人小心伺候著，待到四、五個時辰後醒來了，再把湯藥按時服下，應無大礙。」

劉昕聽太醫此言，也是鬆了口氣。送走了太醫，又請出了躲在屏風後面的葉青越和阿蘿。

「這下好了，妳不用哭哭啼啼的了。」

劉昕也是無奈，這位阿蘿姑娘從一進來，她那眼淚彷彿就沒止住過。

他是最不喜歡女人的眼淚的，若是他家女人哭，他早命人趕出去了。只可惜，這是蕭敬遠心心念念、捧在手心裡的女人，他不敢趕……

阿蘿擦擦眼淚，躬身誠懇地道：「謝太子。」

劉昕揮揮手，嘆了口氣。「妳還是和我說說，到底怎麼找到他的，這到底是怎麼一回事？」

他不知派了多少人馬把燕京城內外都翻遍了，依然尋不到蕭敬遠，結果竟然被一個弱女子和一個乳臭未乾的小孩兒帶來，這事也忒蹊蹺。

阿蘿找上劉昕的時候，也知道這件事躲不過，必然得說清楚，當下便將早已想好的理由說了一遍。

她說完，劉昕目瞪口呆，葉青越一臉黑線。

「這……作夢夢到的？」劉昕不敢得罪蕭敬遠的女人，委婉地再確認是不是自己聽錯了？

「姊——」葉青越無語，心想姊姊啊姊姊，妳能編個像樣一點的說法嗎？

阿蘿鄭重其事地點頭。「對，我就是作夢夢到的。」

劉昕和葉青越面面相覷，最後還是葉青越覺得沒臉，忍不住開口補充，為阿蘿打個圓場。「呃……今日我在園子裡練武，正在午睡的家姊忽然驚醒，把我叫去，說要去找蕭七爺。我們一路尋去，就這樣找著了人，如此看來，還真可能是作夢得到了線索。」

劉昕默了片刻，看看阿蘿，一時不知該接什麼話，最後緩緩地開口。「呃……不管如何，現在敬遠人找到了，身上的傷暫無大礙，也脫離了危險，那就好了。只是，我得讓人去通知蕭家一聲，以免他們擔心。不過也得給個說法，這作夢尋人一說，可能會讓人越聽越疑惑，有些不好交代。這樣吧，就當是我手下人馬尋到人的，如何？」

阿蘿自然沒意見，連忙點頭，此事就這麼達成共識。只不過，她想起上輩子種種，不知怎的，終究對蕭家的人不太放心，仍是一臉擔憂樣。

劉昕看出她的心事，安慰地笑了笑，低聲道：「阿蘿姑娘放心，既然說是我找到的人，現今敬遠又受了重傷，他不恢復好了，我是絕不會放他離開的。普天之下，除了父皇，還沒有人能從我府中要人。」

片刻後，蕭家來人了，來的是蕭敬遠的三個兄弟，蕭家老大、蕭家老二、蕭家老三，還有姪兒蕭永澤、蕭永瀚，足以看出蕭家對此事的重視，巴不得全家都來了。

劉昕領著眾人進入內室看蕭敬遠的傷勢；與此同時，阿蘿躲在外頭，隔著一層紗簾，也關注著床上的男人。

卻見男人緊閉著雙眸，虛弱地躺在榻上。因為瘦了的緣故，他那剛硬的臉龐顯得骨頭略顯突兀，有了幾分瘦骨嶙峋之感，而下巴也有青色鬍碴冒出。

輕嘆了口氣，她不禁想著自己真是做錯了，其實若真信他愛著自己，自己便該義無反顧才是。

任憑蕭家是龍潭虎穴，因有他，她便願意將自己性命交與他手，拿這一生這一世來賭。

傍晚離開太子府之後，回家的路上，阿蘿對葉青越千叮嚀、萬囑咐，要他萬萬不能把這事透露給爹娘知道。

「若是他們知道，必然生我的氣，到時還不知道要怎麼收場呢。」

葉青越自然是懂的，他能不懂嗎？

「姊，妳放心，爹娘那裡我自然不敢亂說，要不然挨打的還是我。」爹娘生氣的話，頂多是罰姊姊閉門思過，可是他免不了皮肉之痛。

阿蘿點頭，想了想，又道：「還有哥哥那裡，也不能說。」

葉青越聽此，詫異了下，不過他並沒有多問，聽話地點頭。

阿蘿感激地伸手摸了摸他的頭髮。「謝謝你，青越，你如今真是越來越懂事了。」

這一句話，倒是把葉青越說成了個大紅臉。

「其實……我一直都挺懂事的。」磕磕巴巴的，他來了這麼一句，這倒是把阿蘿逗笑了。

兩人很快回到家中，一進大門，迎面葉青川恰好在兩個侍從的陪同下走過來，葉青越看到他，連忙打招呼，可是葉青川卻沒搭理。

阿蘿疑惑地抬頭望向葉青川，誰知道，葉青川也恰好「看」向自己。

四目相對，阿蘿探究地看著他，葉青川彷彿有所感，對著阿蘿默了好半晌，最後綻開一個輕淡而無奈的笑意。

他抬起手，示意讓阿蘿看。

阿蘿這個時候才發現，他手裡提著一個紙包。

「回來啦！喏，今日忽然想起妳小時候最喜歡吃望月樓的醉子雞，便讓人上街去買了，晚膳時正好加菜。」

他這話一出，阿蘿猛然想起，在那隔了兩輩子的久遠日子裡，在她還很小很小、圍在老祖宗膝蓋下轉悠的時候，她喜歡吃望月樓的醉子雞。

只不過老祖宗說，那個不該給小孩子吃，不讓她吃，為此她還哭過鼻子。

再次抬起頭望向哥哥，卻見傍晚的夕陽照在他那張俊雅的面龐上，恍若塗上一層淡金，這使得他看上去更不似這世間俗人。

他含著溫煦的笑，望向自己的方向，那恰是小時候最疼愛自己的哥哥的模樣，一點也沒變。

這一瞬間，縈繞在心頭的絲絲懷疑頓時煙消雲散了。

在這世間，她懷疑任何人也不該懷疑他啊！

「哇！有好吃的，謝謝哥哥！來來來，我快幫忙把醉子雞拿到廚房去。」

阿蘿都還沒回話，孩子氣的葉青越在一旁開心地喊出來，迫不及待地拿了葉青川手中的紙包就往廚房衝去，葉青川和阿蘿都被惹笑了。

多虧有葉青越的陪伴，回到家之後，葉長勳夫婦並沒有對阿蘿白日的去處多問什麼。

阿蘿再三叮囑葉青越不可洩漏半分，葉青越自然聽話，可是阿蘿依舊感到些許不安。儘管覺得哥哥沒什麼好懷疑的，可是內心總怕哥哥過來問她什麼，哥哥太聰明了，像是什麼事都瞞不過他，若他開口問了，她也不敢瞞著他。

不過好在，葉青川彷彿完全不在意蕭敬遠這件事，自此之後，竟是再沒提過。

阿蘿暗自鬆了口氣，之後便小心翼翼地關注著蕭敬遠那邊的動靜。

葉青越年幼，又對她這個姊姊頗為仗義，自告奮勇，願意每日去太子府打聽消息，有了消息便回來告訴阿蘿，竟成了個鴻雁，來回傳書。

就這麼過了一段時日，蕭敬遠傷勢恢復了一些，就此離開太子府，回去蕭家了，至於失蹤的事，也慢慢平息下來。

這件事出乎意料的收穫便是，因葉青越常往太子府跑，一來二去的，和劉昕混熟了。劉昕喜他小小年紀，功夫了得，又是個鬼靈精，便收他在府中做了侍衛長。

這是個肥缺，誰都知道，太子以後是要登金鑾寶殿的人物，太子府的侍衛長將來前途不可限量，況且他還是這麼小的年紀。

這件事稟到皇上跟前，皇上只覺得太子胡鬧，不過想想也沒駁回，還真就批了。一時之間，七歲太子府侍衛長傳為美談。

蕭敬遠這幾日身子逐漸好轉，已經能下床走動，甚至來到院中和姪子過個幾招。

這一日外面日頭溫煦，他身穿一件水洗藍家常便服，斜靠在榻前，隨意翻著一本線裝泛黃的書，陽光透過窗櫺照射進來，那張剛硬的臉龐在明暗光線切割下，越發稜角分明。

蕭老太太在幾個兒媳婦的簇擁下，來到蕭敬遠的聽茗軒，邁上臺階走進來時正好見到此般情景。

「娘，您要過來怎麼事先不說一聲，我好去接您？」蕭敬遠當下就要抬腿下榻。

「快坐快坐，不用起來……」

蕭老太太素日最擔心的就是這個小兒子，可拿他最莫可奈何的也是這個小兒子。

如今他莫名身受重傷，險些喪了性命，蕭老太太自是越發心疼，看得比那剛出生沒多久的重孫子都要金貴，恨不得把各樣補品都灌到他嘴裡，也恨不得日日過來親自看看。

蕭敬遠這邊剛下榻一隻腳，就被蕭老太太阻攔，接下來自然如往常一樣地噓寒問暖，諸如昨夜睡得如何、藥是否按時吃了、今日做了什麼、看了什麼。

蕭敬遠比起幾個嫂子，更是無奈。

他一向是個有主意的，自七、八歲後，再不需要娘操心的，不承想這麼大年紀，忽然像個小孩子一樣日日被盯著。

正想著，忽聽得蕭老太太道：「妳們回去要告知各房，可都聽到了？」

幾個媳婦齊齊遵命稱是。

蕭敬遠擰眉，想著自己一時走神，不知錯過了什麼話？

誰知蕭老太太轉過頭來，滿臉慈祥地道：「敬遠，我已經吩咐下去，讓各房的小子不許來叨擾你，免得打擾了你歇息。」

蕭敬遠一聽，頓時皺眉。

他身體如今已經好轉，有幾個姪子過來陪著他練練手，算是養病期間唯一的樂趣，竟然連這都沒有了？

蕭老太太絲毫不覺得有什麼，繼續叮囑道：「你啊，從小便是太聰明能幹了，年紀小小，跟個小大人似的，我說什麼你也不聽，這般年紀連個媳婦都沒有！你說這次你受傷，若是房裡有個人伺候著，我何必操這麼多心？」

她這話，倒是觸動了蕭敬遠的心事。他抬眸，順勢道：「娘說得是。」

說得是？

蕭老太太一愣，幾乎以為自己聽錯了。「什麼？」

蕭敬遠恭敬地道：「我是說，娘說得有理。」

啊？

蕭老太太這下子徹底說不出話來了，左看右看，這確實是自己兒子，不敢相信地道：

「那，那你意思是？」

一直拿這個兒子莫可奈何，蕭老太太聽到這話根本傻了。

蕭敬遠垂眸，想起那日抱著自己淚如雨下的阿蘿。

他是見過她哭的，那麼一個嬌氣包，遇到事就愛哭。她哭的樣子每次都不同，有時是委屈地哭，有時是無奈地哭，甚至有時候根本是裝哭撒嬌。

可是像救他那一日哭得如此傷心絕望，絕望到彷彿天崩地裂的模樣，卻是他第一次見到。

以前也約莫知道，她對嫁給自己這事有種種顧忌，心裡根本留著許多後路，這也使他總覺得不踏實。可是這一次，當看著她清澈眼眸中濃重的悲哀和絕望時，他終於知道，或許連她自己都沒意識到，她對他是怎麼樣的在意。

情如春雨，細細綿綿，無聲無息，不曾察覺，潛入人心，待到知時，已是入膏肓，再不能醫。

「娘，敬遠對燕京城一位姑娘仰慕已久，望娘為敬遠登門提親。」

蕭敬遠下榻，微垂首，恭敬而認真地這麼道。

這話一出，蕭老太太險些站立不穩，直接栽倒在那裡，幸好旁邊的大兒媳婦扶住了她。

蕭老太太一臉發懵地望著自己兒子。「你、你、你剛才說什麼？」

蕭敬遠只好再次重複一遍自己的話。「兒敬遠請娘為敬遠提親。」

蕭老太太第二次聽這話，依然有些不知如何是好，竟然求助地望向幾個兒媳婦。「這是？」

旁邊蕭家大嫂、二嫂、三嫂等，一個個都笑得嘴角合不攏了，最後還是大嫂喜不自禁地開口道：「娘，敬遠這是想娶親了，要娘親自登門提親啊！」

「是啊，恭喜娘，可算是了了這一樁心事了！」

「這下子，娘再不必操心七弟了！」

蕭家媳婦們七嘴八舌地圍著恭喜，蕭老太太總算醒悟過來，醒悟過來的她，嘴也慢慢咧開一個笑。

「敬、敬遠……快說，你看中了哪家姑娘？無論是誰，便是天上的仙女，娘也定為你求娶來！」

蕭敬遠知道自己提出這話很突然，也是怕她驚到，反而傷了身體，當下扶著人坐下，又親自取了茶水奉上，才慢條斯理地道：「是葉家的姑娘。」

葉家姑娘？

在場的蕭老太太並眾媳婦，一個個臉上都透出茫然之色，片刻之後，終於有蕭家二媳婦發出一聲「呀」。

「可、可是葉家的阿蘿？」她驚訝地望向她的妯娌——蕭家三媳婦。「就是永澤心心念念的那個？」

其實屋裡的諸位，不光是她反應過來，其他人自然也想到了。就是那位老太太一直喜歡、本想撮合她和永瀚，而永澤想求娶卻未成的、那位葉家堪比天上仙女下凡的葉家三姑娘——葉青蘿！

蕭家二媳婦的話一出口，蕭家三媳婦尷尬了，忙笑道：「既是七叔看中的姑娘，老太太自去求娶就是，永澤那、那是沒定性的……」

話說到一半，她不知這該怎麼接下去了。

雖說侯門之家，林子大了什麼鳥都有，可是姪子看中一個女人，叔叔也看中同一個，還被當場挑明了說，這還真是頭一遭，誰能不尷尬？

蕭家大媳婦見此，想起之前老太太還要撮合永瀚和那位阿蘿姑娘，當下也連忙含笑表態。「我就說，那位阿蘿姑娘實在是好相貌，咱們蕭家這群小子沒一個能配上的，還想著不知道花落誰家，原來在七叔這裡等著。若論起來，七叔儀表堂堂，和那位阿蘿姑娘真真是天生一對，地設一雙。」

她這是會說話，一番話下來，體面又周到，滴水不漏，說得旁邊幾個媳婦紛紛點頭。

「是是是，還是大嫂說得對！」

蕭老太太此時卻是沒什麼笑模樣，望著自己兒子，左看看，右看看，過了好半晌也不說話。

這下子，大家都有些愣了，彼此妳看看我，我看看妳，不好說話了。

老太太……這是什麼意思？不同意？

誰知道正忐忑著，就聽見蕭老太太長長地唸了一句佛號——

「阿彌陀佛，你這傻兒子可算是開竅了！」
眾人聽此，微怔過之後，都不由笑出來。
燕京城裡，敢說蕭七爺傻的，也只有這個當娘的了吧……

第二十五章

阿蘿這幾日也是坐臥不安。

自從蕭敬遠被接回蕭府後，一直沒有什麼消息，她雖心裡想著蕭敬遠身子已大好，況且到底是自己家，不會有什麼事，可心裡終究不放心，以至於這幾日不能安眠。晚間作夢，竟然幾次又回到那水牢的暗黑時候，醒來後冷汗直流。

因為此，面色自然不好。她怕被父母知曉，憑空生了事端，是以便用脂粉敷面以掩飾。誰承想，這事瞞得過別人，卻瞞不過一個，那便是和阿蘿同住西廂房的馮啟月。

馮啟月察覺此事，心中多少有所感。

她長阿蘿一歲，又曾訂過親，自然知曉女兒家諸般心事，一眼看出，只是心中暗笑，故作不知罷了。

這一日晌午時分，阿蘿、馮啟月等都陪著馮姨母並寧氏在屋裡，寧氏收拾往日出嫁時的嫁妝頭面，一樣樣拿出來看，姊妹兩個看著這些舊物，不免想起往日在閨中諸般情景，自然不免嘆息不已。

「當年我和妳娘，就像妳和阿蘿這般年紀，那會子沒心沒肺的，只以為這般好光陰會天長地久，也不曾想過自己將來如何。誰承想，轉眼間，妳們都這麼大了。」

馮姨母也是感慨。「是、是，轉眼間就老了，再不是過去了。」

馮啟月聽此，眼眸流轉，看了阿蘿一眼。

阿蘿莫名，毫不客氣地回看她。

馮啟月微微皺眉，便嗟嘆一聲。「從我幼時，娘便時常提起三姨母，說三姨母如何疼我。記得我年幼時，三姨母還給我作畫，那幅畫我一直留著，每每看到那畫，想起三姨母，心中便覺萬般思念。如今能來到燕京城，伺候在三姨母身邊，我真的好開心啊。」

她溫聲軟語的，自然聽得寧氏頗為喜歡，感動地抬手摸了摸馮啟月的鬢髮，安撫道：「妳這孩子，打小就懂事，可不似阿蘿那般沒心沒肺。」

馮啟月得寧氏如此憐惜，竟然就勢半靠在她懷中。

「三姨母，如今啟月大了，您再給我畫一幅畫像如何？」

阿蘿見此情景，心中不忿，便也蹭過去道：「娘，您若是要畫，好歹也給女兒畫一幅，您都沒有給我畫過呢！」

馮啟月聞言，在寧氏懷中抬起眸子，淡笑了下，口中卻略顯驚訝地道：「三姨母還未曾給阿蘿畫過畫像？」

旁邊馮姨母見此頗有些尷尬，忙笑道：「妳們姊妹啊，明明年紀不小了，竟然還為這點子小事爭風吃醋的，妳們還以為這是搶糖呢？」

寧氏無奈地笑了笑，卻對阿蘿道：「一幅畫像，妳也爭搶，值得什麼要緊。妳姊姊遠來是客，便是給她先畫一幅又如何？」

馮啟月聽寧氏這麼說，那眉眼便掃了下阿蘿，那其中多少帶著幾分得意。

阿蘿頓時無語，心想，這人自以為是她娘的女兒，便來爭搶，以為她會受這種氣嗎？她可不是以前那傻乎乎的小孩子，只能乾憋著。

於是她直截了當地噘嘴，帶著撒嬌意味地道：「姨母和娘是親姊妹，我和啟月姊姊也是親親的好姊妹，既然是好姊妹，哪裡需要客氣？啟月表姊比我大，難道不該讓我？」

她這話，實在太失禮了，若是別人說來，自然有些失了分寸。不過阿蘿這年紀，又透著一股子靈氣，說起話來帶著一股孩子氣的軟糯，是以這話聽在寧氏和馮姨母耳中，非但不覺得失禮，反而覺得她只是在撒嬌而已，令馮姨母和寧氏啞然失笑。

寧氏笑著搖頭。「這孩子，實在被我寵壞了！」

話雖這麼說，那語氣卻不知道多少包容。

馮姨母也是笑著摩挲了下阿蘿的腦袋。「妳這孩子，小嘴啪啪倒是挺能說道理。也是，妳姊姊就該讓著妳，阿蘿年紀小，不能受欺負。」

局面頓時反轉，阿蘿得意地吐了吐舌頭，旁邊的馮啟月偷偷望了眼寧氏，看著她眉眼間洋溢的慈愛，眸底一片黯然。

小姊妹二人暗潮湧動，寧氏和馮姨母兩姊妹卻根本沒當回事，兩人一邊收拾著，一邊閒話家常，卻是說起兩個孩子的婚事來。

「前幾日，幾個素日交好的夫人見過啟月，說是頗滿意，只說回去看看孩子的意思，若那邊沒意見，便想著登門求娶。」寧氏對馮姨母笑道：「不過也要看姊姊和啟月的意思，總是要讓姊姊和孩子都滿意才是，畢竟婚姻是大事，關係到一輩子的。」

馮姨母聽著，真是喜出望外，連連點頭。

「既是妳幫著挑的，我哪有不放心的道理？至於啟月，她小孩子家懂什麼，自然都聽妳的安排。」

這邊正說著，就見一個丫鬟過來稟報，卻是說：「夫人，剛才二門外傳來消息，說是蕭家老太太親自登門過來拜訪，馬上就要到咱家門外了。」

寧氏聽了這話，倒是吃驚不小。

要知道，蕭家本就是燕京城數一數二的人家，自新皇登基，蕭家兒郎又有從龍之功，特別是那蕭七爺，更是深受天子倚重，和皇太子為莫逆之交，燕京城裡誰人不知、哪個不曉，至此蕭家地位又和以前不同。

至於這位蕭老太太，更是地位尊崇，別說尋常侯門夫人，就連皇后見了都要看她幾分面子的。

她如今年紀大了，不怎麼愛出門，往常只有別人拜會她，沒有她拜會別人的道理，怎麼會突然前來拜會她這個晚輩？

寧氏不免有些惶恐，仔細一想，最近也沒和蕭家有什麼交道，實在不懂，偏偏葉長勳並不在家中，竟然連個商量的人都沒有。

馮姨母見她這般遲疑，便問道：「這位蕭老太太，可是威遠侯府的蕭家老祖宗？」

寧氏嘆息。「正是，突然之間登門造訪，不知是有什麼事……想想終究心中不安。」

阿蘿聽此，也覺得納罕。

難道那蕭老太太知道自己救了蕭敬遠的事？可是就算她心存感激，也不用這麼突然上門啊；還是說她對誰有何不滿，前來興師問罪？可應該也沒人敢得罪她啊！

寧氏這邊也是一頭霧水，可是沒辦法，只好匆忙間命底下人收拾花廳，備下茶水點心，她又簡單梳妝並換了衣裙，過去待客。

阿蘿回到自己房中，越想這事越覺得不對勁，坐立不安之下，便要施展自己的耳力聽聽，看看這蕭老太太突然造訪到底是要做什麼？

誰知她耳朵剛支起來，就聽到有個嬤嬤滿心歡喜地道：「剛才前頭丫鬟偷聽到了，竟然是來提親的！大喜事啊！」

提親？

阿蘿有些發懵，想起之前自己抱著蕭敬遠時，蕭敬遠所說的話，便從那片茫然中漸漸地生出絲絲喜悅，絲絲喜悅逐漸擴大，連成片，漫過心海，綿延到渾身每一處，最後她整個人都沈浸在一片甜蜜和興奮中。

蕭敬遠讓他娘來提親了啊……

向她提親……

她美滋滋地抿起唇，喜得眯起眸子，一時不知道如何是好？

不知道爹娘怎麼想，娘會答應嗎？爹會答應嗎？哥哥會生氣嗎？

哎呀呀，不管他們怎麼想，反正蕭敬遠她是嫁定了的！

誰知正這麼想著，又一個難掩興奮的聲音傳入耳中——

「給啟月提親？是替蕭家哪位提的？」

阿蘿一愣，頓時傻眼了。

這是馮姨母的聲音，她說蕭母是來給啟月提親的？

她弄錯了？

「這可就不知道了，那丫頭沒聽到，不過姨太太，您放心就是，不管是替哪位提親，左右是蕭家兒郎，蕭家那是什麼人家，他家兒郎每個都……」

後面的話，阿蘿不想去聽了，也完全聽不到了。

她腦子裡濛濛的，一片漿糊。

給啟月提親？啟月也要嫁到蕭家去？

七叔那一輩，只剩下他一個沒成親了，總不會是替七叔提親的。可如果是替七叔的姪子提親的話，那更糟糕！

總不能啟月這個當表姊的去嫁姪子，她去嫁叔叔吧？

啟月真嫁了，那她的婚事怎麼辦？

不行，她要阻止！她得去找七叔！

阿蘿此時根本顧不得其他，急匆匆地出門。她才不管別人怎麼想，反正她就是要嫁給七叔，誰擋道，她就和誰急！

誰知她剛一出門，恰好見到馮姨母和馮啟月也剛從房內走出來，馮姨母喜形於色，馮啟月臉上緋紅、神情激動。

三個人這麼一碰頭，馮姨母笑呵呵地招呼阿蘿。「阿蘿，過來，妳先陪妳表姊在這裡坐坐，我去前面花廳看看她們說什麼？」

她一臉心滿意足，彷彿這婚事已經勝券在握；馮啟月也慢騰騰地掃過阿蘿，面上頗有些倨傲之色。

阿蘿越發憋悶了，心中恨恨地想，今日怎麼也要見到七叔，質問一下他到底是哪個姪子這麼不長眼，竟然要娶她表姊？

正想著，就見魯嬤嬤噌噌噌地邁進院子，氣喘吁吁的。

她一抬頭，見了院子裡的幾個人，跺著腳道：「哎喲，怎麼也沒想到，這竟然是來提親的！蕭家老太太親自登門提親！」

阿蘿或許之前還抱著一絲希望，如今聽到這話，真是沮喪又無奈，腦子裡飛速轉著，怎麼樣也要把這門婚事給攪黃了。

而馮啟月那邊則是羞答答地低下頭，抿著唇兒不言語。

馮姨母趕緊迎上前，笑呵呵地道：「可曾說——」誰知她話還沒說完，魯嬤嬤便對著阿蘿道——

「姑娘，您這又是何時惹的什麼事，蕭家老太太竟然是替蕭家七爺來求親的！」

啊？

三個人，三張嘴都微微張開，六隻眼都瞪大了。

這……什麼跟什麼啊？

魯嬤嬤無奈地搖頭。「那蕭七爺，可是比咱姑娘大十幾歲呢！」

蕭老太太親自登門求親，且是為蕭敬遠求娶阿蘿，這件事可算是把寧氏給震驚到了。寧氏從花廳匆忙回來，雖看著馮姨母等面色不好，卻無暇顧及，而是忙吩咐人去請葉長勳回府。

葉長勳回府後，聽得此事，也是皺眉半晌，最後搖頭道：「不可。敬遠與我平輩論交，我素來極為敬重，做朋友自是極好，可若是做親家，且是做——」

接下來的話，他實在不知如何說出口？

且是做他女婿，他一時實在有點轉不過這個彎來。

他平日和他一起品茶暢談也就罷了，怎麼會忽然想娶他女兒？

寧氏皺眉，嘆道：「我自是也不喜，他再是出類拔萃，也比阿蘿大了十幾歲，且前些日子不是才為了辦什麼事失蹤嗎？好不容易才找到人，聽說受了重傷呢！現在也不知復原得如何，誰家敢把女兒嫁給他呀？可是他到底對葉家有恩，我們卻不好這麼駁了他。」

葉長勳沈吟片刻，便有了主意。「這樣吧，這件事回頭我先去找敬遠談一談，現在就推說我們自是願意，但阿蘿犯了倔強性子，說不想嫁，我們也不好勉強。」

寧氏聽了點頭。「如今也只有這麼一個法子了。好在阿蘿也是不願嫁蕭家的，之前她跟我說過好多次的。」

把這件事推到小孩身上，雖未必多好，可到底不至於駁了對方情面，也傷了兩家和氣。

誰知這夫妻二人好不容易商量出這麼個好辦法，卻忽然聽到門外一個聲音道：「爹、娘，我沒有不願意！」

葉長勳和寧氏微驚，轉首向門前看過去，卻見門被推開，進來的正是他們的女兒阿蘿。

原來阿蘿知道蕭老太太過來是為了替蕭敬遠求娶自己，頓時鬆了口氣，想著這事可成。但後來見自己的娘臉色不好，又見她匆忙叫回爹，約莫知道他們兩人怕是不同意。

當下躲在院中，偷偷聽父母談話，知道了他們想出這麼個「絕妙」主意，頓感不妙，也顧不得其他，直接進來阻止了。

「阿蘿，妳……」葉長勳皺眉，疑惑地望著自己女兒。

阿蘿上前，先是恭敬地拜見過父母，之後才道：「爹、娘，阿蘿沒有不願意，您二位又怎好假冒女兒之名拒了這門親事？」

葉長勳和寧氏一聽，面面相覷。

寧氏不知如何是好，還是葉長勳盯著自己女兒，沈下臉來問道：「阿蘿，妳這是什麼意思？妳不是不喜歡蕭家嗎？」

阿蘿仰起臉來，語音清晰響亮地道：「爹、娘，我是不喜歡蕭家，可是我要嫁給蕭敬遠，他在哪兒，我就跟他去哪兒。」

葉長勳看她這般，頓時氣不打一處來，恨道：「妳、妳說的這是什麼話——」

他當然已經看出，女兒如此堅持，怕是這蕭老太太提親並不是空穴來風，必然是有緣由的，說不定還是自家女兒和那蕭家早商量好了，只是瞞著爹娘而已！

「妳——枉我養妳這麼大，一向寵著妳、慣著妳，沒想到妳竟然背著爹娘私通外人！」邊說著這話，他越發氣惱，抬起手來，只恨不得一巴掌搧過去。

葉長勳從未對女兒發過這麼大火，還是第一次。

寧氏雖說也覺得這事不好，可到底心疼女兒，連忙攔住葉長勳。「長勳，有話好好說。」

阿蘿卻早就預料到了，她撲通一聲跪下，含著眼淚道：「爹、娘，女兒早就結識蕭七爺了。幼年時，爹不在家，女兒暗自為了家裡的事操心得很，好在有蕭七爺一路幫著，女兒一直敬重蕭七爺的為人，只覺得他如兄、如父。

「及至爹歸來，我們離開老宅自立門戶，卻又遭受長房連累，險受抄家之禍，又是蕭七爺出手相助，救我一家老小於危難中。女兒如今已經懂事，越發敬佩蕭七爺，心生戀慕，願意以身相許，報答蕭七爺之恩！」

阿蘿這一番話，聲淚俱下，句句誠懇，其中雖未明講，卻提到了當年葉長勳不顧妻兒戍守邊疆，也提到了葉家危難，受恩於蕭敬遠，只說得葉長勳啞口無言。

阿蘿又繼續道：「你們可以說女兒不知廉恥、私通外人，可是女兒就想嫁給蕭七爺。蕭老太太親自登門提親，可見得蕭家也是誠意十足，難道爹娘要不顧女兒意願，要不顧蕭家和葉家情義，非要拒了這門親事嗎？」

葉長勳瞪著眼睛，望著跪在地上的女兒半晌，忽而長嘆一聲，愴然道：「難道說我葉長勳造的孽，非要女兒拿一輩子的婚姻來賠？」

阿蘿忙道：「爹爹何出此言？蕭七爺論樣貌、論才能、論前途，都是燕京城一等一的，雖說年紀大一些，可不過十二歲罷了，燕京城裡難道這般年紀差距的就沒有？依蕭七爺如今的地位，燕京城裡的大家閨秀他還不是隨便挑，便是他要娶個公主都是當得，怎麼我嫁過去就委屈了呢？」

寧氏一直在旁默然不語，此時見這父女倆說到僵處，連忙勸道：「阿蘿，妳先出去，這件事我還要和妳爹好好商量下，先緩緩吧。」

阿蘿淚眼看了下寧氏，咬咬唇，點頭起身，準備出去，然而走至門前，她想了想，還是回過頭來強調一句：「總之，我這輩子只嫁蕭敬遠一個。」

說完，她跨出房門，走向院子裡，在回房的路上，看到葉青川正站在她窗口前的那片小蒼蘭前。

她微怔了下，低頭喚道：「哥哥。」

葉青川手裡捏著一片小蒼蘭的葉子，聽到妹妹的腳步聲，他沒抬頭，淡聲問道：「因為蕭家求親的事和爹娘吵架了？」

阿蘿點頭。「嗯。」

葉青川嘆了一聲，輕輕捏了下手中那片綠葉。「非要嫁給他不可？」

「是。」

「為什麼？他就這麼好？」

「在我心裡，他就是最好的。」

葉青川擰眉，微抬頭。「那我只問妳一句話，妳要老實告訴我。」

「什麼？」

葉青川瞇起眸子。「他有沒有利用權勢逼過妳？」

阿蘿默了片刻，還是道：「也許有過，不過那是因為我不懂自己的心思，他也無意威脅我做不願意做的事。」

「即使這樣，妳也非要嫁給他？」

「是。」

葉青川苦笑一聲，靜默了好半晌，最後才道：「阿蘿，妳是我唯一的妹妹，也是這個世上除了爹娘之外，我最在乎的人，哥哥只是希望妳能幸福。」

阿蘿沈默不語。

葉青川又道：「也許妳長大了吧，這件事也由不得我，隨妳去吧。可是妳要記住，無論妳自己是否願意，我都不允許蕭敬遠欺負妳一根寒毛，若是被我知道了，我會拚盡一切，和蕭敬遠搏個你死我活。」

阿蘿聽到這話，是感動的。

她抬起頭來，望著自己哥哥，上前輕輕拉住他的手。葉青川的手帶著一點似有若無的藥香及沁涼，牽著他的手，彷彿握著一塊軟玉。

「哥哥，謝謝你。不過我相信，蕭敬遠不會欺負我的。」

葉長勳和寧氏到底還是同意了這樁婚事，儘管他們看上去依然有些擔憂。

阿蘿聽到這個消息，自是鬆了口氣，想著總算能放心了。

蕭老太太那邊得知葉家允婚，也是歡喜，還特意請了官媒開始籌備訂親、迎娶之事，畢竟兒子年紀實在不小，全家人都希望能趕緊迎娶阿蘿進門。可是葉家這邊，寧氏卻恨不得能多留阿蘿一天是一天，於訂親上便有些拖沓。

阿蘿兀自在那裡扳著手指頭算著，最快能什麼時候訂婚、成親。

其實她現在有很多話要和蕭敬遠說，關於思念的、關於家中諸事的，還有那天沒查完的事，可惜蕭敬遠再也沒有來找過她，而她自然也不好大搖大擺地出去私會蕭敬遠。

如此煎熬之下，總算訂下了良辰吉日，準備於十一月過門。

阿蘿既得不到蕭敬遠的消息，也只能盼著早點過門，這樣也好問問他到底怎麼回事？一日日的，身邊又守著個馮啟月這個讓她忌憚的人物，便覺得日子分外煎熬，不過好在她倒是也有事幹，那便是準備自己的嫁妝。

其實她的嫁妝，寧氏早就備著了，只是臨到要嫁了，還是有許多事要做，諸如新喜被、新喜枕等，按理說這些都是要新嫁娘自己做的，那才吉利。

不過侯門小姐哪個還真自己動手呢，一般都是底下繡娘做好了，待嫁的新娘子縫上最後幾針就是。這事聽起來簡單，可各樣物事實在太多，她左縫縫、右縫縫，再繡點喜帕之類的小玩意兒，也頗費了許多工夫。

隔壁的馮啟月偶爾也會過來看看她準備的嫁妝。阿蘿如今對馮啟月分外謹慎，往日裡和她說話極少，免得惹上麻煩。

而馮啟月呢，最近其實也是心裡不痛快，只因阿蘿要出嫁，且又安排得匆忙，寧氏一門心思都放在阿蘿身上，自然對馮啟月照顧得少了，她的親事也暫且擱下。

阿蘿把馮啟月的心思都看在眼裡、記在心裡，頗擔心在這忙碌的時候會因她而出什麼岔子，便尋了個機會，勸寧氏不如先將馮姨母和馮啟月送到外面別院去住，理由是擔心馮啟月見她較早出嫁，思及自己的親事卻還沒著落，因此心裡難受。

寧氏想了想，記起那日魯嬤嬤所說，原來馮姨母錯以為蕭家是來給馮啟月提親，白白歡喜一場。她沈吟片刻，點頭道：「其實妳姨母前幾日也提過，我並沒應，如今想想，妳考慮得也有道理。」

寧氏就此應下，阿蘿簡直不敢相信這事竟然如此順利，強忍下歡喜，告別了寧氏，回自己屋去。

誰知還沒進屋，就見葉青川的兩個隨侍小廝等在外頭。她剛進屋，就見葉青川正等在裡面。

「哥，你怎麼過來了？」她笑嘻嘻地上前歪頭問道。

葉青川聽她聲音如此開懷，就要嫁人了，竟依然是一派天真，不免搖頭。

「嫁妝準備得如何了？」

「這不是還在繡嗎？日也繡，夜也繡的，我手指頭都要麻了！」阿蘿走過去，笑著埋怨道。這成親，也實在是個體力活啊。

這個時候丫鬟奉上茶水，兄妹二人坐下品茶，葉青川一邊慢條斯理地飲了一口，一邊淡聲問道：「我聽底下人說，這幾天啟月心裡不好受，昨夜還罵了底下一個丫鬟。」

「有這樣的事？」

阿蘿確實是不知的，她哪有心思關心馮啟月的一舉一動呢。

葉青川頷首。「不說她了，我給妳看樣東西。」

阿蘿聽得奇怪，心想怎麼哥哥好好地提起馮啟月，又不提了？不過她也沒多想，只問道：「什麼東西啊？」

葉青川從袖中取出一個物事來，阿蘿湊過去一瞧。「這好像是個小瓶子？」

原來葉青川修長白淨的手中，放著一個乳白色小瓷瓶，那瓷瓶極小，不過拇指大罷了，做得流光溢彩，瓶子口用個紅木小塞子塞著，瓶子底部有個小豁口，綁上紅線吊著。

「是，這個小瓶子裡放著一丸藥，是我讀書時的一個朋友所送，據說能起死回生的。妳就快出嫁了，嫁到別人家，為兄也不知該為妳添置什麼，這個送妳吧，放在身邊，以備不時之需。」

阿蘿接過那小瓶子，頗覺得納悶。

「哥哥，你竟認識這種朋友，送你這麼金貴的物事？」

雖然她不信什麼起死回生的藥，可是光看這小瓶子就知不是尋常物，應是值很多銀子的。

「不過是機緣巧合罷了。」葉青川不在意地這麼道。

「不過，這麼個好東西，還是哥哥你留著吧。」

她是想著，柯神醫還沒找到，哥哥眼睛還沒好，萬一有什麼事，這種好東西哥哥留著比自己有用。

「我一個眼盲之人沒事也不會常在外頭走動，留著也沒什麼用。」葉青川淡淡地道：「妳放著，就當我送妳的嫁妝吧。」

阿蘿見他話說到這分兒上，想想自己進蕭家後可能的隱患，也就沒再說什麼，收下了。

兄妹二人又閒話了一番，葉青川品著茶，說起阿蘿小時候的事情來。

阿蘿聽著那些事，只覺得頗為遙遠，像是隔了一輩子的事，輕輕托腮，望著對面如清風朗月的哥哥，看著他秀雅面龐上無神的黑眸閃過濃濃的回憶。

她心底一聲嘆息，恍惚中記起小時住在葉家老宅的情景。

其實老祖宗走了後，她便很少回葉家祖宅了，可一直以來於她心中，那段光陰並沒有逝去，葉家老宅，依然是記憶裡那個葉家老宅。

慈愛的祖母依然斜靠在正屋的榻上，旁邊的丫鬟依然拿著美人拳幫她捶打腿腳，甚至連那隻叫旺財的貓，也依然在老石榴樹下搖晃著尾巴。

「沒想到一轉眼妳就長大，該嫁人了。」葉青川的回憶，以這句話終結，伴隨著的是一聲嘆息。

阿蘿的淚水，在這一瞬間落下。

她知道，過去的一切不會回來，葉家祖宅早就被抄了，祖母已經仙去，旺財也更是在抄家之禍中不知去向。

而她，終究得長大、嫁人。

第二十六章

噼哩啪啦的鞭炮聲此起彼伏，紅豔豔的炮杖皮爆裂後落在地上，街上的小孩紮著小辮兒，蹦蹦跳跳地穿梭在來往客人中湊熱鬧，並向主人家討要著糕點瓜果，就連往日流連附近街道的乞丐也湊過來討個吉利。

這一日，是蕭敬遠娶親的日子。

燕京城裡但凡有些身分的都來了，就連皇上都特地派了身邊的大太監過來，送了賀禮，賞了喜物；至於和蕭敬遠關係甚篤的劉昕，更是一大早就跑來捧場湊熱鬧。

內院的正屋，蕭老太太精神矍鑠地坐在榻上，聽著底下媳婦的回稟。這次主持內外事務的是蕭家長媳，為了這次婚事能風光圓滿，可算是費盡心思，已經兩天一夜沒合眼了。

而此時的阿蘿，心裡也是忐忑的。

儘管不是第一次嫁到蕭家，可是嫁的人不一樣，難免覺得新奇又不安。

之前她操心著哥哥的事，惦記著柯神醫的事，還得提防那馮啟月，前段時日蕭敬遠出了事，如今她急著出嫁，與其說是急著嫁人，不如說是盼著早點見到蕭敬遠，好知道他到底怎麼回事，以及這些請託他查的事是否有下文了？

可是如今，上了花轎，聽著鞭炮聲、恭賀聲還有嗩吶聲，又被送到喜堂，她才猛然意識到，自己要嫁人了，嫁的是蕭敬遠，今後自己就要成為蕭敬遠的妻子了。

這一想，倒是頗有些震撼。想著自小一直當蕭敬遠是叔叔輩的，怎麼一轉眼，自己就要嫁給他了？那自己豈不是一下子從晚輩變成嬸嬸了？再一想，她又被驚到。

蕭永瀚要叫自己嬸嬸了，蕭永澤也是！

於是她險些噗哧笑出聲來。幸好有紅蓋頭遮著，沒讓人看到，要不然這下子可出糗了。正這麼兀自想著，就聽到有拉長的聲音喊道：「一拜天地——」

原來已經到了拜堂的儀式，她忙收回心神，在旁邊魯嬤嬤的攙扶下，彎腰一拜。就在低頭的時候，她看到了對面人的鞋子，還有袍邊。

今日蕭敬遠的穿著自是不同往日，一身紅。她忍不住又胡思亂想，不知道蕭敬遠穿紅色是什麼樣子？會不會不好看啊？

就在這般胡思亂想中，她熬過了拜堂，被送進洞房，當房門一關，周圍安靜下來。

「姑娘，現在時候還早，怕是有得熬，您先吃點東西，墊墊肚子吧。」這是魯嬤嬤的聲音。

「確實餓了，嬤嬤，妳趕緊拿給我吃。」

她之前因怕轎子顛簸會暈，沒敢多吃，如今這麼一趟折騰下來，肚子裡空空的，她甚至聽到咕嚕咕嚕的叫聲了。

左右周圍沒外人，她一把扯下紅蓋頭，讓魯嬤嬤給自己端來飯食，卻是一份水晶蝦餃。

她連忙挾了一個，塞進嘴裡。

真是鮮美可口，好吃！

誰知嘴裡的水晶蝦餃還沒嚥下去，就聽到外面門響，緊接著，門被推開了。

她一愣，下意識地抬起頭，驚訝地望過去，正是一身紅色喜袍的新郎官蕭敬遠。

門開時，風吹起，喜燭搖動，光影交錯，卻見蕭敬遠挺拔若松、卓爾不凡地立在門口處，紅色喜服將那昂藏之軀襯托得越發頎長。

他這個人其實並不比他那些姪子蕭永瀚、蕭永澤的模樣差到哪兒去，只是他往日太過肅厲，性格也太過剛硬，以至於不怒而威，讓人懼怕，不敢直視。而今日在這燭火映襯下，紅豔豔的喜服融化了他臉龐的剛硬，倒是襯得他眉目如畫，鼻挺唇薄，一筆、一畫、一個勾勒，都是驚心動魄的完美。

阿蘿一手拿著剛剛被自己揭下來的紅蓋頭，一手拿著那喜箸，傻傻地望著久不曾見的那個男人，一時竟是看癡的模樣，眼睛都不曾眨一下。

旁邊的魯嬤嬤不知給她使了多少眼色，眼都要抽筋了，也沒見她有個反應，最後實在忍不住了，一跺腳，直接拽了拽阿蘿的胳膊，小聲催道：「姑娘、姑娘，這是洞房夜！」

「嗄——」阿蘿恍然醒悟。這是洞房夜啊！

洞房夜該幹什麼來著？

低頭看到自己手裡捏著的紅蓋頭，她呀地險些低叫出聲。洞房花燭夜該是蕭敬遠揭開這紅蓋頭的，怎麼她把這程序搞亂了呢？

再次抬眼偷偷看向蕭敬遠，卻見蕭敬遠含笑站在門首望著自己，那眉眼間有幾分戲謔，「轟」地一下，她臉上火燙，看都不敢看蕭敬遠，慌忙拿起紅蓋頭給自己蓋上，然後煞有介事地挺直腰桿，坐在喜榻邊。

剛才發生的一切和她無關，她做一個木頭人樣的新娘子就是了！

至於下面該如何救場，就交給魯嬤嬤，交給七叔吧……

而蕭敬遠今晚應該很晚才能回房的，按理說他得在外面陪陪各方賓客，再敬敬酒，畢竟宴席上的客人幾乎囊括了除皇帝之外，燕京城最有權勢的人。

可是蕭老太太卻發話了，她這個小兒子年紀一把才成親，可不許再因為這不相干的事耽擱，是以早吩咐了其他幾個兒子還有孫子都好好照應著，不該蕭敬遠出面的就別出面，讓新郎官安心當個新郎官才是正經。

因此蕭敬遠才得以早早脫身回房，卻不承想，恰好看到了阿蘿在偷吃水晶蝦餃。

他看得分明，一身喜服的她明明嬌豔動人，卻拿著紅箸子，鼓著兩個粉潤的腮幫子，像隻小松鼠一樣吃得歡。

他這麼一推門，彷彿嚇到她了，就見她瞪大眼睛詫異地看過來，傻乎乎地瞅著自己，小嘴還不自覺地嚼了嚼。

他啞然失笑，不過卻按捺住了，只含笑望著她，看她能這麼看他到何時？最後還是魯嬤嬤提醒，她慌得跟什麼似的，趕緊把那紅蓋頭蒙上腦袋，還欲蓋彌彰地挺直腰，正襟危坐，彷彿一切都沒發生過。

她裝傻，他也只好裝傻，上前依禮行事。

魯嬤嬤遞過來一根喜秤，他接過來，挑起她的紅蓋頭。

本是存著幾分戲謔，想逗逗她，看她裝傻充愣撇清關係的小模樣，可是當紅蓋頭滑落，露出她那張精緻無雙的面龐，當修長的睫毛顫巍巍地抬起，他迎上她羞澀濕潤的眼睛，似是晨間的第一縷陽光照向黑暗，似是春日裡第一場雨露灑向旱田，他聞到了陽光的味道，聽到了花開的聲音。

平生第一次，他感覺到自己過去二十幾年是多麼枯燥和孤獨。然而從今晚起，她和他已結髮為夫妻，從此生死兩相依，眼前的女人，就要真真正正屬於自己了。

洶湧猶如潮水般的喜悅湧上心頭，總覺得這種喜悅他似乎渴盼了許多年，渴盼得都開始惶恐不安了，甚至他的內心深處隱隱升起一股似有若無的悲哀，像是哪一生、哪一世，他曾和這種喜悅擦肩而過，抱憾終生。

「阿蘿——」其實本想逗逗她的，可是紅蓋頭揭起，四目相對，無數心思浮過心間，出口時，他的聲音已經低沈沙啞。

「七叔——」她小小地叫了一聲，羞澀細弱。也是難得，她竟然有了新嫁娘的樣子。這聲低喚，任憑再鐵石心腸的男人，怕不是也頓時化為繞指柔。

蕭敬遠沒言語，卻是垂首彎腰，用手指輕輕托起她的下巴，見她眉眼羞澀，分外惹人憐愛。

他就這麼打量許久，才終於啞聲道：「答應我一件事。」

「嗯？」一臉乖順的阿蘿眨眨眼睛。

「這輩子、下輩子、下下輩子，只為我穿紅嫁衣。」

他的聲音低啞緩慢，卻堅定霸道。

無論心間淡淡的悲哀是因何而起，他和她緣定三生，只有他能見到她這新嫁娘的模樣，她只能為他穿上紅嫁衣，只能讓他揭開紅蓋頭，只能讓他看到她一抬眸間的風情。

「我——」阿蘿此時腦中一片漿糊，心慌意亂的，直覺下意識地回道：「好，我會的。」

簡單的幾個字，許下來世。

這個時候魯嬤嬤給旁邊的嬤嬤使了眼色，於是交杯盞送上前，蕭敬遠接過來，為自己和阿蘿各自斟了，兩人各執一盞，交纏了臂膀，飲下這酒。

魯嬤嬤笑咪咪地說了幾句吉祥話，便和其他嬤嬤一道退了出去。

阿蘿喝酒時其實存了點小心眼，只淺淺地抿了一口，並不敢再飲第二口。

她怕自己不勝酒力。上輩子和蕭永瀚成親，傻乎乎地幾口下去，人便醉醺醺地沒力了，之後便斜斜靠在榻上，以至於頭晚的事她都記不太清楚。

她想著，這一次她可得清醒著，萬不能再做個喝醉的新娘。

誰承想，蕭敬遠看她沒喝，竟然直接拿過她的酒，一飲而盡。她正詫異，卻見他俯首以口就口餵向她！

阿蘿大叫不妙，然而為時已晚，那酒伴著男子強烈的氣息，就此灌進她的嘴裡了。

「好喝嗎？」

男人聲音醇厚，一如此時留在唇舌間的酒香。

「不好喝。」她舔舔嘴唇，小聲抱怨，可是這話說出時，已是意酥體軟，半邊身子斜靠在男人身上。

蕭敬遠伸手摟住懷中的新娘，在她耳邊低笑了下，道：「這是蕭家祖傳的酒，叫美人醉，只有真正的美人喝了才會醉。」

「呸。」她軟軟地趴在他胸膛上抱怨。「騙人！」

蕭敬遠越發笑了，打橫抱起她來就要上榻，誰知此時外面卻傳來嘀咕聲。

原來是那蕭家大嫂並族裡幾個長輩的意思，是說到底是洞房花燭夜，沒人來鬧洞房總是顯得不好看，不成個樣子，還是得找幾個人鬧一下，這才成體統。

可是找誰呢？總不能找蕭家大老爺、二老爺這些眼看著已當爺爺的人來鬧洞房吧？

至於族裡的年輕小子，那必然是蕭敬遠的晚輩，要鬧長輩洞房可沒這個膽。

最後沒辦法，搜羅了老半晌，總算從族裡找來幾個輩分大、年紀小的，都是旁支分系，遠得記不住名姓了。這幾個早聽說蕭敬遠的威名，被人推著來鬧他的洞房，只好硬著頭皮上。

而為了給這幾個小子壯膽，蕭永瀚、蕭永澤幾個姪兒也被派來跟著，好歹在後面起鬨幾聲。

於是這邊蕭敬遠打橫抱著懷中嬌媚人兒正要去榻上，就見鬧洞房的來了。

他頓時臉上不太好看，挑挑眉，放下懷裡的人，也沒說什麼，只是淡淡地望著門扉處。外面的人嘀嘀咕咕半晌，終於鼓起勇氣推開門，卻驚見蕭敬遠一臉冷沈地站在門前，擋住了身後的新娘子。

幾個年輕人就那麼傻愣愣地站在外面，你看看我、我看看你，誰也不敢衝進去「鬧洞房」。

蕭永澤臉色難看地站在一群人的後頭，望向了屋內。

明晃晃的燭光，好生耀眼，他甚至連看都不敢看那新娘一眼，只是別著臉，悶聲道：「既是鬧過了，還是趕緊回去交差吧！」

這句話可是解救了傻站在門外的一眾人，大家醒悟，紛紛點頭。「對，鬧過了、鬧過了，走吧走吧，吃酒去了！」

自己給自己一個臺階下，大家慌忙退散。

原就守在外頭的魯嬤嬤見這些「鬧洞房」的人走了，鬆了口氣，忙上前幫忙從外頭帶上門。

就在魯嬤嬤關門的一剎那，阿蘿無意間抬起頭，透過那即將關上的門，看到一雙迷茫疑惑的眸子。

那是蕭永瀚，他原本是站在眾人身後的，因眾人走了，他卻沒動腳，於是阿蘿便看到了他。

蕭永瀚面無表情地站在夜色中，茫然地望向屋內，望著站在蕭敬遠身後的阿蘿，一臉的恍惚。

阿蘿頓時怔在那裡。她站在這和上輩子幾乎一模一樣的洞房裡，在燭火搖曳中，隔著一個蕭敬遠的肩膀，隔著一道門檻的距離，望著她上輩子的新郎。

那蕭永瀚的目光，時而遙遠，時而逼近，朦朧中彷彿和上輩子那個人重疊，甚至有一瞬間，她幾乎以為，那就是上輩子那個疼她、愛她的夫婿。

可是這終究是一場燭火搖曳下的錯覺，門最後終於關上了，視線被隔絕，屋外的喧鬧也逐漸散去，她依然在七叔身後，依然是七叔的新娘。

耳邊響起蕭敬遠溫柔寵溺的話。「小傻瓜，莫非真醉了？」說話間，他還用手輕輕捏了下她的臉頰。

她醒過來，仰起臉，抿唇一笑。「七叔，抱抱。」

伸出胳膊，她環住蕭敬遠的脖子，然後醉倒在他懷中。

這一次美人醉總算沒有醉倒阿蘿，她終於有了個清醒的洞房花燭夜，然而她並不覺得這是件愉快的事。

很疼，真的很疼，她沒想到，這種事情可以這麼疼。

事後她回想這件事，想了許久，終於領悟一個道理。

這種事情疼不疼，其實和尺寸關係很大。有些人生來天賦異稟，她就會疼。

想明白這個的阿蘿，倒是把蕭敬遠埋怨了好一番，當然這是後話。

只說這一晚，當洞房花燭夜該發生的事終於告一段落，她癱軟地趴在那裡，眼裡含著淚，委屈地望著他。「你太用力了！」

蕭敬遠的手輕輕穿過她潮濕柔軟的髮，低聲笑著，那笑裡是無盡的滿足。

他想了她好久，今日終於得償所願。

她真正是他的了。

以前他知道，卻沒真切體會，如今算是真正明白，為什麼只有經了洞房花燭夜，那女人才算是屬於自己。

「妳也不小了，怎麼還是這麼笨、這麼傻？」他嘴裡低聲說她，胳膊卻是越發把她攬緊。

這麼傻笨的女人，他放不下，只能摟在懷裡，悉心呵護一輩子，交給任何人，他都不放心的。

「你又弄疼我，又嫌棄我！」阿蘿盡情地作姿態，像個小孩兒般依偎在他懷裡撒嬌。

剛剛他折騰了她，現在她得使盡渾身解數折騰他。

「哪裡疼？」他低笑著問。

「這裡疼，這裡也疼，我渾身都疼！」

「好，我幫妳揉。」說話間，他伸出手，輕輕撫過去幫她揉捏。

「嗯嗯不要這裡，啊，還是那裡吧，別動別動——」於是洞房喜帳中，傳來阿蘿低叫聲，傳來阿蘿驚呼聲，傳來阿蘿氣喘聲，傳來阿蘿撒嬌聲……

洞房外的魯嬤嬤偷聽了半晌，最後雙手合十，唸了句阿彌陀佛。「我家姑娘年紀小，身子還沒長好，這蕭七爺怎麼這麼狠，觀音菩薩保佑，可別傷到我家姑娘啊！」

——觀音菩薩若是知道自己還要管著人家洞房事，估計玉淨瓶都要失手落地了。

而洞房內的蕭敬遠就在那番揉捏中，摸到了一塊玉。

他掏出來看了眼，笑問阿蘿：「妳是一直貼身佩戴著？」

阿蘿低頭一看，卻見這是之前蕭敬遠送給自己的那塊玉，那個刻了「蘿」字的玉。

當下終於想起之前他說的話，便嬌聲催促道：「你之前說過的，待到我成了你的妻，你便告訴我這塊玉上為什麼刻著一個『蘿』字，如今怎麼還不告訴我？」

這事一定有個緣由！她可是為此輾轉反側，想了好久都不明白。

蕭敬遠收起笑，面上現出認真來。

「到底是為什麼？」她拉著他的胳膊，催問。

蕭敬遠瞥了她一眼，卻是意味深長。

阿蘿頓時也收了笑，正經起來。

蕭敬遠招手示意。「這件事，卻是不可對外人言，待我小聲說給妳聽。」

阿蘿點頭，趴到他胸膛上，湊到他嘴邊側耳細聽。

「那塊玉上之所以會刻一個『蘿』字，是因為——」蕭敬遠說到關鍵時，壓低了聲音，僅有阿蘿能聽到而已。

阿蘿聽了這話，頓時驚到了，任憑她怎麼想也萬萬想不到竟是這個緣由。

她抬頭，不敢置信地望著蕭敬遠。「真、真的？」

蕭敬遠挑眉。「我像是騙妳的樣子嗎？」

阿蘿依然覺得不可思議。「可、可我從來沒聽說過啊！」

她上輩子嫁入蕭家，為蕭家媳婦，卻從未聽說過還有這事，雖說這種事沒人會特意告訴她，就連蕭永瀚也可能不知道，或者因為是不要緊的小事，決計不會在她面前提起，可會不會是蕭敬遠又在鬧著她玩？

蕭敬遠捏了捏她的鼻子。「妳怎麼會聽說過？」

他不喜歡，也沒幾個人敢亂說，更不要說刻意說與外人知情。

阿蘿依然覺得不可思議，望著蕭敬遠那一本正經的眉眼，半晌後忍不住笑出來。「老太太當初到底怎麼想的，竟然給你取了這樣一個乳名？」

她是怎麼也沒想到，原來蕭敬遠幼時的乳名竟然有個「蘿」字，蕭老太太是成天喊他蘿兒的。

竟然和她重名了，且這分明是女子名字，她又覺得荒謬，又覺得有趣。「原來你也叫阿蘿！」

蕭敬遠看她一臉打趣笑話的模樣，忍不住捏了捏她的臉頰，以示懲戒。「不許取笑。」

可他越是擺出不容議論的嚴肅樣，她就越想笑，特別是看著那張沈穩威嚴的臉龐，想到那個和自己共用了一個字的乳名，她根本收不住笑。

「阿蘿叔叔！」她掩唇繼續笑他。

「太不聽話了，實在該打！」蕭敬遠一個翻身便壓了過去。

「啊——」

阿蘿發出一聲低叫，這時候才意識到自己還趴在人家身上，且身上並沒多餘衣衫。他這麼一翻身，形勢陡轉。

一上一下，男女四目相對，笑聲止住，呼吸便漸漸急促了。

「妳說，我該怎麼罰妳？」他在她耳畔低聲道。

「別，七叔，好疼的。」她想起剛才那番疼痛，心有餘悸，兩手輕輕推著他的胸膛。

他本就體魄強健，身形不知高上她多少，偏生下面那處也頗為偉岸，挺括硬實，她那柔嫩之地初初被那硬物侵入，可真真猶如被劈開一般，著實讓人吃不消。如今身子一動，那裡還燒灼著疼呢。

只可惜，開弓沒有回頭箭，他初娶了這嬌美娘子，藉著幾分酒力，又是洞房花燭夜，剛剛嘗了滋味，方知世間還有此等銷魂事，自然是不知足。

當下蕭敬遠握著阿蘿那推拒的手，引著她往下，去觸碰自己那雄偉。

「妳看，它想妳想得厲害。」他說話的時候，嗓子啞得厲害。

阿蘿沒提防，猛地就碰到了那處，不免驚了一跳，待要躲，誰知蕭敬遠握著她的手，力道頗大，根本躲不開，少不得怯生生地碰到了那物。

這一碰，她幾乎倒抽一口涼氣，心中暗驚，怎地它竟長成這般？

七叔那物火燙燙的，且頂端那東西硬邦邦，恍若雞蛋大小，她這麼一碰，那物還彈跳了一下。

一時心裡又覺後怕。剛才就是這個物事進入自己體內？也怪不得自己那般受折磨。

「喜歡嗎？」蕭敬遠望著阿蘿那嫣紅恍若蜜桃一般的臉頰，聲音越發嘶啞，氣息粗重急促。

「不……喜歡……」阿蘿別過眼，聲音軟糯又可憐。「七叔，今夜且饒了我吧，我可受不住了……」

「為什麼？」蕭敬遠掐住她那小下巴，盯著她清亮的眸子，看裡面流露出恍若受驚小鹿一般的驚惶。

有那麼一瞬，他幾乎想放過她得了。

可是——怎麼能忍得住？

他現在恨不得把她給吃到肚子裡。

「太大了。」她噘起的小嘴紅嘟嘟的，好似熟透的櫻桃，語氣卻是委屈極了。

如果說之前蕭敬遠有意放過她，那現在，便是絕無可能了。

她這個樣子，任何男人都把持不住。

蕭敬遠輕柔地摸了摸她的臉頰，低首親吻她的唇，輕輕啃噬，輾轉反側，又順著那唇往下，去吃她細白的頸子，再往下，則是那渾圓飽滿的兩團，捧在手裡，輕輕揉捏，滿手的柔膩。

阿蘿渾身不由緊繃，喘息也漸漸急了，小小聲地哀求。「七叔，別這樣摸我，別……」

被他觸及之處，恍若有火焰燃氣，她覺得自己的身子已經不屬於自己了。

可是她軟糯恍若哭泣的哀求，卻只換來男人更急切的慾望，蕭敬遠粗暴而飢渴地揉著她那兩團軟嫩的飽滿，甚至低首用舌頭、牙齒啃吃著上面那點紅果，嘴裡含糊嘶啞地道：「那次在農家院子裡，妳洗完澡出來，我就看到了，鼓鼓囊囊的，卻只能看，不能碰，妳自是不知，我夜裡作了多少夢，夢裡——」

夢裡多少次，她在他懷裡嬌嬌軟軟、氣喘吁吁任憑他擺弄，只可惜醒來後終歸是一場夢罷了！

如今可好，大夢成真，她就在身下，可憐兮兮地求著。

他猛地起身跨坐她身上，兩隻有力的大手捧住那細軟的腰，看那兩團飽滿因此顛簸出一個白色的乳浪，嫵媚動人；而那乳峰上面的兩個紅果，因他吸吮過的緣故，濕潤透亮，帶著一股淫浪的氣息。

蕭敬遠再也把持不住，一條腿迫使她分開兩腿，一手依然握著那細腰，一手卻握著自己粗大堅挺的男根，朝著那中間隱密之處頂過去。

「哎呀——」阿蘿半個身子都被蕭敬遠掌控著，腰肢握著，頭便被迫後仰，烏黑的秀髮散在紅豔豔的喜褥上，微張的唇兒發出低叫聲。「七叔，慢點，疼……」

雖已有過一次，可是那處到底是剛遭蹂躪，如今被火燙粗大的男物再次挺進，不免依然要受劈開之痛，她緊繃著身子，渾身幾乎汗濕。

「還疼嗎？」蕭敬遠微頓住動作，讓自己那處彈跳的圓頭，輕輕地在阿蘿軟糯緊緻濕潤的體內前後抽插。

「不疼了，撐得慌……」阿蘿含著眼淚，很老實地說出自己的感受。

確實不太疼了，酥酥麻麻癢癢的，可是他那物太大，撐得人那裡難受，她甚至感覺，自己那裡彷彿要被撐破了。

「妳——」蕭敬遠咬牙望著她，幾乎不知說什麼好了。

她這話，簡直是故意挑逗他！

他俯首，輕啃了下她的唇。「妳這小東西，太緊了，我才進去一半而已。」他低聲喃喃道：「讓我再進去一些，好不好？」

一邊說著，他一邊繼續艱難前行，感受著自己的粗大，緩慢地撐開緊緻濕潤的嫩肉。

「撐——」阿蘿半瞇著眸子，微張著唇兒，緊咬著牙，幾乎想哭了。他是不是故意的啊？故意一邊越發往裡面移動，一邊說這話！

「撐得慌，這就對了！」

蕭敬遠如今長驅直入，已經進到最裡面，便不再猶豫，兩手握著那細腰，在裡面緩慢抽插起來，每插一下，他都插到最裡面，發出一聲濕潤的「噗嗞」聲。

其實這第二次進入，依然猶如泥潭中划舟，行進艱難，甚至彷彿有一股巨大的吸力。這種艱難，反而讓他越發覺得舒爽，興致大發，愈戰愈勇。

阿蘿低叫出聲，渾身緊繃，再無他法，只能兩隻手緊緊抓住他寬厚的肩膀，咬牙承受來自於他的力道。

阿蘿初時只覺不快，皺眉抓住他肩膀，求饒喊痛。她是怕痛的，痛上來了，什麼喪權辱國跪地求饒的話都說了。

「七叔，饒了我吧，阿蘿錯了。親親七叔，放過我吧，不、不行了，阿蘿受不了……」

這般話語，顫顫簌簌，哼哼唧唧，高低起伏，聽在耳中好生可憐，任憑誰聽了怕是都把持不住的，更何況早已把她放在心裡的蕭敬遠，在這時機更是威武起來。

漸漸地，阿蘿那聲就變了，雖依然在求饒，卻添了婉轉嬌態。

蕭敬遠聽著，忍不住低首啄了幾口後，捧住了她，再次狂戰。

滴答的汗水甩在阿蘿面頰上，阿蘿面頰潮紅，小唇兒半張，低叫不已，而此時的聲音，卻是軟得彷彿湯水，嬌得好似春花，不知多少動人。

不知過了多久，阿蘿猶如剛從鍋裡撈出來的麵條般，軟軟地趴在男人汗濕的肩膀上。

「你——我再不許了！」這哪受得住！

蕭敬遠也知道累壞了她，輕輕撫著她那汗濕的頭髮，低笑道：「我給妳說說，為什麼我乳名用這個蘿字吧。」

「為什麼？」好奇心戰勝了疲憊感，阿蘿兩眼瞅著他，好奇地問。

「據說我生下來的時候，手心有個紅色胎記，隱隱約約就是這個蘿字。當時娘頗為納罕，找了算命先生給算過，說是讓我乾脆以蘿為名；但爹想著我終究為男兒，卻是不好叫這名字，於是只讓我以此為乳名。」

「手心裡帶個蘿字？我不信！」

說話間，她扳開他那雙有力的大手，就著帳子外面跳躍的紅色燭光去看，卻見那雙手乾淨平滑，哪裡有什麼「蘿」字。

「你分明是在編故事逗我開心。」

「是真的。」蕭敬遠大手反捏住阿蘿的小手，輕輕揉捏著她那纖細的手指頭，柔聲道：「也不知為何，待我長大些，手心裡的字就漸漸消退了。我又不喜那個乳名，娘和哥哥便都不再叫了，漸漸地，便是蕭家，也沒多少人知道我還曾有這麼個乳名。」

阿蘿看他並不像在說笑話，便再次攤開那雙手，仔細地瞅，瞅來瞅去還是沒個蛛絲馬跡。

「你說為什麼你手心裡會有這個字呢？」竟然還恰好是她的名字呢。

「我也不知道，或許——」他微側首，凝視著她那好奇的樣子。「也許我今生注定要娶一個叫葉青蘿的新娘，所以老天從出生起便告誡我萬萬不可忘記，更萬萬不可娶了別人。」

他想起年幼時阿蘿曾說過的話，不由在她耳邊喃聲道：「妳當年不是也提醒我，要我不能隨便婚娶，要不然必為那人帶來性命之憂？如今我想著，或許這一切都是注定好的，要我手心攥著妳的名字出生，及至二十七還不能娶妻，就是為了等著妳，等著妳長大，好娶妳進門，讓妳做我的小嬌娘。」

阿蘿聽著，心中一動，不免想著，上輩子的七叔也是攥著她的名字出生嗎？若是，不知當時他孤身未娶，看著和自己同名的姪媳婦時，他心中又是如何想的？

她拚命回憶著上輩子關於七叔的點點滴滴，可是腦中能夠想起的，也不過是個挺拔的背影、一張嚴厲的面孔罷了。

關於上輩子的他，留給她的印象只不過是個「地位頗高，但很嚴厲，不好接近的叔叔」罷了，萬不承想，今世他會成為她的夫，將她呵護在懷裡。

重活一世，世事陡轉，不知多少改變，她的命運也隨之而變。

一時又想起剛剛在房外那迷茫的男子。

適才那一瞬間，她幾乎以為蕭永瀚已想起了前塵往事，可是此時想想，一切都不過是錯覺罷了。

這一世的景況早和上輩子全然不同，她愛的夫君只有蕭敬遠一人。

想著這個，她伸出纖細的臂膀，攬住了男人的頸子。

「若果真如此，我真不該讓你等了這麼久……」

溫軟的唇印上他的。

第二十七章

一夜風雨，阿蘿不知道自己何時沈沈睡去，待到第二日醒來，睜開眼，便見身邊男子早已經衣冠整齊，正坐在榻邊守著她。

阿蘿睜著惺忪睡眼，想起了今天是成親後的第二天，按理說應該早起拜見婆婆。

「怎麼也不叫我，別是晚了！」她是知道的，晚了會有些難堪。

誰知蕭敬遠卻輕輕摸了下她的臉頰，溫聲道：「昨夜太晚睡了，若是還睏，再歇一會兒就是。」

阿蘿撇嘴，無奈地睨了他一眼。「我為什麼睡得晚，還不都是你——」

話說到這裡，想起昨晚，卻說不下去了。昨晚一切，實在是現在想來都臉紅耳赤，羞於啟齒。

「因為我什麼？」他彷彿沒明白，淡聲問道。

阿蘿自然明白他是故意的。經過昨晚，她算是看清楚此人的真面目了，當下嬌哼一聲，便不再搭理他，而是招呼魯嬤嬤進來伺候洗漱。

誰知蕭敬遠卻一擺手，示意魯嬤嬤先別進來，由他來。

阿蘿不懂，疑惑地望著他。

蕭敬遠從旁取過她的衣裙，望了她一眼。「我幫妳穿。」那語氣不容人拒絕。

阿蘿開始還茫然不懂，後來看他那樣子，頓時恍然大悟。

幼年時被七叔從人販子手中救出來之後曾暫宿客棧，他發現她連衣服都不會穿，還是叫掌櫃娘子來幫忙的。敢情他真的以為她到現在還不會自己穿衣服？

蕭敬遠看阿蘿臉上浮現紅暈，大眼睛一眨一眨地看著他不說話，還以為她是不好意思，便坐在榻旁，攬住她纖細的肩頭，低聲哄道：「讓為夫的幫妳好不好？我不想讓別人看見妳的身子。」

阿蘿推開他。「才不要！」她掙脫了他，躲到床上。「我又不是小孩子，我早就會了！」

作為自小受人疼寵的侯門小姐，她上輩子確實直到老大年紀都還不會打理自己，凡事一切自有嬤嬤、丫鬟代勞，這於她來說，也是天經地義、理所應當。可是自從看到他得知自己還不會穿衣服時那冷漠無奈的神情，她分外羞慚，是以回家後便發憤圖強，這件小事很快就學會了。

偏他固執得很，一直還當她不會，去年在羅谷山隨著他的安排暫居農戶時，還特意找農戶大嬸來幫她，這回甚至霸道地決定以後都由他動手。

「會了？」蕭敬遠坐在榻邊看她，眼神很是火燙，語氣裡倒是有些遺憾的樣子。

「沒。」

阿蘿嬌嗔道：「哼，我要是還不會，你怕是心裡嫌棄死我了！」

「我才不信呢！」想起過去，他總是那麼冷漠疏遠又不多話，她頓時逮住了理。「你以前凶巴巴的，真不討喜。」

蕭敬遠看她噘嘴埋怨，眸中帶笑。「那現在呢？」

阿蘿斜眼看他。「現在不凶了，但是壞得很。」

她雙眸黑白分明、靈氣逼人，看得蕭敬遠心猿意馬，有那麼一瞬間，幾乎想直接上榻拉帳子，不過想想時間已經不早，怕是老太太那邊正等著，他也就硬生生壓抑住了。

「好好好，那就讓妳自己穿，我不搗亂就是了。」於是他微微抿唇，不說話，淡定地坐在一旁，等她自己換好衣服。

阿蘿另選了一套略微正式的衣裝，走至屏風後頭張羅。大昭國女子衣裙頗繁瑣，裡裡外外好幾層，又是頗多繫帶，她披上了一件又一件，抓著一條粉色衣帶猶豫地比劃了下，顯然疑惑了。這條衣帶要繫在哪兒啊？

蕭敬遠見她在屏風後似乎遇到困難，自然地起身伸手就要幫忙，阿蘿抬眸看他，卻是有些猶豫。

是讓他幫，還是不讓他幫呢？

自己言之鑿鑿會穿衣服的話語猶在耳邊，這轉眼就把自己打得臉上生疼。

她默了片刻，看著朝她伸過來的堅定有力的大手，終於還是把粉衣帶放到他手中。

蕭敬遠接過來，輕巧地尋到另一處，繫上了。

阿蘿從旁瞅著，心裡不免暗罵自己笨，怎麼就不知道再找找！

胡亂這麼想著的時候，恰見他今日穿著水洗藍長袍，倒是玉樹臨風得很，心中想起一事，疑惑道：「你以前喜歡穿絳紫色、藏青色，還有玄色、黑色的，怎麼忽然反倒喜歡水洗藍了呢？」

她早就注意到了，以前灰不溜丟的，看著就刻板嚴肅，現在倒是爽利許多。

說話間，外面魯嬤嬤聽到裡面動靜，知道該進去了，便命人送拂塵、帕子、臉盆等物進來，準備伺候蕭敬遠和阿蘿洗漱。

阿蘿起身間，就聽蕭敬遠問道：「那妳喜歡我穿什麼顏色、什麼樣式？」

阿蘿隨口回道：「也沒什麼特別喜歡的，看著順眼就好啊！」

「那怎麼叫順眼？」

阿蘿這邊正被丫鬟伺候著潔面，待潔面後，她一邊用毛巾擦臉，一邊道：「清爽些就好了。」

她還是很喜歡今日他這身打扮的，這樣就很清爽。

另一邊的蕭敬遠頗有些無奈，見她根本心不在焉，也只好不再提了。

阿蘿隨著蕭敬遠前去拜見蕭老太太，蕭老太太自是歡喜得不得了。

「好好好，太好了！從阿蘿小時候我就喜歡她，那小模樣長得真叫好，不承想，最後阿蘿竟然落到老七手裡！」

一直盼著當孫媳婦的人竟然成了兒媳婦，肥水不落外人田，嫁給她家老七，她心裡更滿意！

旁邊的幾個媳婦自然看出婆婆的心思，大家有志一同地附和誇道：「是啊！要說起來，七弟妹和咱家七弟也實在是天造地設的一對，你們瞧，他們站在一起多相配。」

「嫂嫂說得對，郎才女貌，讓人看著就舒心。」

這番話聽在蕭老太太耳中，自是讓她樂得合不攏嘴。喝著阿蘿呈上來的茶，聽著那聲甜甜的娘，她喜不自勝，抬手吩咐道：「拿來。」

旁邊丫鬟聽命，奉上來一個紅漆托盤，眾人見了，自然不免看過去。

蕭老太太嘴裡念叨著：「咱們家每個媳婦進門，我都會給一件東西，女人家應該有個壓箱子的寶才是。只是如今我年紀大了，箱子裡也沒什麼好物，這個就留給老七媳婦吧。」

這麼說著間，那紅漆托盤上的罩子被打開來，卻見裡面是個紅木小匣子，再打開那小匣子，終於見到所裝之物，卻是一件鏤空累絲寶鈿花釵，上面鏨刻加累絲五朵靈芝，構成一朵梅花形。每朵靈芝嵌一塊碧璽，松枝及竹葉點翠綴於其間，而就在正中間，又有一顆殷紅寶石，流光溢彩。

這花釵做工繁瑣精美，實為絕品，而中間那顆殷紅寶石更是耀眼奪目，阿蘿兩輩子都未曾見識過。

就在阿蘿為那寶釵之精美而暗嘆時，卻聽到旁邊一個姪媳婦發出一聲讚嘆。「這就是那枚避水金釵吧？」

避水金釵？阿蘿心中暗詫，想著這是什麼意思？

站在蕭老太太旁邊的羅氏笑嘆了聲。「娘忽然拿出這物來，怕是在場年輕的都不認得。

也是，這件東西如今沒幾個人知道來歷了。」

蕭老太太笑呵呵地將那金釵為阿蘿戴上，口裡對羅氏道：「妳給大夥兒說說這個金釵的來歷。」

羅氏這才道：「這枚金釵來歷可不小。據說一百多年前的永輝三年，咱們蕭家的先祖輔佐太宗皇帝打天下，太宗皇帝登基後，命人在宮外尋了一塊風水寶地，建造蕭府，賜予先祖，表彰蕭家輔佐皇室之功，這其中當然還有一些故事和曲折，暫且不提。後來因為當朝欽天監監正看出這宅子恐遭水禍，太宗皇帝便御賜一顆避水珠，相傳擁有避水珠之人能在滔天大浪中闢出一條旱路，在水中行走如履平地。先祖讓人把這珠子打造成避水金釵，傳令此釵永不可出蕭家大宅，可說是咱們家的鎮宅之寶。」說白了，就是這避水金釵代代相傳，且只傳媳，不傳女，就此綿延至今。

不承想，今日竟然傳到阿蘿手中。

阿蘿一聽，很是意外，一雙眼兒求助地望向蕭敬遠。

她萬萬沒想到，這金釵竟不是尋常的釵子，還有這等來歷，這麼金貴的物事，婆婆竟然要傳給自己，自己哪裡當得起？畢竟這種物事本應該傳給長房長媳的不是嗎？

誰知蕭敬遠見此，卻沒多言，只是挽著她的手，淡聲道：「既是娘所送，推拒不得，妳收下便是。」

阿蘿聽他這麼說，只好乖巧地拜了拜，恭敬地道：「媳婦謝娘的賞。」

蕭老太太見她這般柔順乖巧，言語間嬌憨動人，越發喜歡，當下滿意地看看旁邊自己那兒子，卻見他眼裡滿滿的都是阿蘿。她笑著搖搖頭，暗暗想著，真是傻兒子，不動心則已，一動心便再也擋不住，竟是個癡情小子，疼媳婦的！

一時阿蘿得了避水金釵，又拜謝了羅氏，接著便隨同蕭敬遠一起坐在一旁，陪著家人們品品茶、說說話，再收收各位嫂子送的禮，吃著瓜果點心，聽著歡聲笑語，直到晌午，蕭敬遠告辭，阿蘿自然也陪著出來。

「適才大嫂說到什麼水禍的，當時那欽天監的人是怎麼說的啊？」阿蘿之前在屋裡並沒有細想，如今一出了屋，風吹過來，她腦袋就清醒了。

蕭家注定有水禍，再加上這避水珠……她這被關押在湖底十幾年的人，難免心中多想了一些，這一切都和水有關係啊！

「都是一百多年前的傳聞罷了。」蕭敬遠倒是不以為意。「據說是欽天監監正譚天越前來賀喬遷之喜時，無意中發現此處在數百年前為灘湖之地，蕭家以此址造府，百年之後必有水禍。」

譚天越？

阿蘿以前讀書時倒是曾讀過此人，知道此人上知天文、下知地理，又神機妙算，太宗皇帝能夠平定天下，還多虧了這位譚天越的神機妙算呢。

「然後呢？皇上就賜了避水珠？」

蕭敬遠點頭。「不過這些事是真是假也沒人可以確定，至今蕭家除了後院有一處湖，又哪裡來的水禍？難道這小小一座湖還能害了蕭家不成？況且憑這小小珠子，又怎麼可能有避水之效？」

他少年時便跟隨爹征戰北疆，讀的是人定勝天的道理，信的是手中的劍、胯下的馬，至於一顆小珠子，還真是信不得。

可是阿蘿聽了這些話，心裡卻咯噔一聲。

雙月湖、她所經歷過的十七年水牢之災、鬢上的避水金釵……這些人事物怎麼好像有著什麼關聯？

「阿蘿，怎麼了？妳的手怎麼這麼涼？」蕭敬遠握著她的手輕輕摩挲著，用自己的手去暖她的。

「我——」阿蘿猶豫了下，想著是不是要把一切事情告訴他？也許這樣，便可能避免那所謂的水禍？

「怎麼了？」蕭敬遠自是看出她彷彿有話說，停下腳步溫聲問道。

阿蘿仰起臉，望著他，心裡一暖。

今生嫁給他，他便是自己一輩子的依賴，他不是蕭永瀚那般軟弱之人，自己有什麼信不過的？

「七叔，我有好多話想對你說。」即使已成親，她還是習慣稱呼他七叔，蕭敬遠也順著她。

蕭敬遠聞言一笑，抬手揉了揉她的腦袋。「我知道，妳這小腦袋裡不知道藏了多少事。」

阿蘿只覺得在他大手之下，自己就像隻小狗一樣被摩挲，當下嬌哼一聲。「人家是認真的，原本沒想說，如今聽了這避水珠的故事，我心裡終究不安。」

「和避水珠有關？」

「嗯。」阿蘿點頭。「七叔，你還記得我說過的事嗎？我說在夢裡，我死在蕭家一個潮濕陰暗的地方。」

「記得。」

「其實我還記得，我身處在一座水牢裡，那處水牢就位於雙月湖下。我在夢裡迷迷糊糊的，也不知為何會被關押在牢裡，可是那害我的女人清楚地說，這地方就是蕭家的雙月湖下。」

阿蘿微頓了下，決定略過自己上輩子是嫁給蕭永瀚的這件事不提，以免他知道自己曾是他的姪媳婦，心裡生了隔閡忌憚反倒不好。

蕭敬遠聽這話，只是皺著眉頭，一臉沈思，想著這雙月湖和避水珠一事。

他原本是不信那怪力亂神一說，甚至連這祖上所謂欽天監的水禍並避水珠一說，也是不信的，可是阿蘿似是有些和常人不同的能力，曾經告誡他不可隨意訂親，並且還有柯神醫一事，讓他心裡多少有些鬆動。

她說的話，他是不得不信。

阿蘿見他一臉若有所思，想起馮啟月，猶豫了下，還是道：「還有害了我性命的人，長得和我相似，我心裡猜著，只怕不是馮啟月，就是柯容。」

蕭敬遠低首凝視著阿蘿，卻看她眉眼間帶著一絲怯意，抬手握住她的，果然感到那小手的些許涼意和微顫，這夢中事想必折磨她許久，以至於如今提起，依然心有餘悸。

「別怕。」蕭敬遠將她輕顫的小手攏在自己手心裡，安撫道：「我自會護著妳，絕不容許任何人害妳。」

說話間，已經順勢將她攏在自己懷裡。

阿蘿貼靠在他胸膛上，感受著那胸膛穩健地起伏，多少受了安慰，不過想起許多事，她心裡依然是一片迷茫。

想著那一夜原本是要讓他調查馮啟月身世的事，結果後來他自己卻出了事，待到他被救回，她根本也沒機會問一問這到底是怎麼一回事？昨夜好不容易見面了，洞房花燭夜的，竟沒顧得上問。

她微張唇正要問，誰知恰在此時聽到一陣腳步聲，她忙從蕭敬遠懷中起來，又輕理了下鬢髮，免得讓人看見笑話。

過來的是蕭家的管家蕭拐，此名源於早年他跟著老太爺上戰場打仗傷了腿，雖說不仔細看看不出來，可自此就落下個蕭拐的外號。

蕭家人叫他蕭拐，底下人則稱他一聲「蕭拐爺」。

蕭拐遠遠地便看到新婚燕爾的七爺正摟著新娶進門的嬌妻，寬慰之餘，忙低頭，在略遠之處等著。

蕭敬遠輕咳了聲，示意他上前稟報。

「七爺，太子府來人，說是有要事找七爺。」

蕭敬遠點點頭，示意蕭拐先退下，蕭拐低著頭轉身離去。

蕭敬遠望向自家嬌妻，見她低垂著頭，臉頰上殘留著嫣紅，一時想起昨夜她種種情態，胸口便泛起陣陣柔情。不過再是不捨，他也要過去前廳一趟，當下啞聲道：「妳先回房吧——」

阿蘿只聽得蕭敬遠語氣微頓，灼熱的眸子盯著自己，用唯有兩人能聽到的聲音道：「等著我。」

這「等著我」三個字，實在是意味深長，阿蘿聽得臉紅心跳。

「誰要等你！」

她睨他一眼，不再理會，兀自邁步轉身，朝他們的院落方向回去。

蕭敬遠見她邁著小碎步，嫩黃的裙襬隨著那纖細的腰肢輕輕漾動，一搖一擺，惹人遐思，看了好一會兒，直到她轉彎過了前面那個花圃，不見人影了，他才邁步前往前廳。

阿蘿匆忙逃離後，臉上猶自發燙，心裡想著，自己如今身分和以前不同，是蕭敬遠的妻子，自該端莊有度，以後在外面必要小心，不可落人話柄。正這麼胡亂想著，卻聽得前面傳來一陣琴聲，斷斷續續，似有若無的，彷彿那人在調音。

若是別人或許聽不出，可是她卻頓時聽出這曲子是〈綺羅香〉，蕭永瀚奏的〈綺羅香〉。

抬眼望過去，卻見前方松柏成片，掩映著一處院子，她自然知道這是蕭永瀚所居之處。上輩子蕭永瀚常在這片松柏林外焚香淨手，為她彈琴奏曲。

如今自己身為七嬸，與蕭永瀚輩分有別，路經此地過去看一眼，應不要緊吧？她是想起那晚他在洞房外的眼神，心中總覺得彷彿遺漏了什麼，當下也是有意試探。

略沈吟了下，到底還是順著那琴聲過去。待到走進松柏林裡，見一身白衣的蕭永瀚果然正坐在一棵松樹下，低頭擰眉，恍若沈思，那雙手落在古琴上時而彈奏，時而停頓。

阿蘿站在樹後，猶豫著是否要上前和他說話，可不知該和他說什麼？

誰知正想著，就看到蕭永瀚仰起臉，將那腦袋靠在松樹上，喃喃地道：「我到底要尋哪位女子……到底是哪位……到底是誰……」

阿蘿覺得奇怪，看蕭永瀚兩眼迷茫，流露出痛苦，不及細思便上前，淡聲接話道：「三公子要尋人？」

她這話一出，蕭永瀚抬起頭望向她。

有那麼一瞬間，阿蘿幾乎以為他已經認出她了，可是並沒有，蕭永瀚兩眼發直，眼神從她身上飄過，喃喃道：「不是，我不是尋人，我有娘子的，只是我找不到她，我不知道哪個才是我的娘子？娘給我指的姑娘，並沒有我該娶的人啊……」

阿蘿疑惑地道：「你喜歡的不是柯容嗎？」

「柯容……柯容……」蕭永瀚緊皺著眉頭，將腦袋緊緊抵在松樹幹上，嘴裡一個勁兒念叨著「柯容」這兩個字，整個人似乎更混亂了。

阿蘿看他茫茫然的像傻了似的，慌忙轉身離去，待到跑出老遠後，她才捂著胸口，停下腳步，大口喘氣。

或許之前有千般疑惑、萬種不解，那麼就在剛剛，她確認了，蕭永瀚或許多少殘留著上輩子的記憶，只是似乎很混亂，只知道自己想找一個人，其他的像是什麼都不知。

她閉上眼睛，卻又聽到耳邊傳來〈綺羅香〉，只是曲調緩慢低沈，飽含著憂傷和徘徊。在心底暗暗嘆了口氣，她聽著這曲子，想起了上輩子被關在水牢裡暗無天日的時候，曾經好多次聽過從外頭傳進來的琴聲，只是她終究猜不透彈著曲子的人是怎麼樣的心情？有時候也猜想，或許他一直掛念著自己，或許他也發現枕邊人有什麼不對，可是無論如何，他終究和那個假冒自己之人恩愛一世，終究沒能遵守他所發下的誓言，呵護自己一輩子。

至於今生，他娶柯容也好，娶別人也好，終究與自己無關。

當下想起蕭敬遠來，記起昨晚，心中陣陣泛暖，一時便將蕭永瀚帶給自己的那股莫名憂傷拋之腦後。

她今生嫁的是蕭敬遠，一個寬厚正直、對自己包容呵護的男人，只要和他在一起，無論多少徘徊無助，彷彿都會被他那雙有力的大手一一撫平。

這麼想著，她邁開步子，走回蕭敬遠所住的聽茗軒。

這聽茗軒在她上輩子的記憶裡是個嚴肅冷厲的地方，不是隨便誰都可以踏進的，蕭永瀚、蕭永澤等人要聽受教誨才會前來此地，至於她這樣的媳婦輩更是幾乎沒有機會來了。

不承想，如今這裡竟然成為她的家。

下人們各司其職地打掃著，她站在門首，望著屋子外面的對聯，上頭寫著「書中乾坤大，劍上天地長」，實在是氣勢磅礡、大氣淋漓，想起那男人總是一派淡定肅穆的神情，不由啞然失笑。

這對聯倒是和他本人不太一樣，他素來含蓄內斂，便是有再多功勛，也從來不主動提及，便是有偌大權勢，也一身淡泊。

「站在這裡傻笑什麼？」

耳邊傳來一個聲音，阿蘿猛地回頭看過去，卻是蕭敬遠正撩起長袍，邁步過來。端的是一身清雅從容。

阿蘿連忙蹭過去，拉著他的臂膀道：「你可回來了，我還有事要問你呢！」

蕭敬遠看她那軟綿綿小手攀著自己胳膊，好生依賴的模樣，不知怎的，腦中竟想起昨晚在榻上的情形，那雙纖細嬌嫩，猶如嫩生生白藕一般的手勾住自己的頸子，往日清澈的眼眸彷彿蒙上一層淚做的紗，可憐兮兮地望著自己，要哭不哭的，那真是讓人看得魂都沒了，只恨不得——

蕭敬遠微微繃緊下巴。光天化日的，不好再想了，一想就胸口發悶發疼，好似有一罈火藥埋在那裡，只需要她一個眼神，就會被引爆。

「什麼事？」他聲音不自覺低濁起來，而大手也順勢握住她的小手，拉著她邁進院子裡。

「咱們進屋說去。」

「好。」

一時說著，當走到院落時，阿蘿見裡頭空蕩蕩的荒著，連株花草都沒有，便想起他昔日送給自己的小蒼蘭來了。

「你不是很會弄些花啊草的，怎地現在院子變這麼空，一點人氣也沒有？快跟你這人一樣了，死板板的沒生氣！」

阿蘿睨了他一眼，頗有些嫌棄的樣子。

可即便嫌棄，語氣是嬌嗔的，眼神也是柔軟的，是小女人正對著自己的男人在撒嬌。

「就等妳來安置了，快想想妳喜歡什麼花草，我馬上吩咐管家著手找去。」

蕭敬遠看了看自己的院落，此時除了角落的幾株翠竹，確實沒什麼其他點綴。之前的小蒼蘭移植到葉家去了，再來是因為自己前陣子受傷休養著，無暇顧及院中花草，便命家中姪兒、姪女們各自選了喜歡的帶回去養，因此整個院落才會顯得如此空曠。

反正以前自己一個人住也就罷了，清心寡慾的他早就習慣，可是如今這院落添了一位嬌客，再這麼家徒四壁的樣子，倒是委屈了她。

阿蘿暫且放下那諸般心事，對著這院落轉悠了一圈，最後指點道：「這裡，我想種幾株花，叫人四個時令的各找些回來種吧！這樣我坐在窗子裡面往外看，一年四季都能看到花開、聞到花香。」

「好。」

阿蘿托腮，擰眉仔細地研究了下南邊的牆。「還有這面牆，白白的看著好沒意思，何不在上面畫些山水飛鳥的，看了也舒心。」

蕭敬遠轉首望向那面牆。他以前從來沒想過那面牆有什麼不好，從小就住這兒，這麼多年他早看習慣了。

不過如今，她說那面牆沒意思，他再一看，好像確實這麼一面白牆太單調了。

「好，我抽時間親自臨摹一幅富春山居如何？」

阿蘿自然滿意，眉眼斜飛，笑意盎然。「自然極好！」

說話間，她已經走到東邊靠近廈房的角落，研究了一番，搖頭道：「我記得以前這裡有放一些你親手做的木頭玩意兒，如今怎麼都不見了？」

「想必是被那些姪子拿走了。」

那些木頭小人兒、小車的，其實是他隨手做來送給姪子、姪孫們玩的，因那日他知道她要來訪，才特地將那些還沒送出去的小玩意兒放在院落，想著她或許會喜歡。

誰知當時她看了後，不但沒有特別喜歡的樣子，反而頗有些心不在焉。

其實他哪裡知道，阿蘿當初看了那些小玩意兒，是心裡琢磨著，當初他送給自己的小木娃娃是不是也別有機關？

「被拿走了啊……」

阿蘿語氣中不無遺憾。

當日她在這裡看到那些小玩意兒，是不好意思表現出喜歡，本想著如今終於可以光明正大地玩玩，誰知道已經送人了。

真真是心疼。

蕭敬遠見她那不捨得的小氣樣，忙道：「這個不要緊，抽空我再做一些。」

阿蘿這才滿意地點頭。

接下來她四處東看看、西看看的，拉著蕭敬遠進入正屋，對著屋內各樣擺設指點江山。這塊窗紗不好看，太土；那桌子一看是個好木料子，可用在寢室中有些太古板；還有這個那個，最好是換了吧。

蕭敬遠還能說什麼？新娶進門的小嬌娘，怎麼寵都寵不夠的，這院落裡裡外外，但凡她說不喜歡的，那自然是換換換！只要別把他換了就好，哪怕把房子拆了，也可以重建。

阿蘿多少也是故意的，就是要大刀闊斧地改造一下他這裡，見他真是諸事包容，自是心花怒放。來到書房，她拉著他胳膊嬌聲道：「好啦，七叔，咱們坐下，我好好問問你之前的事。」

蕭敬遠卻是不想「好好坐下」的，他在椅上坐下，伸手將阿蘿一拉，便迫使阿蘿坐在他的大腿上。

阿蘿微發出一聲驚呼，待看清自己坐在蕭敬遠大腿上時，頓時又羞又氣，連忙看旁邊丫鬟、嬤嬤，卻見她們早就知趣地出去了。

她粉頰微暈，小聲埋怨。「光天化日的，我不要坐在你腿上！我又不是小孩子！」

蕭敬遠原本其實也沒其他想法，只是想讓她靠自己近些，誰知道她坐在他腿上搖來擺去的，難免惹得人胸口那團根本沒熄滅的小火苗又慢慢燒起來。

蕭敬遠大手固定住她的後腦勺，不許她再像個小兔兒一般亂竄，俯首下去，滿意地看著她在自己懷裡乖巧的小模樣。

他用自己的鼻子輕點她的鼻尖，故意逗她道：「妳怎麼不是個小孩子了？」

「我這不是長大了嗎？」她一邊躲他，一邊噘著粉嘟嘟的小嘴嬌聲道。

「可是再大，妳也沒我大，既沒我大，那就只能坐在我懷裡。」

「咦——」這是什麼道理？

阿蘿萬沒想到，蕭敬遠竟然能說出這種歪理來。

蕭敬遠換了個姿勢，臂膀攬住她的後背，果然像是大人抱小娃娃那樣抱著她，只是和大人抱小娃不同的是，蕭敬遠的手似有若無地在她腰際輕撫。

她心裡發羞，身上又覺得癢，待要逃，又逃不脫，最後只好半推半就地靠在他胸膛上。

「妳剛才不是說有事要問我嗎？」他在她耳邊這麼道，燒灼的氣息輕輕噴在她耳邊，惹得她根本坐不住，挪來蹭去的。

「有事要問？」阿蘿這才從腦子裡拾起之前想說的事，想了想，決定從頭開始問。「你先說說，之前咱們在山上寺裡，你去追那窗外之人，後來怎麼好好的就出事了，是什麼人害你？後來你怎麼會在那個我找到你的院子裡？」

這件事，怎麼看都有問題。

「那妳告訴我，妳是怎麼知道我被關在那裡的？」蕭敬遠抬手輕輕揉著阿蘿的頭髮。

阿蘿再次覺得，那雙有力的大手摩挲過自己頭頂時，那種感覺，彷彿自己是一隻睡在主人膝蓋上的貓。

她一邊歪腦袋躲開，一邊道：「我說了你可別覺得奇怪。那天我是無意中聽到別人提到你的名字，仔細一聽，接著就聽到你的呼吸聲，我再順著那聲音一路找，便找到了那處宅院。」

蕭敬遠頷首，眸中若有所思，淡聲道：「我那夜追蹤外面偷聽之人，不料那人功夫極好，我在路上和那人纏鬥半晌，並不曾占上風；到後來，我思之這可能是調虎離山之計，怕妳在寺裡有什麼危險，便折返回去找妳，誰知行到齋院門口處，就看到妳站在那裡等我。」

「我？」

阿蘿聽得此言，心中咯噔一聲，只覺毛骨悚然，渾身發冷。

她一直留在禪房內沒有出去，七叔怎麼可能在齋院門口看到自己？

難道說，上輩子害自己性命的人出現了，那一天還隨她在寺裡……

蕭敬遠本是抱著阿蘿的，此時自然察覺到懷中人兒止不住地冷顫，心中生憐，忙道：「別怕，阿蘿，那是假的。」

「假的……這世上已經有一個假阿蘿了嗎……」她薄唇止不住地顫，語不成句。

蕭敬遠見懷中人兒驚惶不安地猛往他懷裡靠，心痛不已，愈加攬緊她，又用手輕輕拍著她的後背安撫。

「這世上自是只有一個阿蘿，那日我見到的，是假的。當時夜色暗，我離得遠，不曾察覺，倒是被那歹人給騙了。待到我走近了察覺不對勁，那人根本不是妳，卻是晚了，中了那人迷藥，之後再戰自是不能敵，就此成了階下囚。」

阿蘿聽著這番話，自是揪心不已。

「七叔，你走近了，一眼就認出那個人是假的？」

「是。」

「為什麼？你怎麼認出來的？」她執意問道。

這是她心中的死結，她一直無法明白，為什麼蕭永瀚認不出假的阿蘿？為什麼他一直一直都在寵愛著那個假阿蘿！

蕭敬遠自然聽出她語氣中少有的固執，低頭凝視著她那雙濕潤清澈的眸子，卻清晰地看到裡面漾著的忐忑。

就好像，曾經的她因這件事受到過莫大的傷害，那傷害就刻在她眼睛裡、記在她心裡。

這一刻，他知道，自己的答案於她來說，格外重要。

微微沈默了片刻，他的唇輕輕碰上她的，低聲呢喃道：「小笨蛋，這需要問為什麼嗎？妳是我放在心底的人，別人是假扮不來的。」

蕭敬遠的聲音就在耳邊，阿蘿初時微怔，細細品味其中涵義，後來便品味出甜蜜，那甜蜜從舌尖蔓延，順著血液擴展到四肢百骸，溫暖了渾身每一處，讓她不曾察覺的緊繃神經，一下子放鬆下來。

蕭敬遠是蕭敬遠，蕭永瀚是蕭永瀚。

姪子做不到的，叔叔未必做不到。
況且，這個叔叔一直都是蕭家最出色的子弟。
蕭敬遠低首凝視著懷裡的嬌媚人兒，不曾錯過她臉上任何一絲變化。
其實他早已經發現了，她心裡依然有事沒有坦白，不過沒關係，他也不著急。她不說，可見她對自己還沒有完全放心，他既然娶了她，便會疼她、寵她一輩子，用一輩子的時間慢慢讓她向自己敞開心扉。
而今日，當自己提起那個假阿蘿的時候，她的反應超乎尋常，整個身子都泛著冷，止不住地打顫，如同沒著落的小貓小狗般，往人懷裡鑽。
他心中有所體察，卻也不敢多問，只是不動聲色地安撫她，一點點觀察著她的反應，小心寬慰著。如今見她神態舒緩地斜靠在自己臂窩裡，嘴角微微彎起來，顯出一個淺淡白淨的酒窩，知道這個心事暫且過去了。
「那你如今可查出那一夜的那些人是誰了？」阿蘿並不知身旁的男人心中已過萬重山，隨意地攬著他結實的腰桿，舒服地用腦袋蹭了蹭他好看的藍袍，繼續發問。
「自然不會輕易放過。這些日子我一直在查，發現此事並不單純，這些人背後牽扯到一股勢力，這股勢力在燕京城扎根之深，年代久遠，是我始料未及的。」蕭敬遠避重就輕，淡聲道。「不過這些事妳不必操心，這些人既惹上了我，便是惹上了蕭家、惹上了太子，無論用上何種手段，我都會把他們揪出來的。」
邊說著，他抬手將阿蘿臉頰邊一縷碎髮拂到耳邊，那縷髮絲襯著白淨細膩的肌膚，在陽光下折射出細碎的光澤，看得人心裡發癢。

「可是，我想知道你怎麼做啊……」阿蘿輕輕嘟嘴。為什麼七叔這語氣，彷彿她只要臥在他懷裡喵喵喵就行了？

「等一切塵埃落定，我會讓妳知道的。」

蕭敬遠沈吟了下，還是決定先不透露風聲。

這件事只怕會牽扯到不該牽扯的人，若是沒有查清，先讓阿蘿知道，只怕徒增她的煩惱罷了。

「好吧，那柯神醫呢？找到他的下落了嗎？」阿蘿既問不出來，便轉問其他。

「已有眉目了，不過要找出人來，怕是需要點時間了。」

阿蘿失望地喊著：「又要時間啊！那我哥哥的親事怎麼辦？眼看著就要做親了，眼睛沒好，怕是不能指望有什麼好親事了。」

蕭敬遠嘴角微抽動了下，一時不知作何言語？

阿蘿搖頭晃腦地又嘆氣又操心。「我哥哥這個人是樣樣都好，論相貌、論文采、論性情、論家世，也算是燕京城裡不錯的了，恨只恨那雙眼睛不好，吃了大虧，若是給哥哥配個尋常女子，我心裡難受！」

蕭敬遠默了片刻，終於抬起手，拇指輕輕摩挲過她那叨叨叨的小唇，意味深長地道：「妳哥哥，怕是不用妳操心了。」

只可惜，阿蘿顯然沒聽出其中意思。

「怎麼不用操心？我哥哥這個人待父母弟妹都好，唯獨待他自己不好，自己的事都不上心。依我說，但凡他自己上心些，便是眼盲又如何？也能找到個情投意合的女子騙進家門。」

她就不信了，燕京城裡那麼多大家閨秀，總有那麼幾個腦袋進點水，看中哥哥的才華樣貌、不在乎哥哥眼睛的，偏偏哥哥就是不關心自己的親事。

蕭敬遠輕嘆了口氣，摩挲著她的唇兒，轉開話題道：「對了，岳母大人當年的事，也有消息了。」

「咦，有消息了，說什麼？」阿蘿一聽到這話，頓時拋開哥哥，整個人興奮地坐起來，幾乎是半趴在蕭敬遠身上，兩隻胳膊攬著他脖子晃悠。「快告訴我，我娘那邊到底怎麼回事，難道那個馮啟月真的是我娘生的？」

蕭敬遠笑望著懷裡的人兒，溫聲道：「這個妳不必擔心，那馮啟月，確實是妳姨母所出，絕不是妳娘的女兒。」

「是嗎？那馮啟月怎麼說出那種話？」

那一日她聽到馮啟月所言，自然不可能有假，更不可能是故意說給她聽的，可見在馮啟月看來，自己的娘確實就是她的親生娘。

懷裡的女人竄來動去的，蕭敬遠難免關鍵部位被觸動，有所感覺，當下便隨手端起旁邊一盞茶，餵了她一口，自己也呷了口，冷靜下心神，這才慢騰騰地說下去。

原來當年寧氏原本嫁給蘇家四公子，後來蘇家四公子病逝，寧氏一度境況淒涼，彼時確實曾經懷下身孕，怎奈當時身子單薄，那腹中胎兒根本沒能保住，就此流掉了。

寧氏生下的第一個孩兒，乃是阿蘿的哥哥葉青川，這是再沒疑問的。

「竟然流掉了？」阿蘿不承想，寧氏還有這等遭遇。

她一邊這麼喃喃著，一邊挪動了下身子。

而她的挪動越發讓蕭敬遠難以忍耐，當下只好再呷了一口茶來鎮定心神。

「至於說到馮啟月為何胡謅，這就不得而知了。或許因她命運乖舛，其間受過不少苦楚，偏生妳娘對她極好，以至於她心神不穩之下，開始認定自己的親娘別有他人，生出不該有的心思，也或者因為什麼事讓她起了誤會，也是可能的。」

其實於蕭敬遠來說，這個馮啟月的心思倒是不難揣測。

阿蘿聽蕭敬遠這麼說，覺得倒是頗有道理。如此一來，一切就說得通了。

「七叔，還有一件事，我可得提醒你。」阿蘿歪著腦袋，認真地道。

蕭敬遠看她一本正經的小模樣，幾乎失笑，不過他還是努力收斂了笑，問道：「什麼事？阿蘿快告訴我。」

「我在夢裡被囚禁在蕭家水牢，我們得想辦法找出這座水牢。」

「這是自然。」

「但是除了水牢之外，更要查出那害我的人是誰？那人知道水牢的地點，又能把我囚禁在裡面，恐怕和蕭家有莫大干係，要不然他怎麼會知道水牢的秘密？」

那個人為什麼知道？那個人和蕭家是什麼關係——或者說，根本就是蕭家舉足輕重的人物？

時過百年，就連蕭家人自己怕是也沒幾個知道這水牢之事，至少蕭敬遠是不知道的。

蕭敬遠開始的時候猶自神情自若，可是望著阿蘿那認真的眼神，他忽然意識到，自己確實忽略了最重要的一點。

查清楚了綁架自己的幕後主使者的身分，怕阿蘿知道難過，所以隱瞞了，可是他自己其實也要提防自己的至親可能就是背後捅刀人！

如阿蘿所說，蕭家水牢的秘密連自己都不知，外姓人又怎麼會知道呢？

阿蘿見他聽了自己的話後一直不曾言語，心想如他這般堅強，若為親人所背叛，心裡也是難過的吧？再堅強的人也有脆弱之處，只不過遮掩得好而已。這麼一想，她竟有些心疼這個男人了。

抬起手，她摸了摸他的臉頰，溫聲安慰道：「或許真不是蕭家人做的，只是我想多了而已。」

說完，她又覺得自己這話也太矯情了，才剛說蕭家人可疑，轉眼又說不是？

絞盡腦汁一番，她終於重新想到安慰的話。「就算是自家人又如何？他既能幹出這等事，便早就不顧骨肉親情了，你又何必為此難過？」

蕭敬遠聽到阿蘿這安慰之言，不禁一怔。

這話可是他準備哪一日真相大白說來安慰她的，倒被她搶先一步了……

第二十八章

這幾日因蕭敬遠新婚燕爾，他不必上朝，倒是有空餘時間在家中多陪阿蘿。

這一日，因夫妻二人想起那雙月湖底水牢一事，決定得空便前去探查一番，找一找那所謂的水牢所在。

當阿蘿在蕭敬遠的陪同下來到雙月湖時，只見湖上已結冰，些許殘枝敗葉零星浮凍在冰中，結冰的湖面看來並無任何異常。

湖底水牢的入口，在哪裡？

阿蘿擰眉，看了眼身旁的蕭敬遠，只見他一臉沈思，默然立在身旁，仔細地觀察著這不知看了多少次的雙月湖，試圖找出破綻。

可是再怎麼看，這只是普通的湖啊！

若是底部鑿空，真藏了座水牢在下方，找不到正確的通道進入，豈不是只能抽乾湖水看看了？

阿蘿心中暗暗嘆息，閉上眼睛，運用自己特別的耳力試圖聽聽湖底的聲音。

只可惜，任她怎麼聽，就是一片寂靜。

阿蘿不甘心，帶著蕭敬遠繞著雙月湖又巡了一圈，仍然一無所獲。

她最後頹然地嘆氣道：「唉，怎麼會這樣？四周找不到什麼機關密道，這結冰的湖面結結實實的，就是個普通的湖呀！如果不是那段記憶太深刻，我還真的會差點以為一切只是一場夢……」

蕭敬遠聽她說到這裡，猛然轉首望向她。

她此時一臉沮喪，沒有意識到自己話中的破綻。

她說的是，差點以為一切只是一場夢。

言下之意是，她說的那些事並不是一場夢，而是真實發生過的，所謂的夢，只是她想出來的說辭罷了。

他們相識時，阿蘿不過只是個七歲的孩童罷了，那些事斷斷不可能在她小時候發生。

一陣寒風吹過，一片乾枯的樹葉打著旋兒飛來落在她肩上，蕭敬遠將阿蘿護在懷裡，順勢拂去她肩上的葉子。

他溫聲安慰道：「別氣餒，這水牢的秘密已經隱藏上百年，本就不是會被輕易發現的，要不然我也不會一無所知了。」

蕭敬遠是相信的，他相信阿蘿所說的一切是真實的。

因為就在剛剛，當那陣風吹過時，他忽然想起自己曾經作過的那個奇詭的夢。

當時的阿蘿尚且年幼，可是他卻夢到小小的她變成個大姑娘，長大成人的阿蘿嬌媚無雙，沐浴在一處溫泉裡，冰肌玉骨在那氤氳霧氣中若隱若現，露出肩頭的一點小紅痣……

他心裡明白，夢中的那個阿蘿，就是長大成人的阿蘿，和如今站在他面前的阿蘿一模一樣。

或許這夢中畫面是真實發生過的事，冥冥之中，他和她都是記得前世的。

「或許吧。」

正說著時，阿蘿突然想到她的避水金釵。

不知上頭的那顆避水珠，是不是能幫助自己解開雙月湖的秘密？

可那避水珠該怎麼用呢？

正想著間，就見管家蕭拐帶著兩個小廝過來。

見了蕭敬遠和阿蘿，管家恭敬地先見禮，而後笑道：「老太太說，要請七爺和七夫人過去一下。」

阿蘿隨著蕭敬遠來到蕭老太太院落裡的花廳時，卻見今日人倒是齊得很，蕭家幾個夫人並子姪輩諸如蕭永瀚、蕭永澤都在。原來是午膳過後，蕭老太太興起，便找大夥兒齊聚一堂聊聊天。

昔日蕭永澤心儀著阿蘿，如今阿蘿成為他的七嬸，他自是十分不自在，隨著大家起身，恭敬地跟七叔、七嬸見過禮，之後便遠遠站著，不敢看阿蘿。

阿蘿倒是問心無愧，安然地陪著蕭敬遠來到蕭老太太跟前，向蕭老太太問好。

蕭老太太見小兒子進來，儀表堂堂、氣度不凡，身邊又伴著個小嬌娘，可真是天造一對、地設一雙；再看這二人言語間眼神交會，阿蘿情態間不知多少嬌羞依賴，便知道這二人恩愛得很。

當下她是寬慰不少，拉著阿蘿的手道：「阿蘿，我就想問你們夫妻倆好不好，這幾天妳住著還習慣吧？」

「謝謝娘，這裡什麼都好，阿蘿很喜歡。」阿蘿乖巧地回道。

「那就好。」蕭老太太滿意地呵呵笑，但話鋒一轉，埋怨起兒子來了。

「妳不知道，敬遠自小早熟，遇事往往自有主意，我也奈何不得他，及至少年時，他又隨著他爹前往北疆鎮守，我更是鞭長莫及，待到他好不容易回來，更不是我能管得了的。妳說他一把年紀了還不成親，我心裡能不急嗎？可是又有什麼辦法，我管不住！盼天盼地盼月亮，總算盼來他主動說看上一個姑娘，可把我歡喜壞了。如今只要你們能好好過日子，我就心滿意足了，再能讓我抱個大白胖孫子，我死也瞑目了！」

阿蘿聽著這話，開始還好，並不覺什麼，後面卻提起什麼抱孫子的話，心中羞澀，不好應對，只抿唇輕笑了下，低頭不言語。

好在旁邊的二夫人過來解圍，笑道：「老太太說的什麼話，阿蘿這才剛進門，哪能給您老人家馬上變出個大白胖孫子，好歹要再等一些日子才是。」

蕭老太太想想也是，自己也笑了。

「哎呀，我只是心急了，盼了太多年，阿蘿別放在心上啊！」

雖不再提這事，只是因這話茬，阿蘿面上自是泛紅，也不好再說其他話，幸好蕭敬遠見沒什麼事，便尋了個理由要帶她先告退，她便聽話地跟著。

蕭老太太應允，臨走卻不忘吩咐。

「敬遠，之前娘瞧著你屋裡冷清，便著人給你安置了些家什擺設，可是那些未必合阿蘿的意，等會兒你就帶阿蘿去庫房裡找一找，看到什麼喜歡的，儘管拿過去擺在房裡就是。」

「是。」蕭敬遠恭敬地向母親道謝。「兒子和阿蘿謝過娘。」

兩人這才轉身離去，就在即將跨過門檻之際，阿蘿無意間目光掃到了站在角落的蕭永瀚，下意識地多看幾眼。

蕭永瀚這幾日看著清瘦許多，因人瘦了，穿著那白衣，越發顯得孤零零。

誰知忽而間，一雙眸子瞥過來，其中不無敵意。

阿蘿一看，正是柯容。

她守在蕭永瀚身邊，像是守護著仙草的獸。

阿蘿只當沒看到，從容地收回視線，跟隨蕭敬遠出去了。

待到出了門，她想著蕭永瀚如今的景況，又想起婆婆所言的想抱大白胖孫子的話，不禁勾起一樁心事，牽著蕭敬遠的手就這麼安靜地走著，也不言語。

蕭敬遠看她進去時嘰嘰喳喳，出來時跟鬥敗的小雞一般耷拉著腦袋，自是不忍，只以為她是聽到娘的話心裡有壓力，便安慰道：「娘的話妳聽聽也就罷了，別當真。如今妳年紀還小，子嗣一事，先不急。」

阿蘿其實心思早跑到上輩子去了，聽得蕭敬遠說話，這才回神，轉首仰臉看了看他，不明白地道：「我雖小，七叔卻不小了，怎地不急？」

她向來是實話實說的。

蕭敬遠無奈地捏了捏她嫩滑的臉頰。「小笨蛋！」

「我哪裡笨了？」阿蘿有點不服氣地摸自己臉，被他捏得有些疼。

「我確實不急，過幾年再說吧。」說完，便牽著她手繼續往前。

瞧他變臉倒是挺快的，阿蘿當下也只好不再說下去，趕緊跟上。

繞過一條條長廊，穿過一道道月牙門，兩個人來到庫房前，管家蕭拐負責主管這庫房的財物清點和看守，此刻得令，已經守在門口等著開門，此時見蕭敬遠夫婦來了，忙打開庫房。

阿蘿隨著蕭敬遠走進去，待到踏下臺階，走上一道長廊，她心裡一直暗暗震驚著。她上輩子做蕭家的孫媳婦也是個受寵的，得過老太太幾樣賞，可若說由夫君陪著進蕭家庫房裡挑東西，這種待遇卻是萬萬沒有，她根本從來沒進過這庫房。

如今嫁給蕭敬遠，得以進來了，這才發現自己終究是見識淺薄，還以為所謂的庫房不過就是琳琅滿目、四處都是家什，再富貴的人家，頂多是讓人挑個眼花撩亂罷了。

可蕭家的庫房卻是亮堂堂的一間堂屋，四周打造了恍若藥鋪一樣的小櫃子，每個小櫃子外頭都貼著小標籤，上頭隱約有字。

「七爺、七夫人，咱們先去人字庫看看瓷器，然後再去木字庫看看家具如何？」

蕭敬遠點頭，回首對阿蘿道：「妳看看喜歡什麼，隨意拿就是。」

阿蘿見他這麼說了，也就不客氣地在庫房裡好生一番挑選，最後挑了一架桃木四扇圍屏、一個嵌貝流光閣簾，並幾件花瓶、玉盤等，管家紛紛記下，立時就讓人一樣樣送去聽茗軒。

最後偶經過筆字庫，蕭敬遠又隨意領了些上等硯臺。

「妳素來不學無術的，如今嫁給我，我好歹要讓妳上進一些，以後每晚都教妳練幾個字，如何？」

阿蘿聽這話，頓時心中泛苦，心想，在家時要被逼著學這學那，娘動輒說若不學，怎嫁得了好人家？怎麼如今好不容易嫁人，以為熬出頭了，這夫君還要她再用功？

真是苦命！

不過媳婦新進門的，也得順從一些，她也不好直說自己就是不想求上進，只好硬著頭皮道：「七叔說得是，七叔學問高，字也寫得好……我會好好學的。」

她言不由衷地說，心裡覺得好苦。

蕭敬遠恍若沒看到她一臉哀怨，只逕自命人將那筆墨紙硯統統帶回自己院子裡去。

兩人一番挑選，待到要離開時，阿蘿眼尖地瞄到庫房旁邊還有一條走廊，卻是和其他走道不太一樣。

「為什麼其他走廊上都掛著木牌，唯獨這條沒有？」

蕭敬遠解釋道：「這是通往另一個副庫的，後來那庫房年久失修不用，從我祖父那輩起便封起來，現在從這個通道過去，是一條死路。」

「哦……」原來沒什麼。阿蘿也不覺得在意，轉而操心剛才蕭敬遠所說的要她練字的事。

這……他該不會是說真的吧？

她要想個法子，可別讓他真擺出一副先生樣，她可吃不消。

這一日阿蘿隨著蕭敬遠回來，每每想到練字的事，難免心中有些忐忑，不過好在用過茶點稍事休息，也不見他再提，反而喚來底下人，讓他們按照自己的心思，開始整理院子、丈量尺寸。

阿蘿見此，也興致勃勃地要魯嬤嬤和雨春把自己挑的那幾樣物事取過來，按著自己心思擺放在房裡。

她還拿出蕭敬遠昔日送自己的木娃娃放在梳妝檯前，正在擺弄時，想起蕭敬遠的乳名叫「蘿兒」，不免又取笑他一番。

蕭敬遠見她笑自己，面無表情地走過來，故意將她壓在榻上撓她癢，惹得她越發笑個不停。一邊在挪移小櫃子的魯嬤嬤立即識趣地使了個眼色，示意雨春同自己一道退出去，順手帶上房門，留下這對新夫妻恩愛和樂著。

阿蘿還在求饒不止，一聲聲地叫著「七叔饒了我吧，阿蘿知道錯了」，而就在這般聲響中，帷帳落了下來，床榻悶響起來……

過了約莫半個時辰，裡面才消停，之後自是吩咐丫鬟打來熱水，夫妻二人都擦洗一番。

縱是光天化日的，到底是新婚夫妻，蕭敬遠想了不知多久，每每不能自制。

事罷，阿蘿還在榻上整理衣裙，蕭敬遠坐在榻邊，時不時幫她繫個帶子，正這麼溫存著，恰好看到旁邊的木娃娃。

他一眼即認出，那木娃娃是當年自己親手做來送她的。憶及當日情景，他不由溫聲道：「當日妳心裡必十分惱恨我，可我當時轉身一步步離開，心裡也難受得緊。」

這般心裡話，以前是斷斷不會說的，如今成了夫妻，已是肌膚相親，便不避諱。

阿蘿想起過去的事，他離開時說的那些話到底傷人，當下微微噘嘴，故意道：「你當時離開，是怎麼說來著？」

說什麼他是要娶那誰誰為妻的，便是那女子命中有厄運，他也要娶！

不知道的，還以為這是幾生幾世的緣，生死不能離的真情。

蕭敬遠看她心裡依然有不滿，也是笑了。

「這件事，妳可以用一輩子來說嘴了。」

「那當然了！我可是忘不了的，這木娃娃就是證據，就是你對我始亂終棄的證據。」

阿蘿正洋洋得意地說著，蕭敬遠看了眼那木娃娃，卻問道：「記得當初咱們第一次見面時，我還送妳個小紅木錘子，那錘子呢？」

錘子？

阿蘿眨眨眼睛，頓時原本的氣鼓鼓消失得無影無蹤。

小紅木錘子，她惱恨之下已經送給葉青萱了啊……

「怎麼，丟了？」蕭敬遠其實並未在意，想著依她的性子，便是胡亂丟了都有可能，只是看她那眨眼的樣子，一看就是心虛，便故意這麼逗她而已。

「沒沒沒——」她哪敢說丟了呢，更不敢說胡亂扔給堂妹了，眨眨眼睛，硬著頭皮道：「這個在我家裡，並沒帶來，等趕明兒回門，我就找來給你看。」

蕭敬遠一看這架勢，便知道必然是說謊，不過他也懶得拆穿她，左右到時候讓她找找，找不到，且看她那小腦袋還能捏造出什麼理由來。

阿蘿已經心虛得都不敢抬頭，正琢磨著該怎麼轉移話題，誰知這個時候聽到外面有說笑聲，不一會兒就有丫鬟來報，說是蕭家的幾個媳婦過來特意找她說話，阿蘿吩咐將幾位夫人領進偏廳稍候。

女眷們在廳裡說笑著，當兩夫婦進了偏廳，見蕭敬遠在，便忙收斂了笑。

這次來的，除了六夫人是蕭敬遠的嫂子，其他都是姪媳婦、堂姪媳婦，也有家族裡的姑娘。既是以晚輩居多，如今見了蕭敬遠這個七叔，自是斂手斂腳的。

這些人都是阿蘿上輩子所熟悉的，往常一起說說玩玩，自是知道她們對蕭敬遠的敬畏，上輩子，她也是那麼多姪媳婦中的一個呢。

她笑了笑，看那些姪媳婦上前給自己行禮後，便招呼她們坐下，之後便對蕭敬遠道：「你在這裡，大家都不自在，昨日不是說要在南邊那面牆畫一幅富春山居圖嗎？趁這工夫，先去看看吧？」

蕭敬遠其實恰好有事要出去，聽這話，也就順勢點頭。

旁邊幾位姪媳婦自然不敢坐下，見他出去，慌忙一個個見禮，目送著他跨出廳外走了老遠，大家才摀嘴笑起來。

六夫人早年喪夫，底下養著一兒一女，平日也無雜事，不過是陪著姪媳婦、小姑子們繡繡花、看看書的，每日再去蕭老太太跟前盡孝。

因六夫人當年也隨著夫君前去北疆，是以和蕭敬遠倒是熟，蕭敬遠對這位嫂子也很敬重，這也是為什麼如今六夫人敢帶著一群姪媳婦過來叨擾的原因。

如今六夫人見蕭敬遠悶不吭聲就出去，不由掩唇一笑。

「可真是開眼界了，他也有今日。」

其他幾個姪媳婦，在以前阿蘿來蕭家時也是一起玩過的，多少臉熟，其中蕭懷錦、蕭六姑娘更是和阿蘿熟得很。

此時蕭敬遠一出去，她們立即活絡起來，特別是開朗的蕭懷錦，聽六夫人這話，驚訝地道：「是了，真是想不到，七叔對妳可真好，妳那樣的口氣和七叔說話，他竟然不惱，不但不惱，他還聽話地去刷牆了。」

這世上，她是沒見過有人敢這麼和七叔說話的。

六夫人含笑道：「許多年前我跟珍兒他爹在北疆時，就和老七熟，老七這個人平時不多話，做什麼都一板一眼的，底下人個個怕他，我平時和他說話也不敢隨意的。我還想著這世上有什麼人能管住他呢，不承想，一物降一物，今日算是見識了！」

阿蘿看眾人都圍著自己取笑，不免有些羞澀。

「敢情今日六嫂帶著諸位，是揶揄我來了，說這話，可沒有果子吃！」

大家聽聞都哈哈笑起來，笑著間，又有人道：「剛才四姑娘可是說錯話了，今日哪裡能直呼阿蘿，應該叫七嬸的。」

「可不就是，阿蘿已經是嬸嬸了。」

就在大家一片說笑中，阿蘿命底下人取了瓜果點心並果子茶，大家一邊喝著一邊說話。因年紀都差不多，雖阿蘿輩分不同了，可大家依然沒什麼顧忌，嘰嘰喳喳，該說的、不該說的都說了，言談間，不知怎的提起蕭永瀚來，六姑娘卻是撇嘴，冷笑一聲道：「柯容她這下子可算是等到了。」

這個柯容平日心思深、野心大，做什麼事都有目的，剛開始大家還不知，後來慢慢地看出來了，都不太喜歡她。

「等到什麼？」阿蘿一聽柯容這兩個字，馬上耳朵就豎起來了。

「妳自是不知，柯容往日心裡眼裡都是三哥，每日都纏著，便是家裡養著的那隻貓都知道，柯容想嫁給三哥！只可惜，三哥這個人吧，自從小時候落水，腦子便稀裡糊塗的，一會兒對柯容親近，一會兒又遠著她，誰也看不懂三哥的心思。」

蕭懷錦說道：「本來這也就罷了，老太太都說了要給三哥另外說個人家，誰承想，今日又不一樣了。」

阿蘿壓抑下心中的好奇，狀若隨意地問道：「怎麼不一樣了？」

旁邊一個姪媳婦接著話茬道：「今日在老太太房裡，七嬸想必看到了，柯姑娘和三少爺都在呢，後來等我們各自回去，沒想到三少爺獨自留下來，特地向老祖宗請婚，希望老祖宗成全，把柯姑娘許給他，說什麼他們是前生就注定的夫妻，他好不容易才找著的什麼的……」

後面大家嘰嘰喳喳說什麼，阿蘿便沒怎麼聽到心裡去，腦子裡一個勁兒地想著蕭永瀚的事。

看來蕭永瀚跟她一樣，自從落水後便有了上輩子的記憶，只是零碎不全，甚至混亂的。先前她一直以為他心裡可能真的愛著柯容，如今看來，其實倒誤解了他。

他上輩子一心一意地愛著那個葉青蘿，這輩子依然記著，可是他腦袋糊塗，分不清哪個是葉青蘿，便誤會柯容是。

也許這其中有過懷疑吧，便自己反反覆覆的，一忽兒覺得是，一忽兒覺得不是，據蕭家的人說，他就是自從落水之後，整個人都不清醒，時好時壞的，大夫看也未見起色。

阿蘿在心中暗自嘆氣。過去的一切，她已經放下，她也希望蕭永瀚放下。

如果可以，她甚至希望蕭永瀚把上輩子的事忘得一乾二淨，忘記曾經的葉青蘿，毫無負擔地過好這輩子的人生，不是挺好的？

傍晚，當蕭敬遠回來的時候，屋裡的客人已經走了，只剩下阿蘿在那裡隨意翻看一些繡花樣子，那是姪媳婦們留下的，還相約下回一起繡花。

阿蘿只盼著永遠不要有一起繡花這一天，她嫁妝裡的繡品，自己不過添補幾針罷了，若讓她當面繡，豈不是丟人現眼？

「她們過來，都說了什麼？」

蕭敬遠知道，那些姪媳婦並姪女都和阿蘿差不多年紀，同齡女子在一起，難免話多了些，免不了彼此攀比什麼的。想到那些姪媳婦的夫君，也就是他的姪子，年齡自然都比他小，他深怕阿蘿和別人一比，突然覺得自己嫁虧了，或者別人說了什麼，讓她心裡起了別的想法，因此忍不住就想關心她們的話題。

他也明白，晚輩們對他都是敬畏有加的，怕是私底下沒什麼好話。

蕭敬遠以前只覺得，早點娶她進門，可以從此安心。但是他現在發現，即使娶進門了，也一點不安心，只恨不得從此把她掛在身上，那才好。

「沒啊。」阿蘿在蕭敬遠面前，是盡可能避免談及蕭永瀚。

蕭敬遠抬眼，瞥了阿蘿一眼，沒言語。

阿蘿見此，總覺得他彷彿看穿了自己，不免有些忐忑，想著，難道他聽到什麼消息？畢竟蕭永瀚是他親姪子，姪子打算成親，他肯定會聽說的吧。

誰知蕭敬遠沒再追問，而是直接喚了書僮來，吩咐道：「去書房備好文房四寶，先磨墨，等下我和夫人過去。」

小書僮得令，自是去了。

蕭敬遠這才回過頭來，對阿蘿道：「等會兒妳先寫幾個字我看看。」

之前他說教自己寫字，阿蘿本以為他已經忘記這件事，沒想到記性這麼好，竟然還記得。

她磨蹭了下，還是想不到法子讓他打消主意，只好真的隨著蕭敬遠過去書房。

這個時候筆墨已經準備妥當，一進門，便聞到淡淡的墨香。這種墨和往日阿蘿所用的不同，聞起來格外清雅宜人，以至於阿蘿多少有些明白，為什麼詩詞裡都說墨香，原來墨真可以是香的。

蕭敬遠過去旁邊書架上取字帖，阿蘿乘機打量這書房。

書房左邊牆上掛著一把劍並一幅山水圖，北面安放著一整牆的檀木書架，書架上滿滿當當都是書。東邊則有小几、櫃格，小几上擺放碧綠犀牛角筆筒，除此再無其他擺設，倒是很符合蕭敬遠嚴厲簡潔的作派。

「妳先臨摹這本字帖，寫幾個字看看。」蕭敬遠取了一本陳舊泛黃的字帖來，小心翼翼地打開。

阿蘿瞅過去，只見這還是前朝大家的真跡，不由心中暗暗咋舌。

「我怕是寫不來這個。」她小聲示弱。

這筆跡一看就是男人寫的，需要腕力，她無論如何寫不出那種蒼勁大氣。

「那就隨便練幾個字吧。」蕭敬遠一點也沒有要放過她的意思。

阿蘿蹙著眉頭，好生無奈，只好提起筆來，運足力氣來寫。

其實這些年，她也仔細地練過字，早已經長進許多，只是她的字是由娘所教，自是多了柔婉，少了剛勁，如今被蕭敬遠要求臨摹那字帖，實在是硬著頭皮寫。

蕭敬遠低頭看阿蘿寫了一會兒字，便坐在旁邊椅子上，取來一些信函翻看著。

阿蘿其實根本無心練字。

她一是對這種字完全沒興趣，二是不明白蕭敬遠這腦殼裡到底裝了什麼？新婚燕爾的，他竟然要她陪他在這裡讀書上進練字？

當下一邊臨摹著字帖，一邊偷偷地朝蕭敬遠看去。

他正在一封封地拆開那些信函讀過，看得出頗為認真，看到關鍵處，還要拿筆書寫勾勒幾下，偶爾會停下動作，微皺著眉頭沈思。

阿蘿注意到，當他停下來沈思的時候，撫在卷宗上的拇指會磨蹭著書頁，就好像他抱著自己親暱時，會用拇指摩挲她的唇角一般。

阿蘿不禁想起他那拇指磨蹭自己嘴唇時所帶起的酥麻……深吸口氣，她努力收回心神，低頭繼續臨摹幾個字。

待到一張宣紙都寫完了，她又偷偷地朝他看過去。

他已經放下那些信函，開始拿一本書卷看。太陽早已西斜，淡紅色的夕陽透過菱格窗櫺照在他身上，那頭黑髮被鍍上淡淡的金色，而他往日太過凌厲的側顏，此時也因為那落日餘暉變得柔和。

阿蘿收回目光，嗅著這書房內似有若無的墨香，心裡卻浮現出八個字：歲月靜好，一世無憂。

希望她能永遠陪他這麼過下去，過著這麼恬淡悠靜的日子，直到他們鬚髮皆白……

「怎麼不寫了？」阿蘿正想著，一個聲音打破她的遐思。

抬頭看過去，卻見蕭敬遠微挑眉側首望來，那樣子，顯然對她的偷懶有些不滿。

唉呀！可她……真的不想寫了啊！

看著眼前這男人，她心中一動，磨蹭著起身走向他，之後拉開他的胳膊，一屁股坐到他大腿上。

「七叔、好七叔……」阿蘿聲音甜膩，堪比蜜糖，綿綿軟軟，甚至還拉著絲。

「怎麼了？」蕭敬遠拉開她膩歪的手，剛硬的眉眼上沒什麼表情，看起來絲毫不為所動。

阿蘿心中暗嘆，想著這男人就是如此不解風情，看來她必須再接再厲了。

她乾脆跨坐在他身上，用胳膊環住他的脖子，然後努力仰起臉來，送上自己的唇吻吻他的唇。

「七叔，我想你了……」她低聲喃道。

男人望著懷裡嬌豔嫵媚的妻子，聲音彷彿風吹過砂礫，粗啞低沈，不過面上依然平靜無波。「嗯，然後呢？」

她無奈，恨鐵不成鋼！

少不得，索性主動撲過去，用唇輕輕咬上他的，嘴裡呢喃道：「你覺得現在是看書好，還是看我好？」

外面天色已暗，窗外枝葉在月下輕輕搖曳，在窗櫺上落下斑駁陸離的光影。

屋內還沒掌燈，卻已經是一室生香……

不知過了多久，阿蘿和蕭敬遠在書房好一番折騰，委實累得不輕。書房裡沒有床榻，待到一切平息，阿蘿無力地伏在書桌上，看蕭敬遠在那裡收拾散落一地的書卷、信函、筆墨。

她嬌聲哼哼道：「這下子可知道錯了吧！」

依她的歪理，如果不是他非要讓自己來書房練什麼字，她是斷斷不會幹出這般寡廉鮮恥的害羞事的，也就不會把好好的書房弄得這般狼狽。

蕭敬遠起身，將一疊信函擺到書架上。「知道錯了。」

「哼哼，你知道錯就好，以後可不許──」

她想說以後可不許拉我來書房練字了，誰知蕭敬遠接過話來，竟是道：「以後可不能只放一張書桌。」

「嗄？」阿蘿疲憊地抬起頭，納悶地看他。

他走過來，修長溫暖的手指摸了摸她汗濕的頭髮。「我會讓底下人在書房多放一張床的。」

「你──」

「不過妳每日字還是要練的，學習不可荒廢，正好陪為夫一起在書房忙。」

蕭敬遠仍堅持要阿蘿上進些，無奈的阿蘿在心中暗暗決定，反正要她練字，她就想辦法不讓他看書。

任憑他年長於她又如何？只要她出手誘他一誘，他哪裡能逃得過？只能乖乖地繳械投降。

只是這事唯一的不好是，會讓她腰痠背痛、兩腿發軟的，一時心裡也暗暗嘆息。原來這魚和水的事情，也是個體力活，實在是累極的。

她偶爾也暗暗地拿蕭敬遠和上輩子所知的蕭永瀚比較，得出結論——和蕭永瀚在一起，猶如羽毛輕輕撓過，不疼不癢也不累，總覺得缺了什麼；可是和蕭敬遠在一起，每每都是大汗淋漓，渾身疲軟，幾乎不能下榻。當然了，到得盡興時，也實在是欲罷不能，只恨不得這輩子都和他黏在一起才好。

她想到出了神，突然他淡淡地說一句：「聽說妳哥哥的眼盲好了。」

她驚訝地叫出聲。「什麼？真的嗎？」

「我的人傳來消息，確定了柯神醫的下落，就在這燕京城裡，被妳哥哥早一步請去了。」

有這麼巧的事？哥哥也聽說過柯神醫？

阿蘿有些覺得奇怪，腦海彷彿閃過一絲不對勁，可馬上被她忽略了。神醫就是神醫，當然人人搶著請去醫病嘛！

「太好了！太好了！那我要打理一下，快點回去看看大哥的情況如何？」說話間，她急急起身，蕭敬遠無奈地一把拉住她。

「妳別急，明日不就回門了嗎？我陪妳一道回去。」

三朝回門，這一天是阿蘿要回門的日子，蕭敬遠自當隨同拜見岳父母。

早在他們成親後的頭一天，羅氏便已經幫忙準備好蕭敬遠的回門禮，又特地拿到蕭老太太面前給她過目。畢竟這是七叔陪新娘子回門，不能隨便當下面姪輩的回門禮來辦。

蕭老太太看過羅氏遞來的禮單，點點頭，頗為滿意，不過最後卻指著那單子道：「另外加些宮裡賜下來的南方程家的蘇緞，再從庫房裡拿兩套青玉石硯臺給親家的兩位少爺；對了，前些日子宮裡賞的一盒上等蟲草也添進去吧。」

放下禮單，蕭老太太笑著說：「咱們敬遠長阿蘿十二歲，和那親家公本是平輩論交，如今突然娶了人家女兒，我瞧著親家公雖允了婚，可未必真中意。現在敬遠陪著新媳婦回門，自然要好生給葉家做足面子，也省得敬遠還要覥著臉去巴結老泰山。」

羅氏微愣一下，不過馬上恢復，忙笑道：「是，還是婆婆您想得周到，這就給添上去。」

這羅氏整理好了新的禮品單，便送過去給阿蘿，阿蘿自是感念她的費心，好生謝過。待到送走了羅氏，她看看禮單，不免嘆息。

上輩子許多事，其實早已經不再想了，不過如今日日住在蕭府裡，又是曾經熟悉的一草一木，又是曾經相處過的人兒，難免每每勾起一些回憶。

曾經蕭永瀚陪她回門，那禮單也是大夫人準備的，只是怎麼也比不得今日這個。單從這禮單看，也足見蕭老太太對這門親事的重視以及對七叔的偏心。

正對著這禮單胡思亂想，便聽到一陣腳步聲，抬頭看時，卻是蕭敬遠進來了，身後還跟著兩個丫鬟，那兩個丫鬟捧了一個大錦盒。

「今日妳回去，打算穿哪件大氅？」

「隨便哪件，嬤嬤應準備好了。」阿蘿有些納罕，他怎麼忽然問起這個來？

誰知蕭敬遠抬抬手，示意那兩個丫鬟打開錦盒。

這錦盒初一開，便覺裡面泛出淡金色碎光，只看得人眼前一亮。

蕭敬遠拿出錦盒中之物，抖開，阿蘿頓時看呆了。「這是——」

眼前的大氅通體雪白，卻又隱隱泛著絲絲金芒，那金芒在晨日照射下，金碧輝煌，看得人眼花撩亂，這顯然就是之前蕭敬遠曾經要送給她，而她沒接受的那件，可是樣式卻和之前不同。

現在的剪裁，是從領口處綴了一串金邊，斜插到領襟裡，然後一路往下傾瀉，整件大氅貴氣華美，一看便不是尋常之物。

「這看著好像之前那件，可又不一樣啊！」

「是。之前那件雖是新的，可現在妳未必喜歡那個樣式了，我便命人改做新款。」

蕭敬遠這麼一說，阿蘿頓時明白。

之前她還曾經誤會他把這件金絲大氅送給其他人，當時人家穿的就是模仿這件做的。如今他若送給她，她心裡也未必喜歡，畢竟別人早就穿過一模一樣的同款。

如今他命人做成新鮮樣式，自是最恰當不過了。

阿蘿忙接過來，在蕭敬遠的幫助下披上，自己看了看，覺得華麗又不失清雅，在屋子裡隨意走了幾步，更覺輕軟暖和、舒適好看，實在喜歡得很，忍不住撲到蕭敬遠懷裡，抱住了他。

「七叔，謝謝你！」

蕭敬遠看她一穿上新衣服，雪白的大氅襯得她華美高貴而不失嬌俏，輕移蓮步間，身姿翩翩，光華奪目。又見清澈的眼眸裡洋溢著動人的光澤，嫣紅的唇抑制不住地彎起來，巴掌大小巧的動人臉龐上透著粉潤的光彩，知她是極喜歡的，當下望著她，那剛毅的面龐也變得柔和起來，唇邊也不自覺帶了笑。

這件大氅自是費了他一些功夫，甚至不惜請出一位隱世的名裁特地裁製，幸好如今看來，一切都是值得的。

而當她像隻小鳥一般歡快地撲進自己懷裡，嬌滴滴地摟著自己的腰，又咬著唇兒，嫵媚羞澀地把臉埋在自己胸膛上時，不免眼神灼熱，胸中洶湧，只恨不得不回什麼門了，把她扔到榻上再行那敦倫之禮才好。

這幾日新婚燕爾，他總是禁不住，也忘記她身形稚嫩不可貪多，每每讓她事後得補眠酣睡不少，自己想起來也是心疼。

深吸口氣，他伸手勾起她的小下巴，看著那猶如小鹿一般濕漉漉的眼睛，他知道自己願意為懷裡這嬌嬌軟軟的小東西上天摘星，下水撈月。

輕笑了下，他捧起那埋在自己胸膛上的粉嫩臉頰。「知道為什麼我這麼煞費苦心，讓人準備這件大氅嗎？」

「因為你要送給我！」阿蘿得意地挑眉，滿足地道。

「傻瓜，因為今天我要隨著妳回去拜見岳父大人。」蕭敬遠伸出食指，輕輕碰了下她的鼻尖。

「我總要把妳打扮得光彩奪目，這樣子回去，岳父和岳母大人看了才能放心。」

他其實也明白，葉長勳會答應這樁婚事原因諸多，有迫於阿蘿的固執堅持，也感於葉家欠了自己人情，甚至有太子和皇上那邊對他的施壓。可是無論哪個緣由，沒有一個是因為葉長勳滿意他這個女婿，所以欣然將女兒許嫁。

這事也不能怪葉長勳，對他來說，自己比阿蘿要大十二歲，比起葉長勳也不過小九歲罷了，葉長勳一直當自己是兄弟、是好友，如今忽然要把自己嬌寵著的掌上明珠嫁給自己的好友，他心中自是不快。

「放心好了，爹娘既然同意了這樁婚事，便是有不滿，也斷斷不會在我回門的時候給你難堪的。」阿蘿倒是不擔心。

兩人卿卿我我一番，眼看著時候到了，蕭敬遠便攜著阿蘿準備出門。

一路上，蕭敬遠自是依習俗在旁騎馬陪著，阿蘿則是坐在馬車上。

她掀起馬車簾子往外看，只見自己夫君身著剪裁合身的靛藍長袍，挺拔矯健，外面是黑狐皮披風，騎在膘肥體壯的黑馬上，端的是英姿勃發、剛健冷峻，遠遠看著，她甚至覺得，自己的夫君便是那世間最好的，比那俊美皮相要來得讓人喜歡。

男人家，不必長得那麼精緻，更不必每日身著白衣，一副天下我最美的樣，只需要能夠挺拔高大地站在自己身邊，任憑自己依偎，給自己想要的一切，那就足夠了。

待馬車停在葉家門前時，蕭敬遠矯捷地翻身下馬，在阿蘿下車前，已經率先一步牽住她的手，親自將她從馬車上扶下來。

寧氏和葉青越在門口等待許久，一見馬車到了，葉青越迫不及待地上前相迎，寧氏跟隨其後。

見到岳母和妻弟，蕭敬遠立即先見禮，寧氏微微點頭，葉青越則是直率地喊著姊夫。

「弟弟、娘，阿蘿回來了。」

阿蘿倒是突然矜持起來，初為人婦後第一回見到自己家人，忍不住感到羞怯。

「姊姊，妳怎麼說話變小聲了？」葉青越淘氣地道。

阿蘿一瞪眼。「你少皮癢了！」

寧氏笑著說：「好了，女兒，都嫁人了，怎麼還像個小孩一樣，倒讓女婿見笑了。」

說著她看了蕭敬遠一眼，蕭敬遠倒是能夠理解，沒說什麼。

「來，進屋裡去吧！妳爹和哥哥都在等妳呢，娘一大早便命人準備妳喜歡的膳食，只等你們回來。」

「娘，哥哥的眼睛真的治好了嗎？」阿蘿迫不及待地問。

「是啊，妳知道啦？娘本想讓妳哥親口告訴妳這好消息的。他眼盲初癒，尚不宜見太強烈的陽光，故而在裡頭等。」

其實對於此事，他們所知也甚少，葉青川只是前日輕描淡寫地就說眼盲治癒了，據說是延請了什麼隱世埋名的大夫，施藥好幾個月，到如今方才大好。

確定此事為真的當下，她歡喜得哭了，連同夫君也喜得想派人再請回那大夫，好好重金酬謝，可兒子說了，那大夫隔日便出海去了，還不知道哪年哪月回來，只好作罷。

「姊姊，快點啊，我餓了！」

此時葉青越在前頭喊著，歡快地跑上臺階，迎接姊姊、姊夫。

一時眾人進了大門，前往後院正堂。

當蕭敬遠攜著阿蘿入了廳，正好和葉青川迎上，望向對方眼睛，只見那雙黑色眼眸幽若寒潭，隱隱有森冷之意，他輕笑了下，抬手抱拳見禮，謙和恭敬，卻又不亢不卑。

葉青川黑眸微眯起，不著痕跡地審視著蕭敬遠。

四目相對間，不知多少較量和試探。

蕭敬遠帶著阿蘿，正式拜見了葉長勳並寧氏。

葉長勳繃著臉，沒一絲笑意。

全燕京城都知道他的女兒嫁給蕭敬遠，女婿和他這個岳父原是平輩論交、以兄弟相稱的，這讓他怎麼笑得出來！

而寧氏呢，開始時本也是忐忑心慌，如今看到女兒和女婿正式拜見，反倒心裡踏實了。

虧他也不擺什麼重臣的架子，實在是個能屈能伸的。

她見女兒進屋時披著一件罕見的金絲白狐大氅，和蕭敬遠肩並肩走進來，端的是雍榮華貴、容光煥發，和在家裡做姑娘時已經不同。再看那蕭敬遠，儀表堂堂，挺拔若松，陪著自己女兒走進來，神態間多有呵護之意，甚至在女兒邁臺階時，他還伸出手虛扶在腰際。她便知道，看來那蕭敬遠對阿蘿並不是一時興起，而是頗為用心。

此時蕭敬遠恭敬地呈上禮單，她看了眼，暗暗咂舌，知道這是厚禮，滿燕京城看過去，誰家姑娘回門也沒帶上過這麼重的禮。

雖說她不在乎那些東西，可這卻說明蕭家對自己女兒頗為看重，想來不會委屈了她。如此一想，她倒是鬆了口氣。女兒這一嫁，想必後半生無憂，她就放心了。

阿蘿此時見了自己哥哥，真是激動不已。明明才三天不見，怎麼就覺得彷彿隔了一輩子呢！

她幾乎想撲過去拉住哥哥的手說話，不過到底爹娘都在，自己又嫁人了，只好忍下，笑著對他道：「哥哥，你的眼睛……真的好了？」

葉青川帶笑地輕輕點頭。只有面對自己這唯一的妹妹，他才會露出溫柔的一面，雙手撫向阿蘿的臉，目光仔細梭巡，看她連眉梢都洋溢著幸福，知道她嫁給蕭敬遠心裡是極滿意的。

可這令他心中頗為不悅。

葉長勳心中也是五味雜陳。

妻子所看出來的，他自然也看出了。女兒嫁給蕭敬遠，顯見的是滿意，並沒有受委屈，細細想想，他不同意這門婚事，有幾分是真正為了女兒，又有幾分是為了葉家的面子？

如此一想，他倒是隱隱泛起慚愧。

恰在此時，寧氏招呼道：「時候不早了，先過去花廳，午膳已經準備好了。」葉長勳聽這話，也就避免了尷尬，免得再得和蕭敬遠說什麼話，於是一行人逕自過去花廳用膳。

整個午膳，氣氛依然不太對勁。寧氏忙著張羅讓女兒、女婿吃這吃那的；葉長勳一言不發；葉青川默然不語；唯獨葉青越，嘰嘰喳喳，姊姊長、姊夫短的，說個不停。

用完午膳，阿蘿被寧氏叫去房裡說點知心私密話，蕭敬遠自然不得不由葉長勳並葉青川陪著。

寧氏操心女兒，自然是一籮筐的問題問過來，阿蘿都一一作答，寧氏聽了後，長嘆口氣。

「早年我還以為妳和他家的永瀚還是永澤或許能成個好事，不承想，竟是嫁給他們的叔叔！不過如今看來，蕭家從上到下都對妳極看重，蕭七爺更是把妳當寶貝一樣寵著，我倒是沒什麼好擔心的。」

阿蘿輕笑道：「娘，妳自然不用操心，我在蕭家，就跟在自家一樣。」

寧氏見女兒笑得沒心沒肺，搖頭嘆息。「妳個傻丫頭。」

阿蘿又陪寧氏說了一會子話，直到她進內室午歇，才暗暗鬆口氣，想著這下子娘應該不會再為這門親事愁眉不展了。

她說妥了寧氏，便想起自己的爹和哥哥那邊來，想著不知他們會不會為難蕭敬遠？當下微放鬆身體，支起耳朵，仔細傾聽。

誰知先聽到的卻是馮啟月的聲音，原來馮啟月正在和馮姨母說話。

「今日阿蘿的夫婿陪著她回門，聽說好生氣派，從頭到腳的穿戴可和以前當姑娘時不一樣了。」

「便是有再多金銀、便是綾羅裹身又如何？終究是門不如意的親事！」

「啟月，這話怎麼說的，哪裡不如意？那位蕭七爺可是朝中重臣。」

「是啊，年紀一大把，能不是朝中重臣？」

馮姨母一時啞然，望著自己女兒，竟回不出話來。

馮啟月又道：「娘，妳看哪個朝中重臣不是鬍子、頭髮一把白？姨夫多大年紀了，在朝中是什麼位置？阿蘿的夫婿官位比姨夫還高呢，長什麼樣，想都想得出來！」

馮姨母被噎得半晌說不出話來，最後長嘆口氣，語重心長地對女兒道：「啟月，阿蘿是個沒心機的，雖未必對妳多親熱，可到底妳三姨母收留我們，事事都為我們想著，妳可別太鑽牛角尖了。」

「娘，您不必多說，姨母是姨母，阿蘿是阿蘿，這怎麼可以混為一談？」

阿蘿聽聞了這番對話，不免想笑。

馮啟月自以為是她的「親姊姊」，卻老是看她不順眼，到底是有多盼著自己倒楣啊？偏生不如她願，等下可要讓她看看，蕭敬遠是何等人物，哪是尋常人能比的！

她正笑著，卻猛地又聽到別人說話，這下子，她那笑便凝固在唇上了。

「葉青川，你所做的一切，我之所以沒對阿蘿透露，是怕她因為你而傷心，但你別想利用阿蘿來威脅我。」

這是蕭敬遠的聲音，清冷肅厲，滿滿的冷漠和威脅。

第二十九章

阿蘿幾乎以為自己聽錯了，她屏住呼吸，繼續聽下去。

「你敢開口嗎？」

這句話是哥哥的聲音，雲淡風輕的語氣，卻帶著挑釁的意味。

他顯然有十成十的把握，七叔不會把知道的事說出去，可到底他們在說什麼事？阿蘿一頭霧水。

「你敢讓她知道你做的好事嗎？」蕭敬遠平靜說著。「讓她知道你找人假扮她，為的是誘我上當，想伺機取我性命！」

「看來你什麼都知道了。」葉青川笑道：「既然如此，何不去拆穿我？可以去我父母面前拆穿我，也可以乾脆告訴阿蘿。」

「這幾年來，阿蘿為了能治好你的眼睛，心心念念要我幫你找柯神醫，她這麼做都是因為你，結果你呢，暗中劫持柯神醫，你這麼做只是為了和我較勁嗎？還是這背後……有更大的秘密？」

「我的事我自會安排，更不需要你這種人來幫忙！」葉青川突然變臉，態度不再從容。

蕭敬遠聽聞，銳利的眼神也盯著葉青川。

他和阿蘿是相似的，從眉眼到鼻子嘴巴，無一處不像。

可是分明相似的皮相，內裡卻有著截然不同的性子，心思深沈，下手狠絕，連他都差點在他手裡丟了性命。

他對葉青川並不熟悉，可是很明顯的，此人並不簡單，那夜他在寺裡遇上埋伏，而後被綁，險些丟了性命，明知他在尋找柯神醫而早一步下手劫人，這一切做得神不知鬼不覺。

「我也只是看在阿蘿的面子上而已，否則任你求我也沒用。」蕭敬遠緩慢冷漠地道：「阿蘿一心為你治眼，在她心裡，你的地位甚至比父母還重要，而你呢？若是她知道你瞞著她做出什麼事，還不知道會怎麼傷心。」

葉青川聽聞他開口阿蘿、閉口阿蘿，眉眼間染起怒意，猶如寒潭一般的黑眸，瞬間變成冰封之地，爆射出數點寒芒，冷冷地射向蕭敬遠。

「蕭敬遠，你有資格說這種話？」葉青川冷怒至極。「你是阿蘿的什麼人，我又是阿蘿的什麼人，你對阿蘿懂多少，我對阿蘿懂多少！」

蕭敬遠平靜地望著被他激怒的葉青川，並沒有回話。

葉青川見蕭敬遠不言語，卻是越發咬牙氣憤。「阿蘿比你小十二歲，她還是個小孩子！可你是怎麼欺凌她的，你把她逼到了什麼地步？」做虧心事的人根本是他自己！

「我怎麼逼她了？」蕭敬遠淡聲反問。

他這句話，算是徹底激怒了隱忍多時的葉青川，他嘲諷地冷笑一聲。

「你竟然不敢承認？那好，我問你，你為什麼要幫我葉家度過危機，是不是為了阿蘿？你暗地裡逼迫阿蘿屈從於你，挾恩圖報，是不是？」

葉青川咬牙切齒地道：「如果不是你使這種下流手段，欺我葉家無人，她怎麼會嫁給你？你幹的好事才真是人人得而誅之，若是說出去，怕是要遭天下人唾棄！」

蕭敬遠微微瞇起眸子，淡聲道：「我和阿蘿情投意合，成親本是水到渠成之事，你這分明是以小人之心度君子之腹。也對，你這樣的人自是不懂，何為兩情相悅！」

這兩個男子，一個是老成持重之人，一個是寡言清冷之輩，彼此之間早不知道暗暗較量了多少次，如今在這回門之日，狹路相逢，竟然是言辭激烈，你一言、我一句，辯個你死我活，互不相讓。

就在這兩人唇槍舌戰之際，忽而聽見門「咿呀」一聲被推開了，一個女子冷冷地站在門口，不敢置信地望著他們。

這自然是阿蘿。

此時的阿蘿，濕潤的眼眸圓睜，嬌嫩猶如花瓣的嘴唇哆嗦著，就連兩隻手都在顫抖，怎麼止都止不住。

兩個男人頓時呆在那裡。

任憑他們都是足智多謀之輩，此時卻也不知如何是好？

阿蘿失望極了，剛才的話她都聽見了，望著眼前這兩個她至親至愛的男人，一個是自己相許一生的夫君，自己對他是那般依賴信任；另一個是自己的血脈至親，是她自小相依為命、她心心念念掛念著的親哥哥！

她真的沒想到，先前發生的一切竟然都和自己的親哥哥有關，為什麼……為什麼？

「你們瞞了我這麼多事，口口聲聲怕我傷心、都是為我好，這麼說我還應該感謝你們嗎？」阿蘿終於忍不住，眼淚撲簌簌往下落，顫聲問道。

「阿蘿！」

「阿蘿！」

兩個聲音，幾乎同時發出。

葉青川無措地伸出手想要安慰，可是卻又停在半空。「阿蘿，妳別哭……」話說到一半，終究沒說完。

而蕭敬遠則是一個箭步上前，將阿蘿抱在懷裡。

「阿蘿，別傷心，都怪我不好。前幾日我原本要告訴妳，只是到底沒證據，他是妳骨肉至親，我若空口說白話，他自然不會承認。」

「是，你若說了，我不信，所以今日真好，你可算是把活脫脫的證據擺我面前了！」

阿蘿跺著腳，恨得兩隻拳頭拚命捶打他的胸膛。

「阿蘿，現在我們三人都在這裡，哥哥想問妳一句，蕭敬遠若是欺負妳，妳告訴我，我替妳——」

旁邊的葉青川見自己妹妹在蕭敬遠懷裡又是啜泣，又是撒嬌耍狠的，自是看不過，微微抿唇，上前說話。

誰知他話還沒說完呢，阿蘿從蕭敬遠懷裡抬起滿布淚痕的俏臉，幽怨憤恨地望著他，卻是泣聲道：「哥哥，你也不必說他，你又是怎麼待我的，可敢和我一五一十說個清楚！」

「這……」葉青川看妹妹哭得梨花帶雨，眸中有顯而易見的心痛和掙扎，他猶豫了下，最後道：「阿蘿，許多事我瞞著妳，也是為妳好，哥哥不會害妳的，如今既然瞞不住，妳隨我來，我和妳說個明白。」

說話間，他伸出手就要牽住阿蘿的手離開，蕭敬遠立刻攔住人。

自從他查出柯神醫失蹤事有蹊蹺後，對葉青川便提防有加，加上如今嬌妻哭得這般委屈，他自是心痛不已，恨不得將她攬在懷中好生安慰，他怎麼可能讓葉青川帶走她？

「阿蘿，他若要說，就在這裡說吧。他特意避開我，怕是心虛，未必真會對妳說實話。」

「蕭敬遠，你少刻意挑撥我們兄妹感情！我既要對她說，那自然是一五一十，斷然不會有假！」葉青川傲然冷斥。

「葉青川，你對阿蘿說過真話嗎？」蕭敬遠挑眉反問。

「你們不要吵了！」聽著這兩個男人再次針鋒相對，阿蘿幾乎崩潰，低聲哭道：「都是我太傻了，才讓你們把我哄得團團轉！如今你們誰也不許吵，我也不會去任何地方，你們就在這裡給我說清楚！」

蕭敬遠看她哭得上氣不接下氣，忙放柔聲音哄道：「好好好，不吵了，我再不和他爭執什麼，妳想怎麼樣都可以。」

說話間，他伸手幫阿蘿又是輕拍後背，又是順氣。

葉青川深知自己妹妹身子嬌弱，也是怕她有個好歹，因此也不說話，眼睜睜地看著蕭敬遠抱著妹妹這般那般地哄，溫言軟語的好不親熱，偏偏自己妹妹是吃這一套的，被哄得乖巧服貼地摟著那蕭敬遠的脖子。

沈默了好半晌，他深吸口氣。「好，我說。」

接下來，葉青川望著自己的妹妹，把隱瞞之事娓娓道來——

「我兩眼不能視物，多年來苦苦尋找救治之法，近來打聽到有位柯神醫，有起死回生之力，更有化腐朽為神奇之能，便想著請他來醫治看看。幸而一直以來，我明裡在書院寄讀，暗裡購置了些商鋪、田地，託人做些買賣和出租，頗有些進項。靠著這些進項，我雇人設法找到柯神醫，就這麼將他請來醫治眼睛。是，我雖然知道蕭七爺也在找人，但我自然不需要他的幫忙。

「至於蕭七爺被綁，沒錯，從一開始就是我設下的陷阱。阿蘿，因著咱們家被大伯父連累一事，哥哥心疼妳受到此人的權勢威逼，不得不屈服於他，某日我又無意中發現，他竟私自闖入妳的閨房，哥哥決定非為妳出一口惡氣不可！便利用妳去萬壽寺的機會擒住他，若不是看妳因他失蹤傷心不已，我早已經要了他的命，之後決定放過他，也只是因為妳不想讓他死，我派人將他丟到一處空屋，發現的人自能救他。」

蕭敬遠聽了後，一言不發，低首看了眼懷中的阿蘿。

這些話早在他預料中，只看阿蘿信不信、又作何反應？

而阿蘿聽了這些話後，先是震驚，只因哥哥一直病弱著，又是天生眼盲，長年藥不離身，平日除了去書院讀書外幾乎沒什麼交際，自然需要家人小心呵護照料著。

萬萬沒想到哥哥竟然有這般心思，暗中購田置地，又自己安排人找到柯神醫、治好了自己的眼睛，連暗算蕭敬遠這等武功高強的人都能輕易得手……

他話中輕描淡寫，可是阿蘿卻知道，要做到這兩件事，那財力和心思必然非比尋常，絕不可能是小打小鬧。

震驚過後，阿蘿很快冷靜下來，細細想著葉青川的話，卻有了更多疑惑。

「哥哥，你自小體弱，不喜武，只喜文，平日要上男學，無事時留府靜養，只愛在書房寫字、畫畫什麼的，少有外出之時，怎能做出這般安排？再說了，聽你這意思，你早就在購置商鋪、田地積累銀子了。你我當年在老宅時，少不更事，又無爹娘從旁教導，你怎麼會懂這麼多、有這般見識？另外，那夜在寺裡，假扮成我，引七叔上當的到底是什麼人？我想知道，是什麼人和我相貌如此像，以至於連他都差點認不出？」

葉青川抬眼掃過蕭敬遠，略默了片刻，才回答：「阿蘿，哥哥自小愛讀書不假，自小眼不能視物也不假，可是我們二房在老宅中是何等地位、娘和妹妹又受著何種委屈，我眼瞎卻不能心瞎，自幼體弱，更想著得強身健體，後來自己偷偷拜師學習武藝，想辦法多學些本事是理所應當的。」

聽到這話，阿蘿猛地想起昔日在老宅種種。

是了，那個時候爹不在，二房諸般不順，哥哥作為二房唯一的男丁，心裡豈能好受？哥哥煞費苦心在外面置辦家業，做出這麼一番事來，原也是為了娘、為了自己吧？而自己卻在這裡懷疑哥哥、視哥哥為敵。

想到此，阿蘿心中不免歉疚，咬唇望著葉青川。「哥哥，我不是有意懷疑你什麼，只是許多事，你不該瞞著我的……」

若她知道哥哥竟然有這番籌謀，不知道省了多少操心。

葉青川望著妹妹，知道她素來心善，這是對自己心軟了，便苦笑了聲，又繼續道：「我往日不對妳說，不過是怕妳擔心罷了。如今既然妳問起，我自然再不會有任何隱瞞。阿蘿，設計蕭七爺之事確是哥哥一手安排，哥哥無話可說，只盼妳不要氣恨我，要不然，我便是死也不能瞑目。」

「哥哥！」阿蘿聽葉青川語氣頹然，面上蕭條，心中越發歉疚不已。

她便是一心要找柯神醫給哥哥看眼睛，讓他找一房好媳婦，可是卻從未對哥哥提及。既然她諸事都瞞著哥哥，那又憑什麼要求哥哥凡事都對她講？

「哥哥，你何必說這種話？往日你便是有事瞞著我，如今咱們敞開來說明白，我自不會再怨你；至於你暗算七叔的事，都已經過去了，況且他如今也安然無恙，他也定然不會怪你的。」說著，阿蘿看向蕭敬遠。「你不會記恨我哥哥吧？」

蕭敬遠聞言，心中苦笑。他這個時候能記恨嗎？

「自然不會。」他表現得頗為寬宏大量，溫聲道：「他是妳哥哥，便是做了什麼不當之事，我看妳的面子，也不會記在心裡。」

阿蘿聽這話，又轉過頭對葉青川道：「哥哥，過去的事就過去了吧，我只盼著以後有什麼事你能說出來，我們兄妹一起商量。」

葉青川臉上頗有些動容，聲音微顫。「阿蘿，我們是兄妹，原該同舟共濟，彼此扶持。」

阿蘿望著葉青川那深幽的黑眸，想著他的眼睛竟然得見光明，這該是天大的喜事，又見那眸中泛著濕潤淚光，一時想起上輩子種種情景，內心也是激動。

哥哥那雙眼眸，猶如遙遠而神秘的星子，深幽透亮，上輩子的她曾經無數次感慨這麼漂亮的一雙眼睛，竟然不能視物。如今可好，這個遺憾總算能彌補。

其實只要哥哥一切安好，她又何必計較其他？又何必因為哥哥的隱瞞，對他橫加指責？想到這裡，阿蘿鼻端竟湧上些許酸楚，低聲哽咽道：「哥哥，我、我——」

說著間，她掙脫蕭敬遠的懷抱，撲過去抱住葉青川。

「是我不好，真的是我不好……」

她既知上輩子諸多事，為什麼不主動和哥哥坦誠，倒是要哥哥這般辛苦摸索！

而葉青川也抱住她，有些不安地說：「阿蘿，妳剛才要我解釋的事，我還沒說完。其實，那一日在萬壽寺禪房外偷聽你們談話的便是我，至於那假扮妳的人……也是我。」

阿蘿抬頭望著葉青川。若是哥哥，那和她相像也是必然的，也可肯定哥哥和上輩子害死她的女子無關，她心中的擔憂頓時放下了。

「嗯，沒關係，都是過去的事了，我們都平安就好。」

這個消息若是之前的阿蘿聽來，自然會震驚不已，不過此時感慨著上輩子諸般遭遇，她覺得只要自己一家人平安就好。

至於哥哥做出什麼事，彷彿都不重要了。

午歇過後，阿蘿情緒也逐漸平穩，蕭敬遠便陪著她在院中看之前那片小蒼蘭，夫妻二人正說著話，便見馮姨母帶著馮啟月過來。

她想起之前馮啟月誤以為蕭敬遠年紀大、長得不好，當下又覺好笑，又覺無奈，便特意帶蕭敬遠拜見馮姨母。

馮姨母見蕭敬遠二十多歲，丰神俊朗、儀表堂堂，想著果然是朝廷棟梁之才，便是隨意往這裡一站，都自有一股氣勢，不免暗暗吃驚，想著阿蘿能嫁這般男子，實在是得了大便宜。況且聽妹妹寧氏提起，蕭家所送禮單之豐厚，為平生僅見。

而旁邊的馮啟月自然也聽三姨母說起這個，心中本不以為然，如今打眼看過去，卻見那男子一身藍袍包裹住昂藏之軀，劍眉星眸，神態間隱隱貴氣，不可小覷，當下也是微微吃驚。

吃驚之後，又覺泛酸，想著阿蘿那是個傻笨的，怎麼得了這麼個好女婿？如此越想越難受，竟不自覺多看了蕭敬遠好幾眼。

阿蘿自然看出馮啟月那點意思，暗暗覺得好笑，待到送走馮姨母和馮啟月，兩個人走至無人處，她咬著耳朵對他撒嬌。

「原先倒是不曾得知，你竟然是個招蜂引蝶的，看我那表姊，眼睛都要黏在你身上了，你可不許胡來！」

蕭敬遠不承想她竟然連這種醋都吃，也是好笑。

要知道那位馮啟月模樣長成如何，他都沒細看，更不要說注意到人家看他了。

不過他神色微動，卻是故意道：「這個我自然可以答應妳，不過妳也要答應我一個條件。」

「還有條件啊，什麼條件？」

蕭敬遠想起葉青川一事，微微瞇眸，輕聲道：「以後，不許任何男人抱妳。」

「嗯？」

「即使是妳血脈至親的哥哥，我也不許，今日是第一次，也是最後一次。」

那葉青川實在狡猾，竟然利用兄妹之情，刻意挑起阿蘿情緒，引得她歉疚，就此矇混過關。

剛才解釋的那些言辭，絕大多數為真，可是他卻知道，葉青川隱瞞了最重要的一點沒說。

一個長在宅門的病弱少年，怎麼可能神不知鬼不覺地幹出這般大事來，其中必有蹊蹺。

不過阿蘿此時沈浸在哥哥眼睛恢復的喜悅中，怕是一時不會察覺。阿蘿不知，他也就不提了。如此即將傍晚時分，蕭敬遠帶著阿蘿離開，走出大門時，葉長勳攜寧氏、葉青川、葉青越等一起送客。

待到踏出門檻後，葉長勳道：「阿蘿，如今妳已嫁人，可要收收往日驕縱的性子，不可再像在家時那般任性。」

阿蘿忙道：「爹說得是，女兒一定謹遵爹的教誨。」

葉長勳囑咐完女兒，又看向蕭敬遠。

高大的紅色鐵門外，冬意蕭瑟，兩個昔日稱兄道弟的好友，一上一下站立在臺階前。

這一刻，葉長勳忽然想起一件事。

曾經蕭家為蕭家子姪向自家提親，求娶阿蘿。

那個時候，葉長勳自然是不答應的，他不想讓女兒嫁到蕭家去，而當時的蕭敬遠請他品茶，品茶就是品茶，卻是一句話都沒說。

臨了，他回到家還頗有些得意，對寧氏說的是，蕭敬遠終究沒好意思為姪子開這個口。

當時的他怎麼能想到，蕭敬遠根本不是要為姪子開口，而是想為他自己開口。

蕭敬遠不開口，不是因為他不願張這個嘴，而是他不好明目張膽地去和姪子搶女人罷了！

時過境遷，葉長勳想著這事，再望著眼前這個做了自己女婿的「好兄弟」，心中滋味，也就只有他自己能知道了。

「蕭大人，阿蘿素來不懂事，還望平日多加包涵。」

葉長勳終於開口，語氣雖不冷不熱，甚至有些過於客氣，可至少是承認了這個女婿。

蕭敬遠明白他的意思，恭敬地行禮，誠懇地道：「岳父大人放心就是，今生今世，我蕭敬遠絕不負葉青蘿。」

回門過後，這一日，因看天色不錯，左右也沒什麼要緊事，他便提議要帶阿蘿去一處溫泉別院，那裡有口泉眼，可以泡溫泉解乏，其實也是想著和她多獨處片刻。

自從她嫁過來，家裡大小姪媳婦、姪女，竟是絡繹不絕，今日這個、明日那個的，一口一個嬸嬸叫得親熱，她也很快和這些姪媳婦、姪女打成一片，倒是少了和他獨處的時間。

阿蘿聽到泡溫泉，不由得微微一愣。

見阿蘿沒有像他以為的那般雀躍，低頭默了半晌，也不知想什麼，他疑問：「怎麼，妳不喜歡？」

蕭敬遠是恨不得把天上星星都摘下來給她的，凡事總以她喜歡為先。

阿蘿回神，上前依偎著自家男人，軟綿綿地笑道：「沒……只是想起以前在書上看到燕京城附近有泉眼，卻從未見過，不承想，咱們別院裡竟然有。」

「那個別院還是早年我添置的，是想著娘年紀大了怕冷，有個溫泉別莊，倒可以隨時泡溫泉祛寒。可惜太醫說我娘身子虛，並不宜泡溫泉，這才閒置下來，只偶爾蕭家內眷過去一、兩次。」

「聽起來頗不錯，那咱們趕緊過去看看吧！」

阿蘿想了想後，也是十分雀躍。

蕭敬遠看她顯見是喜歡泡溫泉的，當下便命底下人先過去收拾別院，燒好地龍，這樣等她過去了，便不會受一絲一毫的凍。

這次過去，蕭敬遠也陪著阿蘿坐馬車。一路上阿蘿依偎著蕭敬遠，新婚燕爾的兩個人，自然時不時有些小動作，開始時還能收斂住，待到馬車行至城外，兩人便多少有些把持不住了。

蕭敬遠抱著阿蘿，嘶啞耳語道：「離別莊還有一些路程，倒是來得及。」

阿蘿聽得意亂身酥，推著他，咬唇怨道：「才不要呢，若是讓外人聽到，你不嫌沒臉，我可是從此不敢見人！」

蕭敬遠低聲哄她。「妳當他們傻呀？我帶著夫人過來，他們誰敢亂聽？」

阿蘿聽他這麼說，一時想起自己上馬車時，隨行的侍衛一個個規規矩矩的，連頭都不敢抬一下，自始至終半跪在那裡。

「你這底下人規矩倒是大。」

她也想起來了，他手底下親手訓練出來的人，都是忠心耿耿、聽命於他的，後來太子登基，聽說皇庭中還有些周折，多虧了他手底下這撥人。

「乖，我儘量快些……」

蕭敬遠說他會快一些，阿蘿也就半推半就了，想著儘量別出聲，可誰知，他根本是騙人的。

馬車外，地上的積雪和枯葉在車轂轆的傾軋下，時不時發出咯吱咯吱的聲響，而在馬車裡，阿蘿的手死死攥住了旁邊的架子把手，咬緊細牙，忍著不敢出聲。

她覺得自己要被這馬車顛簸得散架了。

也不知過了多久，才算熬過去，她已經昏昏沈沈的不能言語，腿腳痠軟彷彿不是自己的了。

她身子癱軟猶如麵條，嬌嬌軟軟地斜靠在蕭敬遠身上，腦子裡卻彷彿有著一隻小鳥，那隻小鳥脫離她的身子，飛得老遠，飛回了上輩子，上輩子她泡溫泉的時候……

蕭敬遠說，蕭家的內眷偶爾會過去溫泉那裡，這事不用他說，她當然知道了。

因為上輩子，她就曾經隨著蕭永瀚去泡過溫泉。

那一日，她記得分明，到了別莊之後，蕭永瀚原本正陪著她要泡溫泉，甚至和她一起飲了些果酒助興，誰知他卻忽而有事，被人叫走了。她百無聊賴地，便一個人在那溫泉裡戲耍，隨意踢蹬著雙腿，看那水花四濺。

望著那氤氳的熱氣，在這猶如仙境一般如煙似霧的縹緲中，酒意襲來，她醉眼朦朧，直覺得自己的身子彷彿化作了一株水草，已融入到這片池水中。

也不知過了多久，她感覺到蕭永瀚回來了，一雙大手從身後托住了她……

那一天，或許是因為在溫泉裡的緣故，也或許是她喝醉了，酒後的軀體虛軟、毫無力道的緣故，蕭永瀚的力道彷彿比往常大，人也比尋常所感更為挺闊，水花四濺，浪潮滔天，好一番醉生夢死，好一場魚水之歡。

也不知過了多久，她醒來，發現自己睡在別院的軟榻上，四周悄無聲息，連個人影都沒有，甚至連丫鬟們都不知去向？

也應是那一夜，她有了身孕，之後懷胎十月，生下麟兒。

生下麟兒，就出了事。

儘管早已對那蕭永瀚無絲毫男女之情，可這溫泉別莊，到底留著她許多回憶，也甚至直接關係到她最後的命運，這讓她在蕭敬遠提及溫泉時，多少有些失態。

正想著，感覺到一雙手輕柔地碰了碰她的眼睛，她笑了下，往後靠在男人寬厚的懷中，舒服地長吁了口氣。

「七叔，我……」她猶豫了下，還是張口道：「我忽然不想去泡溫泉了，可以嗎？」

「好，那我們就回去吧。」蕭敬遠乾脆地這麼道。

她愣了下，原以為蕭敬遠會問為什麼，畢竟早間出來的時候，她可以看出他興致頗高，自己也假裝嚮往著要過來和他一起泡溫泉。如今自己突然說不想去，他竟然連問都不問，就這麼折返？

「對不起，我只是忽然有些累了。」她還是輕聲解釋。

「怪我。」他抱著她，聲調溫柔。「原不該這般折騰妳的。」

她聽聞，臉上一紅，知道他誤會了。

不過她沒有解釋什麼，順著他的話，嬌聲求道：「我想回去好好睡一覺，你可不許擾我。」

「我今日命人去太醫院求了一些藥來，回家後給妳抹上，或許能讓妳好受些。」

「藥？」

阿蘿初時還不解，後來回想著剛才兩人的話，頓時明白了，明白過後，羞得不行。

「這等事也好張揚，你讓太醫院的人知道了，說不得還會傳到我爹耳朵裡去！」

「這種事，他們誰敢到處張揚？」

可是阿蘿哪裡信，氣得趴過去，對著他肩膀作勢要咬一口，只可惜猶豫了半晌，最後終於沒捨得下口，反而是親了一小口。

阿蘿嫁進蕭家已經有十幾日，過得也算自在，比起上輩子嫁到蕭家那個凡事小心的阿蘿，如今的她倒是多了幾分從容。

是因為重活一輩子早熟悉了蕭家，也是因為她如今身分不同以前。這輩子她是蕭敬遠的妻子，是蕭家不知多少晚輩要稱作「七嬸」的人。

上輩子和自己妯娌相稱的媳婦，有和自己合得來的，也有和自己不投緣的，如今在自己面前統統要叫一聲七嬸。而同輩分的，和她也沒什麼利害關係，又憐惜她年紀小，都對她這個弟媳婦頗為寬容。

當然了，對她最照料的非蕭老太太莫屬了。

蕭老太太原本就對她頗為偏愛，一直屬意她做孫媳婦的，如今孫媳婦沒做成，做成了兒媳婦，且對象是她最得意的小兒子，蕭老太太自然是想起來就舒心，每每在蕭敬遠出門後，便把阿蘿叫過去一起玩玩牌逗逗樂，也免得她在家沒什麼意思。

這一日阿蘿在蕭老太太處才玩了一把牌，便有些睏乏，斜靠在抱廈的矮榻上小憩，旁邊正屋裡幾個嫂嫂繼續陪老太太玩，其間不知道怎的說起家事來，卻說的是蕭永瀚的婚事。

原來蕭永瀚已經定下來要娶柯容。

「看著是倉促了些，不過左右是自家人娶自家人，家裡沒少人也沒添人，走個過場罷了。」比起對蕭敬遠婚事的重視，顯然對於蕭永瀚的婚事，蕭老太太就鬆懈了。

畢竟兒子只剩下那一個沒成親，孫子卻多得是。

若一個孫子開了頭，以後就不好收場了。

阿蘿聽這話，頓時豎起耳朵凝神細聽。

她之前多少知道蕭永瀚要和柯容成親，可是卻不知道具體情況，如今聽著幾個嫂嫂和老太太閒話，倒是聽了個七七八八。

「柯容這孩子，模樣長得好，可就是苦命，是個可憐孩子，如今永瀚和她若是成親，倒是名正言順就此留在咱們家了。」

「是，要說起來，這孩子哪兒都好，就是性子太憋悶了，平日也不見吭個聲。」這是蕭老太太的聲音，她顯然對柯容說不上多待見。

「其實不愛說話有不愛說話的好，依我瞧，柯姑娘倒是個死心眼，對咱永瀚是一心一意。永瀚自從小時候落水，這些年性子大變，能有個姑娘從旁照料著，老太太也放心不是？」

蕭老太太聽此言，倒是點頭。

「是，永瀚這孩子，或許成了親，這病就好了。」

阿蘿聽了片刻後，心裡不免暗嘆口氣。

他能娶柯容，極好；若是可以因為柯容而就此忘記前世餘情，那更好。

從此以後，他們一個是嬸嬸、一個是姪子，便再無任何瓜葛。

阿蘿正癡癡想著，就聽到外面有腳步聲，以及年輕媳婦嘰嘰喳喳的聲音，待湊到窗櫺前看，卻是族裡幾個姪媳婦朝正屋走來，身後的丫鬟還捧著彩色絲線。

當下先是納罕，後來便想到原因。

原來大昭國有個風俗，便是過年時，家中男子要換掉身上用了一年的舊荷包、手帕的，佩戴新的，且最好是家裡主母媳婦親手做的；若是尚未成親，也要戴個娘或者其他女眷做的。

這個風俗不知道起於何時，當朝為官的，到了過完年，帶上妻子做的荷包以圖個來年升官發財；而讀書的，則圖個狀元及第。

當初還沒嫁的時候，阿蘿就不太會做針線活，家裡大小荷包都是寧氏做的，是以阿蘿開始沒想起還有這回事，如今看著，卻是心裡微緊。

她連嫁妝裡的喜褥、喜帳，都是繡娘做好了自己隨便縫幾針收尾而已，就這樣，還累得數日不得閒。

如今嫁人了，再不可像當姑娘時可以隨心所欲，她的確也該給七叔繡荷包才是。

她磨蹭著起身，走進正屋，一家子大小老少的媳婦正說得熱鬧，見她進來，都紛紛打趣。

「七嬸一看就是個心靈手巧的，還不知會給七叔繡出什麼樣的荷包呢，必能讓大家開開眼界，這下子，妳們就不必盯著我的了。」

原來大家在亂開玩笑，當下恰好這話頭扯到阿蘿身上。

蕭老太太聽著，也是點頭笑道：「是了，往年敬遠是個不講究的，只隨意換個底下繡娘們做的，後來還是妳大伯母說，長嫂如母，還是應該她來，從此以後算是把敬遠的荷包給包啦，不過這回可得交到妳手上了。」

阿蘿聽得心頭沈重，不過此時當著這許多人的面，少不得硬著頭皮點頭笑了笑。

待她回到自己房中，拿出了從老祖宗那裡分來的七彩絲線，又命嬤嬤取來綳子並繡花針，決定馬上先試著練練手。

旁邊魯嬤嬤見了，自是心疼。

「夫人，妳讓底下丫鬟代勞就是了，再不濟，我也能幫著繡，何必非自己動手不可？您平日少裁縫，若是傷了那手，不說姑爺，便是我這老太婆都要心疼。」

阿蘿卻堅持道：「沒事，我既已成親，為人妻者，自當盡本分。」

她這麼固執地堅持，其實還有一個緣由。上輩子嫁給蕭永瀚她沒太在意這個，請了丫鬟代勞，可是後來，她和蕭永瀚終究不是一輩子的夫妻緣分。

這回嫁給蕭敬遠，她嘴上不說，心裡其實格外珍惜這場緣分，只盼著能白頭偕老。因心裡太過珍惜，難免就力求完美，唯恐又重蹈上輩子覆轍。

是以如今即使是個小小荷包，她也想自己做，圖個吉利安心。

魯嬤嬤見她這樣，也就不再勸阻，從旁幫著把一縷縷絲線分開，嘴裡感慨嘆息。「夫人可真是長大了，以前在家時，便是老祖宗念叨著讓您做，您根本不上心的，現在沒人催著，竟非要自己做繡工。」

阿蘿聽了，笑笑說：「凡事總有第一次嘛！」

正說著，就聽到外面腳步聲，阿蘿耳力好，知道那是蕭敬遠回來了，忙迎過去。

蕭敬遠這是才從朝中回來，穿的是官袍，緋色羅袍襯得那頎長身形猶如玉樹臨風，阿蘿抿唇笑著迎向他，頗有些得意道：「七叔，你看，我正準備給你做個荷包。」

「妳做？」蕭敬遠一邊在底下人的服侍下換了常服，一邊略有些意外地道：「妳會做這個？」

阿蘿聽了，頓時有些掃興，想著自己素來不擅女紅，可是也不好這麼質疑她吧？再說了，就算以前不會，興許現在會了呢？

當下故意道：「好七叔，你這可算是小瞧我了，在你眼裡我是個不學無術的，可是你哪裡知道，我繡的荷包，連我娘都要誇呢！」

「真的？」

「當然！」阿蘿說謊連眼都不眨一下。

蕭敬遠過來捉住她的手，拿起來細細端詳，卻見那手瑩白如玉、綿軟無骨，每根手指頭都秀美修長，指腹飽滿可愛，而那十個指甲，小巧晶瑩，不用塗抹什麼鳳仙花汁，便自有一抹天然粉潤之色。

「不是不信妳，也不是不想讓妳繡，而是妳性子冒失，一看就不是那穩重的，萬一繡花時傷了手怎麼辦？」

「七叔，你放心好了，我不可能傷到手的，你只等著過幾日，佩戴上阿蘿親自繡的荷包就是了！」

阿蘿口出狂言，發下大話，蕭敬遠看她說得篤定，也就不再堅持，只笑著捏了捏她鼻子。「我素來對這種事並不在意，妳繡也罷，不繡也罷，都沒什麼要緊，只一點，別傷了手就行。」

阿蘿自然點頭不已，這個時候恰好晚膳準備好了，夫妻二人一起用膳，席間閒話說起府中事來，阿蘿便狀若無意地提起蕭永瀚和柯容的婚事。

「這下子，咱們府裡有熱鬧瞧了。」她假裝不在意他們的婚事，用盼著熱鬧來掩飾心思。

「永瀚這次執意要娶柯容，我總覺得事情來得突然。」不過這是小輩們的婚事，他既然有自己的主意，他這個做叔叔的自然也不好說什麼，任憑他們去便是。

「這就不知道了，我和這兩位也不熟……」阿蘿再次小心地把自己撇清。

夫妻二人說了一會子話，晚間又小酌幾盞，阿蘿不勝酒力，幾下子便覺醉眼朦朧，之後便伏在蕭敬遠肩頭，哼哼著要抱。

蕭敬遠看她連細白的頸子都泛著動人粉澤，小巧可愛的鼻尖滲出點滴香汗，知道她怕是有了幾分醉意，當下又覺好笑，又覺無奈，只能抱著她上榻。

醉酒的阿蘿倒是比往日來得能受，夜裡不知顛鸞倒鳳幾次，以至於外面下了場大雪，兩個人都毫無所覺。

這一天，正是蕭永瀚迎娶柯容的大喜之日。

柯容自八歲便寄居蕭家，不過為了成親這日，倒是在一個月前暫住到另一位遠親的家裡，以等待新郎前來迎娶，入門後就搬進蕭永瀚的千韻閣。

因是大房子孫的喜事，主要就由大房籌辦，其他各房參與不多，阿蘿年紀小，又是新進門的媳婦，更不必操心到差事，只帶著姪媳婦們陪蕭老太太說說話，再閒著看看熱鬧就夠。

一大早賀客臨門，蕭敬遠身為蕭家在朝中有頭有臉的人物，自是連同蕭家兄弟一同出面迎送客人，這一日下來好生繁忙，得到喜宴結束方能回來。

傍晚阿蘿在蕭老太太處共用晚膳，回到自家院落時，還不見蕭敬遠回來，索性便拿來繃子繼續繡荷包。

說起來也是慚愧，她已經繡破了四個繃子，作廢了幾團絲線，可是卻連一個荷包都沒有繡出來。

「這可怎麼辦呢？」阿蘿為難地望著桌上的一團亂線，嘆了口氣。「我說好要給七叔繡一個荷包的！」

旁邊的魯嬤嬤無奈地搖頭。

「夫人，您已經扎破兩次手，幸虧趕緊抹了藥掩飾過去，這才沒讓七爺知道。若是再這麼折騰，七爺知道您為此傷了手，怕是要惱，到時候我們這做底下人的，也是要受罰的。」

魯嬤嬤不得不搬出姑爺的名號了。

她可拗不過自家夫人的固執性子，況且她說的也是真話，姑爺只有對著自家夫人是溫和模樣，說出話來也動聽，可是換了別人，馬上變個樣，活脫脫一位公堂上的判官，府衙裡的包公，只要他那麼一沈下臉，可真真是嚇死人。

而姑爺又是特意叮囑過她們好生照料夫人的，若是知道她們放任夫人繡花傷了手，還不知道怎麼責罰她們呢！

阿蘿想想也是，頹然地放下那堆絲線。「罷了罷了，人生苦短，我當及時行樂，何必和自己過不去呢！」

就這麼定了，讓魯嬤嬤找個針線好的，來代替她把這件事完成就是，如此，也好向七叔交差，不至於吹牛吹破了天。

魯嬤嬤看阿蘿總算放棄了那股子倔勁，當下便笑呵呵地命底下人送來一個荷包。「夫人，我早就準備好了。」

阿蘿不承想魯嬤嬤早看穿了自己，知道自己必然繡不成，一時幾乎無言以對，過了半晌，終究取過來那荷包，仔細地端詳一番。

「這荷包用的跟我一樣是水洗藍緞面，上面的魚兒繡得活靈活現的，真好看！針腳也好，送給七叔倒是有面子。」她看著喜歡得很，可繼而又嘆了一口氣。

可惜，這終究不是自己繡的啊！

魯嬤嬤看出阿蘿心思，卻是早已想到辦法。「夫人您看，這魚眼睛還沒繡，妳來繡上不就行了？」

真是知阿蘿莫過於魯嬤嬤也，阿蘿大喜，連忙取來針線，繡上了魚眼睛，就此大功告成。

接下來她便等著蕭敬遠回來，好把荷包親手送給他，怎奈左等右等，也不見人影，也不知過了多久，竟然半靠在榻上昏沈沈睡去。

不知睡了多久，天色都黑了，正聽方向的熱鬧聲響自然也穿過夜空，來到阿蘿房內。

阿蘿迷迷糊糊地翻了個身，卻突然聽到一個聲音喊道——

「錯了錯了，妳是假的！妳根本不是阿蘿，妳騙我！妳騙得我好苦，妳滾，給我滾——」

阿蘿聽得這聲音猛地醒來，醒來後，發現自己竟全身冷汗。

而此時，在那喧鬧嬉笑聲中，依然有著那個聲音，那是蕭永瀚的聲音。

今晚不是他和柯容的洞房之夜嗎？

她皺著眉頭側耳細聽，仔細分辨，對話正從蕭永瀚的千韻閣傳來——

「妳給我滾！滾！再不滾我就掐死妳！」蕭永瀚這麼說。

「永瀚，你怎麼了？今夜是我和你的洞房花燭夜，你為什麼要趕我走？難道這樁婚事不是你向老太太求來的？你既求娶了我，如今為何這般對我？你已經是我的夫君了，我是你的妻子，你不能趕我走啊！」

女人聲音淒厲，語音顫抖，流露出悲傷和絕望，在場還摻雜了好幾個人的勸解聲。

「我身如浮萍，無依無靠，如今所求不過是一個依仗，我既嫁給你，你要我走，我又能去哪裡，難道要叫我去死不成？」
「這和我沒關係，妳不是我的娘子，是妳騙了我，以往我問妳何事，妳都口口聲聲應了，可如今我都想起來了，妳就是假的，妳給我滾出去！」
「好，你讓我滾，我死給你看！」
說著，女人彷彿就掙扎著要如何，接下來就是一片混亂，嬤嬤、丫鬟都被驚動了，勸阻聲、求救聲，好不忙亂。
阿蘿聽得已經呆住，她自然知道，這是蕭永瀚和柯容。
他們的洞房花燭夜竟然鬧成這般？發生了什麼事？
她心中十分驚慌，一時只能無力地躺在那裡，兩眼直直地望著帳子。
本想著今世各自嫁娶，過著各自的人生，也許他成親後記憶不再混亂，病就好了，兩個人自此成就一對。
不承想，他竟在這洞房花燭夜發作，如此對待柯容，聽得他所言，倒是以往他曾試探過柯容什麼，只是柯容都隨口應了，導致他認定柯容是上輩子的葉青蘿。
怎麼會這樣呢？偏偏在今晚他彷彿又多想起了些什麼，造成這一片混亂局面。
就在她腦中一片紛亂時，卻又聽到了那〈綺羅香〉的曲子。
這一次的曲子，彈得極緩慢低沈，其中彷彿蘊含了說不盡的哀傷。
哀莫大於心死，彈這支曲子的人，心已經死了。
閉上眼睛，她聽到了那彈曲人的低喃聲。「阿蘿，妳在哪兒？我知道妳就在附近，妳為什麼不出來見我？為什麼……」

嘶啞絕望的聲音，聽在耳中，猶如尖刀刺在心口。

蕭永瀚一直想著她，一直都沒忘記，他只是認錯了而已，他竟真的只是認錯了……

阿蘿原本一身都是冷汗，此時乍聽到這番話，更是雪上加霜，只覺得身子冰冷，如墜寒潭，待要挪動身子，卻根本動彈不得，腦子裡只一個勁兒地迴蕩著蕭永瀚的一句話——

「我認錯了，認錯了，阿蘿，妳到底在哪裡……」

待到蕭敬遠回來房中時，知道阿蘿已經歇下，原以為她已經睡熟的，當下輕手輕腳換了中衣，拖了鞋襪上榻，誰知上得榻來，一摸，便覺阿蘿臉頰冰冷，當下吃驚不已，趕緊掌燈，又自己去摸阿蘿手腕上的脈搏。

脈象倒是平穩，只是渾身涼寒，且牙關緊閉。

蕭敬遠趕緊喚人去請大夫過來，又命魯嬤嬤張羅送來了參湯，他抱著她，小心仔細地親自餵給她喝。

此時的阿蘿昏睡過去後，卻感覺身子飄浮，兩腳踏在一片雲霧上，晃晃悠悠，就這麼猶如浮萍一般，往前漂蕩。也不知過了多久，在一片迷離幻境中，忽而見前面一個人，身著白衣，就那麼飄了過來。

兩人面對面，阿蘿這才發現，那人正是蕭永瀚。

蕭永瀚兩眼虛無縹緲，茫茫然，不知道看向何處？

阿蘿開口叫他：「永瀚，你怎麼在這裡？今日是你洞房花燭夜，你該回去好好和柯容過日子才是。」

蕭永瀚的手輕輕一撥弄，一陣琴聲傳來。

阿蘿低頭，這才發現他手裡捧著一把古琴。

「阿蘿，我想找阿蘿……我要找到她……」

阿蘿聽此言，舊痛湧上，她咬牙道：「整整十七年你都不曾找過，如今又來找，已經晚了！」

蕭永瀚抬起眼望著她，口中喃喃囈語。

「妳倒是像我的阿蘿，可是真真假假，我怎麼辨？我哪裡知道，妳是真是假，她又是真是假……」

阿蘿卻是再也聽不下去，她想讓他恢復清醒。

縱然今生她和蕭永瀚無男女之情，可到底上輩子相識多年，她不忍看他如此痛苦。

「永瀚，我求你了，忘了上輩子的事。我已經從那個夢裡走出來，你也趕緊解脫了，好生過這輩子才是真！你我之間，已是絕無可能……」

「阿蘿，妳醒醒！妳醒醒！」

就在她撕心裂肺對著蕭永瀚大喊的時候，一個焦急的聲音不知從哪裡傳來。

「七叔？」她在迷離幻境中四顧而望。「七叔、七叔，你在哪兒？你來救我……」

「阿蘿，沒事，別怕！」

蕭敬遠抱緊了在睡夢中依然瑟瑟發抖的阿蘿，用自己的唇，急切而焦灼地貼在阿蘿的面頰上。

阿蘿就在蕭敬遠一聲一聲的低喚中幽幽醒來，醒來第一眼，她看到的是男人泛著紅血絲的眼睛。

第三十章

阿蘿幽幽睜開眼來，卻見面前男子兩眼紅血絲，面容憔悴，眼眸裡滿是急切和焦灼。

她茫茫然愣了半晌，記憶才逐漸回籠，艱難地張開唇，掙扎著道：「七叔……我沒事……」

話還沒說完，她已經被蕭敬遠急切地摟在懷裡。

他的力道是從未有過的大，大到她被緊緊地箍在他懷裡，幾乎感到悶痛。

不過她沒吭聲，只是默默地貼著他的胸膛，用臉頰感受他的氣息。

堅實的胸膛下方，是怦怦的心跳聲，一下又一下的，急切而有力。

原本心中是慌亂無措的，如今醒來，看到身邊的男人，就這麼被他緊緊摟在懷裡，頓時猶如飄絮有了落處，冰冷蕭瑟之處亦有了熨貼。

今生今世，她有這個男人做倚靠，夢裡的晦暗冰冷和恐懼漸漸退去，取而代之的是這個男人溫熱的氣息。

「七叔，」她低聲喃喃著。「我是不是生病了？」

「是。」男人溫熱的大手輕輕摩挲過她的臉頰，低下頭來，略顯乾澀的唇拂過她的鼻尖，親暱地愛撫。「病了七、八日，一直不見醒來。」

她若是再不醒來，他怕是要把整個太醫院都搬過來了。

「七、八日？」

阿蘿沒想到，自己在那虛無之處不過飄浮片刻，撞見了蕭永瀚、說了幾句話而已，實際上竟然已經過了七、八日。

她仰起臉，望著男人剛硬的下巴，卻見那下巴比往日越發凌厲削瘦，上面殘餘著一些鬍碴，像是許久沒打理過似的，看著是從未有過的憔悴。

她試圖抬起手，可是終究因為虛弱而太過綿軟無力，伸到一半，又垂下去了。

蕭敬遠有力的大手包住她柔軟纖秀的小手，幫她抬起來。阿蘿就借著他的那點力道，緩慢地觸碰上他的臉頰。

男人往日的面容總是看著過於嚴厲，此時瘦了，越發有了嶙峋之感，阿蘿細軟嬌嫩的手輕輕觸碰，甚至感到有幾分刺手。

不過她還是仔細地觸碰著他臉上每一處稜角，又心疼地摩挲著他高挺的鼻梁。

「病了這幾日，想必累壞你了。」說出口的聲音，嘶啞低弱。

「我沒事。」蕭敬遠的手按住她的。「只要妳能醒，要我怎麼樣都行。」

她就這麼忽然昏睡不醒，太醫院的一眾太醫都來看過了，甚至消息傳回葉府，那葉青川也暗中押著被他軟禁的柯神醫來看了，可是結果仍是一樣。

所有人都一籌莫展，異口同聲說她沒有病，氣息、脈搏一切正常，怎麼也找不出她昏迷不醒的原因。

只能暫且先謹慎照顧著觀察情況。若這幾日醒了就好，若長睡不醒，這情況可能會一直這樣下去也不一定。

蕭敬遠早已知葉青川根本沒放柯神醫離開，此事恐還有後續，一直還暗中盯著，可此時也無意多關心了。

葉長勳夫婦前來探望，見女兒小臉瘦了許多，不知道多少心疼，千叮嚀、萬囑咐底下人好生伺候，盼著她快醒來。

可偏她就是一直這麼睡著，不但這麼睡著，還常輕輕皺著眉頭，乾澀的唇時不時發出囈語聲，那囈語，茫然而絕望。

蕭敬遠這些日子是親自照顧，不假他人之手，他常無能為力地抱著她，心裡感到萬分害怕，害怕她再無醒來之日。

有時他甚至想起她曾說過她作的一個漫長噩夢，關於那個死在蕭家水牢的噩夢，他心裡不禁湧起恐慌，想著她該不會正困在那個關於水牢的噩夢裡，出不來吧？

他向來認定事在人為，無關神佛。

可是這幾日，他不止一次想著、盼著，這世上真有神佛。若有神佛，他願意跪在神佛面前三天三夜，祈求她能早日清醒，盼她能擺脫這痛苦。

「七爺，我送來夫人的湯藥，得小心吹涼了再餵……」

就在此刻，魯嬷嬷端了剛熬好的湯藥進來，一抬眼發現阿蘿已醒來，霎時喜得把湯藥往桌上一擺，衝向床邊查看。

「夫人，您終於醒了！」

「是，嬤嬤，我沒事……辛苦妳了。」阿蘿勉力提起一個笑容。

「沒事，醒了就好……」魯嬤嬤不由以衣角拭淚，這些天她也擔心壞了。「七爺、夫人，我去小廚房張羅些清淡的吃食，等會兒送上來讓夫人墊墊肚子。」

蕭敬遠的視線始終關注在阿蘿身上，抱著失而復得的妻子，幾乎乾裂的唇輕輕摩挲著她細軟的黑髮。

「阿蘿，告訴我，在夢中，妳夢到了什麼？」

阿蘿原本是依偎在蕭敬遠懷裡的，此時聽到這個，神情微頓，默了片刻，才小心地抬起頭來望向他。

蕭敬遠只覺得懷裡人兒輕輕一顫，之後看著自己的那眸子，眼巴巴、小心翼翼的，彷彿一顆晶瑩剔透但是脆弱嬌嫩的露珠兒，讓人喘氣都不敢重了，一不小心就會驚到她。

他凝視著懷裡嬌軟虛弱的妻子，溫聲道：「不想說的話，不說也可以。」

阿蘿微窒，貝齒小牙咬著唇，一時不知該如何回應？

她夢見了蕭永瀚，夢中的蕭永瀚尚且對她念念不忘。

這些事，她無法言說，若說了，還不知道以後會增加多少麻煩，事情已經夠混亂了。

何況她一直很擔心，若是蕭敬遠知道自己曾經嫁給他的親姪子，即使已經是上輩子的事，他真的能心無芥蒂嗎？唉，只能什麼都不說了。

「其實沒什麼……」她垂下眼，避開他的眼神，輕聲道：「夢中的景象光怪陸離，什麼妖魔鬼怪都有，我很害怕……」

說到這裡，她身子瑟縮了一下。

蕭敬遠心疼地忙抱緊了她。

「沒事，一切都過去了，無須再去想。等會兒先吃點東西再喝湯藥吧，妳已經幾日不曾進食。」

阿蘿見他不再問了，總算鬆了口氣。

這個時候魯嬤嬤進來了，端了一碗干貝粥。

蕭敬遠接過來，坐在榻旁，一手摟著她，一手拿了勺，親自吹涼了，餵給她吃。

阿蘿一口一口小心地喝著，怔怔地看著前方那雙手。

修長結實乾淨的一雙手，帶著薄薄的繭子，這是她夫君的手，會在夜裡給她安撫，會在她脆弱時給她力量，也會在她生病時親手餵她喝羹湯。

今生得此夫君，夫復何求？

她想起之前魯嬤嬤交給她的荷包，小聲問道：「眼看就要過年了吧？」

「嗯，明日就三十了。」

阿蘿嘆了口氣。

「我竟躺了好幾日，快要過年了還纏綿病榻，實在不爭氣。」

蕭敬遠聞言安慰道：「這有什麼要緊，如今醒了，休養幾日就好。」

阿蘿靦覥地笑了，側身掙扎著靠向床裡邊，從枕頭底下摸索出一個水洗藍緞面布荷包來，她低頭看了看荷包外頭那條魚的黑眼睛，那可是自己親手繡上的。

「七叔，這個送你。」她怯生生地遞過去，很沒底氣地道：「這可是我親手繡的。」——親手繡的魚眼睛。

蕭敬遠接過來，低頭看了看那荷包，細細打量一番，最後挑了挑眉道。

「想不到妳還真會繡，我原本還以為，憑妳那毛躁的性子，早晚被針刺傷了手。」然後再繡個歪七扭八。

他深知他娶的這個小娘子是什麼性子。

阿蘿沒想到蕭敬遠一語道破真相，但還硬撐著道：「怎麼會，你看我這不是繡出來了嗎？」

蕭敬遠輕笑道：「是，我看著這魚眼睛，格外的機靈。」

魚眼睛？

阿蘿汗顏，心虛地耷拉下腦袋。

他怎麼特地挑這魚眼睛說啊？該不會是看出了什麼？

隔日，太醫前來查看阿蘿的狀況，確認身子無礙，只須稍加調養些日子，當可補回元氣。

之後便是寧氏過來探望，帶來了親自熬製的鮮雞湯，頭一回看女兒發這樣的大病，免不了一陣心疼流淚，拉過魯嬤嬤去說了一番什麼，最後才放心回府。

送走娘親，阿蘿在床上坐起，想起那日所聽見蕭永瀚和柯容鬧翻的混亂情形，正猶豫著該不該直接問，蕭敬遠倒先開口了——

「對了，永瀚也病了，大夫這幾日都是兩邊跑的。」

「永瀚也病了？」

阿蘿乍聽此言，心中一驚，險些把手裡捧著的一個茶盞掉在地上。

蕭敬遠回頭望向她。「是。怎麼了？」

「沒、沒事。」

不知為何，阿蘿只覺得他目光灼然，彷彿看透自己的心思。她掩飾地咳嗽了下，故作不經意地再問。

「永瀚得的什麼病？可要緊嗎？」

「以前他就有些稀裡糊塗的，自從那日洞房後，像是這病越發重了，前幾日更是臥床不起，胡話連篇。」

「這樣啊……」那不是和自己的病差不多？

阿蘿小心地看了眼蕭敬遠，想從他的神情中找到一絲端倪，然而背著光，她所能看到的只有如往日一般的平靜，無法捕捉到其他任何異樣。

如今，她只盼著，他並不會多想了。

正這麼想著，外面傳來說話聲，底下丫鬟挑起簾子進來，卻是蕭老太太和一眾嫂嫂等人過來了。

這幾日，蕭家上自老太太，下至姪媳婦、姪女等，自然全都來探望過阿蘿，各樣補品已經堆成了小山高。

其中蕭老太太更是掛心她，每每想起來便過來看看，如今來了，先問了一番病情，之後囑咐說：「好、好，如今醒了就好了，需要什麼，只讓丫頭過去我那裡取用就是，怎麼也要好好補養，讓這身子早日好起來。」

一旁羅氏笑著附和道：「是，可要早些好起來，身子養好了，給咱敬遠生個大胖小子，老太太可盼著了。」

阿蘿聽聞這話，倒是意外這話題這麼快又被提起。她才和蕭敬遠成親不久，並沒有想那麼早要個孩兒，但她是知道的，老太太早已暗暗盼著了。

蕭老太太也笑呵呵地道：「那是自然，敬遠早該當爹了。」

阿蘿越發心裡沈甸甸了……她偷眼看了下旁邊的蕭敬遠，不免想著，現在他是不是也急著想當爹了？

阿蘿聽到蕭老太太和羅氏的這番話，不免多想了。

她才嫁過來沒多久便纏綿病榻，如今知道老太太急著要孫子，她也是有心無力。

其實老太太怎麼想，於她來說倒是沒那麼要緊，畢竟她疼自己也好，不疼自己也罷，自己並不是太在意。

可是，如果蕭敬遠也想早點要個兒子呢？畢竟他老人家都二十八歲高齡了。

二十八歲的年紀，擱別人，怕是孩子已經十歲，都早就熟讀四書五經了。

他……是怎麼想的？

「傻看著我做什麼？」

蕭敬遠走到阿蘿面前，抬手在她眼前晃了晃。

阿蘿猛地回神。「沒事、沒事。」

「那剛才怎麼一直看我？」

「我就是剛才忽然累了。」

阿蘿還不知道這事該怎麼開口，只好胡亂搪塞過去。

蕭敬遠見此，也就沒問，恰到了用藥的時候，魯嬤嬤過來伺候阿蘿吃藥，蕭敬遠則從旁捏著一個糖盒，打算等她喝完藥，便給她塞嘴裡去。

阿蘿端著藥碗，掂量一番，不太想喝，猶豫著，又打量了一番旁邊的蕭敬遠，終於咳了聲道：「七叔，我可不可以問你件事？」

「嗯，說吧。」

蕭敬遠擺弄著手裡的糖盒。其實他早看出她有話要說，故意在旁不言語，就看她能憋到什麼時候？

阿蘿眼珠靈動地轉了轉，試探著開口道：「今天娘跟大嫂過來說的話，你全都聽到了嗎？」

「什麼話？」

阿蘿略急。

「就是那個話啊！」

「哪個？」

蕭敬遠老神在在。

阿蘿無奈，只好挑明了說。「就是娘說，盼著早點生個大胖小子的話啊！」

蕭敬遠笑了笑。「怎麼，妳也盼著生個大胖小子？」

阿蘿聽聞，頓時心頭發悶，想著，他其實也是盼著的吧？當下看看蕭敬遠。

「都怪我，才進門沒多久便病了，如今還吃著藥，也不知道什麼時候才可以……只怕就此要耽擱下來了。」

「說得也是，就再調養著吧。」蕭敬遠隨口應道。

阿蘿見此，越發明白蕭敬遠是盼著要大胖小子了，一股失落和無奈湧上心頭。

她怎麼這麼不爭氣呢？好好的竟然病了。

蕭敬遠看她耷拉著個腦袋病懨懨的小樣子，不免好笑，走上前抬起她的下巴，將一粒糖塞到她嘴裡。

「唔……」阿蘿突然嘴裡甜絲絲的，眨巴著眼睛看蕭敬遠。

蕭敬遠拍拍她的腦袋。「妳這小腦袋瓜子都裝了什麼，不許給我胡思亂想，好好養身子就是了！」

「可是——」阿蘿拉著蕭敬遠的衣角，軟綿綿地開口。

「可是什麼？」

「我看娘是盼著趕緊抱孫子的啊，今日大嫂也這麼說了，我聽了她們說話，心裡急，便想著你也是盼著的，畢竟你年紀不小了。」

「妳啊——」蕭敬遠望著自己的妻子，無奈地搖頭。「聽那些做什麼？再說了，妳沒問我，怎麼知道我著急？」

「好吧。」阿蘿舔著嘴唇殘存的甜意，乖巧地問道：「我現在問你了，你告訴我啊！」

蕭敬遠見她眨著眼睛的樣子，幾乎笑出聲，忍不住低首過去，用自己的唇印上，也嚐了嚐那甜，軟糯香美，滋味極好。

榻旁開始了吃糖和被吃糖……

過了好久後，夫妻二人依偎在那裡，蕭敬遠拂去阿蘿臉頰旁的一點碎髮，啞聲道：「阿蘿，我並不急著要孩子，若我著急，又怎麼會耐心地等到現在？至於娘說的話，妳不必在意，其他人也只不過是揣摩娘的意思，順著她說話罷了。」

想了想，他又說：「我會和娘提，讓她知道，以後不許在妳面前說這事。我今天不當面提，到底是尊著她，不好讓她在兒媳婦面前丟了顏面，可若是有下次，我便不會默不作聲了。」

阿蘿聽著蕭敬遠這番話，總算鬆了口氣，不過她到底是擔心老太太生氣。

「可是你年紀不小了，娘盼著你早點有個血脈也沒錯，若是她執意要，你怎麼辦？她會不會因此生我的氣？」

「不會的。」蕭敬遠淡定地道：「是我還不想要，她怪不得妳。」

「可實際上，你是想要的吧？」阿蘿小心翼翼地問道。

「沒有。」蕭敬遠語氣篤定，不容置疑。「我現在並不想要。」

「為什麼啊？」

蕭敬遠瞥了懷裡的她一眼。

他喜歡她在自己懷裡依賴、滿足的樣子，只希望一輩子這樣下去。

「妳現在年紀還小，若是早早孕育，只怕對妳身子不好。」

阿蘿如今尚小，若是現在孕育血脈，是早了些，最適合的時候，至少也要等到十七、八歲，那個時候方才放心。

「可是——」阿蘿沒想到他竟然說出這等話來，心窩暖烘烘的，那暖意順著血液往外流淌，滋潤得全身都舒暢了，不過她還是忍不住問道：「等我十八歲，你就三十歲而立之年了，這樣會不會太晚了？你難道不急著要個血脈嗎？畢竟你這個年紀，尋常人早就著急了。」

蕭敬遠再次低首，瞥了眼懷裡的小女人，伸手抬起她的下巴。

她的下巴小小的，精緻秀氣，他輕捏在手裡，便覺自己彷彿捏著稀世骨瓷。

「傻瓜，我有個妳，已經夠我操心的了，這輩子恨不得把妳當個小孩兒般寵著、護著，哪裡還顧得上再去照料另一個小孩兒。」

血脈這種事，不是不要，而是不著急，他和阿蘿有一輩子慢慢來。

至於現在，這幾年，他只想和自己的小妻子溫存地過幾年自在日子。

任憑哪個女人聽到這番話，怕都是暖融融的舒坦吧，燕京城裡誰家女兒嫁了後，能得夫君如此寵愛？

阿蘿上輩子不知道，這輩子也不知道。

這番話，她知道天底下除了自己，也沒其他女人能聽到。

她仰起小臉，傻傻地望著自己的夫君，凝視著那張剛硬的臉，一時竟覺得如此熟悉，卻又陌生。

熟悉是因為這個人自己認識了好多年、好多年，上輩子就認識了。

從夫君的叔叔，到自己的夫君，她跨過了一條怎麼樣的河，又是走了一條怎麼樣的路。

陌生是因為她從來不知，他竟是這般男子，猶如大海一般包容著自己的任性，縱容著自己的不懂事和稚嫩。

他幾乎是用一輩子的耐心在等著自己長大，等著自己可以為人妻。

阿蘿不知道蕭敬遠是怎麼和蕭老太太那邊說的，反正自那日後，老太太再沒在她跟前提起過抱大胖小子的事。

蕭老太太不提了，其他妯娌媳婦等人也就不再提，阿蘿就此鬆了口氣。

閒來無事，因這個時候剛過了年，阿蘿每每隨著其他媳婦去蕭老太太跟前陪著說話走動，自然難免遇到柯容，她因此才得知他們後來的情況。

柯容是成了親的，可是全家都知道她還沒和蕭永瀚圓房，蕭永瀚就出了事，聽說洞房花燭夜鬧了一整晚，現在大家看到她，難免有些同情。

她也不大言語，只在蕭老太太跟前見禮，之後便匆匆回去照料蕭永瀚了。

蕭老太太知道這事，倒是也不急，只道是舊病復發，慢慢就能緩過來了，畢竟自落水後，這孫兒也就這樣了。

阿蘿有時候看著柯容蕭瑟單薄的背影，心裡便有些歉疚，她想著，若自己能早些開解蕭永瀚，或許蕭永瀚還在徘徊掙扎，可斷斷不會錯認柯容。

他若不求娶柯容，柯容固然嫁不了這麼好，但至少不會受這種罪。

不過她也不過是想想罷了。

她上輩子受過罪，這輩子就格外自私，只盼著自己的家人、朋友，還有自己，都過得好好的。

至於那些和自己不相干的人，她並沒有太多精力關心，如今也只能讓自己不去想那柯容。

就在阿蘿想明白這個，總算自我安慰地鬆了口氣的時候，她聽到一個消息。

蕭永瀚醒來了。

不但醒了，還瘋了。

瘋了的蕭永瀚，不停大聲叫著一個名字——

阿蘿！

蕭永瀚瘋了?!

阿蘿聽到這個消息的時候一驚，抬眼望向蕭敬遠，卻恰見他也在看著自己。

那目光中，恍若有幾分審視，又彷彿早已經看透了自己。

她心裡隱隱有了不好的預感，當下忙移開視線，故作淡定。

「怎麼好好的會變這樣？我聽老太太的意思，他之前就不太好……該不會是舊病復發吧？太醫怎麼說的？」

蕭敬遠凝視著自己的小妻子，看她那細膩猶如牛奶一般的肌膚，氤氳出一抹柔和的緋色，絕豔的紅越發顯得那肌膚堪比嬰兒。

或許是那肌膚實在太嬌嫩，以至於太容易泛起紅暈。

生氣的時候、激動的時候，抑或者說謊的時候，都會緩緩氤氳出動人的紅澤。

「他瘋了後，誰也不認識了。」蕭敬遠望著自己的妻子，緩緩地說了下一句。

「不認識人了？那怎麼辦？」

阿蘿聽著這話，想著蕭永瀚如今的情景，也是替他難受。

她是盼著蕭永瀚能好好過這輩子的，儘管他已經和自己沒關係，但是她到底存著上輩子許多記憶。在過去的愛癡恨怨都已經煙消雲散後，她依然希望他能好好的。

彼此再無瓜葛，不必互相惦記，各自安生，豈不是很好？

蕭敬遠望著她故作淡定的樣子，繼續道：「他只喊著一個人的名字。」

「啊？」阿蘿心中一慌，猛地抬頭看向蕭敬遠，卻見到了他眼底那抹深沈難懂的情愫。

這一刻，她忽然意識到了什麼。

該來的總是會來的。

她隱瞞了他一些事情，現在卻是瞞不住了。

她仰臉望著他，咬了咬唇，細軟嬌嫩的聲音中，已經帶著認命的低落。「七叔，有什麼話，你就說吧，不必這樣。」

七叔想必也猜到了什麼吧，他那麼聰明的人，只是不願意挑破罷了。

蕭敬遠別開眼，望向窗外。

自她嫁過來後，這原本空落落的院子就不一樣了，漸漸地種了各樣花草，對面的牆也畫上了富春山居圖。

他甚至還應她的要求做了一些小木馬、小木車立在角落裡，別有一番趣味。

他每每望著這些，心裡便生出許多歡喜。

他是個寡淡無趣的人，就連他的院子都刻板得很，如今他院落的荒蕪，因為她的到來變得生動，他的日子也因為她變得有滋有味了。

可是現在，他終於發現，自己長久以來一直忽略一個問題。

阿蘿說，在她的夢裡，她死在蕭家的水牢裡。

可是葉家的女兒，怎麼會死在蕭家？

乍一聽，或許以為是葉家的姑娘來蕭家作客才會出了事，可若細想之下，葉家的女眷，便是有人要害她，怎麼會選蕭家水牢這種地方？對方在蕭家行事，難道不怕更容易被人發現嗎？

當心中起了這個疑惑，蕭敬遠知道，自己距離那個真相已經不遠了。

他想起，當第一次見到她時，她那麼小那麼小，卻好像比同齡人都懂事許多，甚至她輕易就闖入他位於桃林深處的小木屋。

她平時和諸姪媳婦相處，不用太過費心，便已經知道對方喜好、性子，甚至娘家家境。

還有，她其實對蕭家的下人也認識不少，至少比他要知道得多。

所以，葉家的姑娘會出現在蕭家，最後被人害死在蕭家水牢裡，原因只有一個，那便是那個葉家姑娘，嫁到了蕭家。

在阿蘿的夢裡，或者說，在她關於上輩子的那個夢裡，她其實是嫁到蕭家的。

她嫁的人是誰？

蕭敬遠微微攥起拳，想起曾經他站在高處，沈默地看著她和自己姪子們一起玩耍。

那一次，永瀚彈起了一首曲子，柯容陪在一旁，他記得，阿蘿曾經回首看過去。

她回首看向永瀚的那個神情，透著一股大夢初醒的悲涼，好像歷經滄桑，行至人生盡頭，才發現枕邊人竟是負心至此。

他曾一度疑惑那麼小的人兒，何至於竟有這般的神情？可是很快，她又是往日天真稚嫩的模樣，彷彿他剛才看到的都是錯覺罷了。

後來時間長了，他也就慢慢忘記了。

閉上眼睛，蕭敬遠深吸口氣，他想起了一件其實極為重要，可是幾乎所有人都沒想到的事。
回過頭，他望向自己的妻子。
「永瀚往日最愛奏的只有一首曲子，妳知道那首曲子的名字嗎？」
阿蘿聽聞這話，再沒什麼好掩飾的，她別過臉去，狠狠咬著唇，幾乎把下唇咬出血來。
「我知道……」
綺羅香。
「是綺羅香。」蕭敬遠道：「那個羅字，其實是指妳的名字吧？」
「是。」
事到如今，阿蘿只能承認。
蕭敬遠輕嘆了口氣，望著自己的妻子，終於說出之前問題的答案。「他瘋了後，誰也不認識了，一直叫著妳的名字。」
答案落地，彷彿一塊久久提著的石頭落入水中，阿蘿也終於苦笑了聲。
她不再逃避，望著蕭敬遠。「七叔，你應該猜到了，我和蕭永瀚確實有著一些牽連。我所謂的夢，其實是上輩子，上輩子我嫁給了蕭永瀚，成為你的姪媳婦。」
當她說出這番話的時候，感到了一種窮途末路的哀傷和絕望。
她忽然發現，自己錯了。
其實應該早些告訴蕭敬遠這些的。
他早點知道上輩子她其實是他的姪媳婦，也許計較這個，他和她之間就不會有什麼可能了。

若是從一開始便沒有這場相識、這場姻緣，她也就不會開始在乎；不會在乎，就不會難過。

如今她嫁給了他，日子過得彷彿掉到蜜罐子裡，一直被他寵著、愛著，恨不得這一刻就是一輩子。

他已經猶如每日飲的湯水、吸進的氣息，融入到她的骨血中，成為她身體的一部分。

若是他此時退後，強行拔離，便是抽筋剝骨之痛，便是挖心取肝之苦。

這般痛苦，她又該如何承受？

低下頭，她不敢去看蕭敬遠。

他一定在生氣，或許正緊緊皺著眉頭，以不可思議的目光望著她。

他那樣的人，怎麼會容許這種亂了禮教章法的事存在？

他以後會怎麼看待她，看待這個被他娶進門的妻子？

「阿蘿。」蕭敬遠望著自己的小妻子，看她低著頭不敢看自己，看她小小貝齒咬著唇輕磨。

「妳認為我現在該如何？」

他該如何？

阿蘿心中暗自苦笑。她希望這一切從未發生過，她希望蕭永瀚這輩子不要想起曾經的事。

她還希望，關於上輩子的一切石沈大海，乾脆就連自己都忘記得了。

重生一世，過一個新鮮的人生，豈不更好？

但她知道不可能，她瞞不住。

「七叔想怎麼樣，都可以……」她低低地這麼道。

蕭永瀚瘋了、一直叫著她的名字，這件事恐怕都傳開了。

蕭家上下怎麼想，不知道多少風言風語，便是蕭敬遠想護著她瞞下來，怕也已經是不能了。

更何況，他根本無法接受這種荒謬的事情吧？

蕭敬遠看著自己的小妻子似是做錯事的犯人，耷拉著腦袋等待三堂會審，不由輕嘆了口氣。

「阿蘿，我確實生妳的氣。」

「我知道……」早已預料得到，不過阿蘿聽著這話，心裡依然像被小銼刀剉了下，一陣麻疼。

「這件事我原不該瞞著你，如今我做錯了，你又知道了真相，怎麼待我，都是應該的。」

嘴裡這麼說，心卻一點一點的冰冷。

他們過去經歷過的那些事，歷歷在目。

鮮活甜蜜的寵愛、情真意合的敦倫之歡，終究抵不過叔姪之間無法跨越的倫理……

「我生妳氣，是因為妳一直瞞著，不告訴我。」蕭敬遠語氣中頗有些氣塞。「妳以為，因為這莫須有的上輩子的事，我就會遠著妳？」

「七叔——」阿蘿猛地抬頭，有些不敢相信地看過去。

蕭敬遠的黑眸中，亦是濃濃的無可奈何。

「怎麼這麼傻。」蕭敬遠嘆道。

阿蘿陡然明白他的意思，咬咬唇，還是有些不敢相信。「七叔，你真的不在意過去嗎？關於我上輩子的事。」

畢竟，以她的想法，他是個很遵循禮法的人，輩分之別，猶如天塹。

他無奈地搖頭，一把將她抱進懷裡。

她或許是太過擔心的緣故，單薄的身子都在瑟縮著顫抖，一雙手更是冰涼。

他將那雙手窩在自己胸膛上給她暖著，又把她身子摟緊了。

「所以我才說妳是個笨蛋。」

蕭敬遠灼燙的唇就在她額心處，她聽著他咬牙切齒的話語，能感受到噴薄出的熱氣。

「可是你到底是怎麼想的，你一點都不在意對不對？」阿蘿心裡還是提著。她不明白，為什麼他一個勁兒地罵她笨蛋，卻不和她把話說清楚？

她就想聽他好好說說……安撫一下她的心。

「說妳傻妳還真傻，妳這麼傻，上輩子沒我照顧，是怎麼活過來的？」蕭敬遠這麼說著，胡亂揉了揉她的頭髮，可是揉到一半，頓住了。

上輩子她沒他照顧，所以死了。

年紀輕輕就死在蕭家的水牢，被人家害了。

想到這裡，他竟覺通體發寒，下意識越發摟緊了懷裡的人兒。

幸好這輩子她在他懷裡，逃不掉。

阿蘿被蕭敬遠這麼摟在懷裡，只覺得悶悶的。

他太用力了，把自己緊緊箍住，她軟撲撲的地方緊貼著那裡，被壓得胸口發悶。

他又不跟她講明白、說清楚，就算知道他應該不在意，可是她心裡好多疑惑呢，他不說，她就覺得心裡悶悶的。

悶悶的阿蘿小小地掙扎了下，輕聲提醒。「七叔……」

然而她的七叔抱著她，甚至還低頭親了她，依然不說話。

她無奈，只好用力推了下他有力的胳膊。「七叔，你到底怎麼想的？還有，如今永瀚當著大家的面叫我名字，怕是難免引起大家的風言風語，那我該怎麼辦？若是別人也對你有了議論，你怎麼辦？」

畢竟蕭敬遠是朝廷大員，若是有什麼不好的言語傳出去，終究於他前途不利。

「乖，別動。」蕭敬遠卻越發將她箍緊，低著頭，呼吸急切地在她臉上啄，一邊這般，一邊啞聲問道：「妳這個笨蛋，上輩子為什麼不知道跟了我？」

「我……」阿蘿被吻得上氣不接下氣的，腦子裡一片漿糊，根本不知該如何回答這個問題？

上輩子？上輩子他在她心裡、眼裡都是一個長輩，沒有蕭永瀚的樣貌清秀好看，也沒有蕭永瀚的溫柔體貼，甚至比尋常長輩還更多了幾分刻板嚴厲。

上輩子的他，她只會敬而遠之。

可這樣的話，她哪裡敢說！

「給我說實話。」蕭敬遠的手指按住她的後腰，按得有些痛。「是不是上輩子嫌棄我，心裡只想著年輕後生？」

她竟然嫁給了他的姪子。

她竟然是別人的妻子。

他無法想像，上輩子的自己，是如何能眼睜睜看著她嫁給別人當妻子？

想到這裡，蕭敬遠心口湧起陣陣的痛，那痛並不猛烈、並不真切，可是卻實實在在地痛著，彷彿陳年老傷，彷彿疼了幾輩子。

他咬牙，幾乎是發洩地咬上她的脖子。「妳這個笨蛋！我——」

剩下的話，他沒說完。

他直接打橫抱起她，上了榻。

在心底深處，一個永遠無法說出口的念頭升起——

這嬌軟人兒是屬於他的，怎地讓別人享用去——哪怕是上輩子。

他急切地需要驗證一下，她從頭到腳、每一根頭髮絲、每一聲低叫，都是屬於他的。

完完全全，不容許他人覬覦。

阿蘿嫁給蕭敬遠也好一段時日了，一直以為有些事是很難承受，不過終歸是可以承受的。

可是如今她才知道，原來他一直是對自己緩著勁兒的，因為體貼，所以溫柔著，不敢用十分力。

如今這一次，卻是肆無忌憚。

她流著眼淚求他，他卻一個勁兒地逼問她：妳是誰的，給我說，妳是誰的。

她縱然意亂心酥，也少不得攬著他頸子，一聲一聲地求饒，口中再再說道——是七叔的，阿蘿是七叔的，一直都是七叔的，上輩子是，這輩子也是。

他又問：我好，還是別人好，別人可及得我？

她只能軟綿綿地答，這世上百個男子、千個男子，也及不得七叔一個，七叔才是真真的男兒……

待到風停雨歇，阿蘿漸漸緩過神來，想起剛才那諸般對話，可真真是羞煞了。

這人哪，情到濃時是一個心思，待到冷靜下來又是一個心思。

情到濃時說出的話，平日裡不但說不出口，便是想想都覺得沒臉見人，恨不得鑽到地洞裡去。

她抬起眼皮，偷偷看向自己依偎著的男人。

那些肉麻話可不是她自己要說的，是他逼著她說的，看他羞不羞？

可是她望過去時，只見這男人一本正經地閉著眼，高挺的鼻梁、緊抿起的唇透著絲絲嚴肅，那樣子，彷彿他剛下朝回來。

這……實在和剛才狂浪的枕邊人完全不一樣啊。

看著這樣一個正襟危坐的男人，你能想像他問出的那些羞人話嗎？

阿蘿就這麼瞅著男人老半晌，他也不睜開眼，也不和她說句話。

沒辦法，她終於沈不住氣了，忍不住問他：「現在可怎麼辦？」

關於他是不是在意上輩子她和蕭永瀚的事，她已經沒必要問了。

反正剛才他們該說的都說了，不該說的也都說了，就差她直接把自己做成甜糕餵到他嘴裡，再來一句「阿蘿整個人都是七叔的，七叔是天底下最雄偉的男兒，沒了七叔，阿蘿不能活了……」

所以如今她操心的只有一件，全蕭家都知道了這事，他們該怎麼辦才能堵住悠悠眾口？

可是蕭敬遠卻依然瞇著眸子，眼睛都不曾睜開一下。

「七叔——」她認命地嘆口氣。

他是久經沙場的人物，又在朝堂上歷練多年，遇到事，自然是比誰都能沈得住氣。

她這樣一個小小女子，怎麼也比不過——無論是床榻敦倫之禮，還是這種打啞謎，她都甘拜下風。

她拉著他光潔堅實的胳膊。

「好七叔，你到底怎麼想的，現在該怎麼辦？」

可是蕭敬遠這次依然沒說話，也沒睜開眼，只是一手摟著她，讓她更靠著自己。

她苦笑。

「怕是很快娘就要叫我們過去了，若是問起來，這話可怎麼回？」

這個時候，蕭敬遠終於瞥了她一眼，之後便說話了。

他說出的話卻是：「還記得當年我突然離開妳，去北疆的事嗎？」

「你——」她不明白，他怎麼把話題突然扯到三千里外，不過此時她也只好道：「哪能忘！」

蕭敬遠盯著阿蘿身上那顆豔紅色、米粒大的痣，啞聲道：「妳往日問過我原因，我一直沒有和妳說實話。其實我突然離開，是因為有一天晚上，我作了一個有妳的夢。

「夢裡，我看到妳長大了，長大後的妳就是現在這個樣子，我還夢到妳身上的紅痣，就是這一顆。」

他的指尖輕輕點在那肩頭的小紅痣上。

「怎麼會？」

阿蘿擰眉，覺得有些不可思議。

那紅痣在衣服下，外人不輕易得見，蕭敬遠上輩子和自己關係不親近，更幾乎沒有什麼交集，他怎麼會夢到這個？

他伸手攬住她，這樣她就側躺著了，兩個人面對面側著，眼睛、鼻子都幾乎要貼著，呼吸縈繞。

「我是手心裡刻著妳的名字出生的，或許上輩子，妳我之間有什麼牽連吧，所以我當時才會夢見從未見過的長大的妳。」

他和她的緣分，一開始是始於他對年幼時的她的憐惜和照料。

而他竟然能輕易地對一個小娃兒另眼相待，憑空生了憐惜之心，或許多少源於她的名字吧。

冥冥之中，早有注定。

阿蘿眨眨眼睛，沒說話。

她隱約想起上輩子十四歲那一年，有一回她在蕭家和蕭家姊妹並蕭永瀚玩捉迷藏，她偷偷躲進桃花林中的小木屋，結果反倒先被七叔發現了。

當時他喚了她的名。

上輩子的她從未認真得想過，當時七叔喚她時，用著是怎麼樣的語調？可是如今仔細去回想，竟然能清晰地記起，那個男人望著自己時，那深沈難懂的眸子裡，隱約有著克制的情愫。

以前年輕不經事，她輕易便忽略了，反而覺得他很是難懂，讓人懼怕。

「也許吧……」她握住他的手，輕聲這麼道。

這輩子，他可是手心攥著她的名字來到人世的。

「從明日起，早晨起來跟著我習武吧。」蕭敬遠拍拍她的臉頰，溫聲道。

「啊？」

阿蘿一驚，不可思議地望著他。

這……不是剛剛還在說著上輩子的事，她滿心還嘆息感慨，還有著絲絲憂傷遺憾，怎麼忽然提起這個？

蕭敬遠卻道：「總之，上輩子我心裡定也是牽掛著妳，只恨錯過了，才眼看妳成為我的姪媳婦。這輩子我既得了妳，必要彌補上輩子的遺憾，活出兩輩子的時間來。妳這身子嬌弱，難道不該跟著我強身健體，這樣才能陪我更多時候。」

「啊……」

阿蘿至此，望著身邊的男人，真是一句話都說不出來了。

她好不容易用以身慰之的辦法，慢慢脫離了習字之苦，不承想，轉眼他又要她練武？

他難道要把她訓練成一個文武雙全的國家女棟梁不成？

關於練武一事，終究是長遠之計，阿蘿倒是不急在一時半刻。

可是蕭永瀚的事於她來說，便是迫在眉睫，不得不操心著怎麼解釋。

但是蕭敬遠卻是不急不迫的，這一日傍晚時分，直接親自隨著她前往蕭老太太那邊。

夫妻二人進到屋內時，恰好羅氏、二夫人並幾個姪媳婦都在，大家看過來時，那神色難免有異，尤其是羅氏。

想想也是，蕭永瀚和阿蘿本就年紀相仿，蕭老太太又曾有意讓他們結親。

當初阿蘿嫁給蕭敬遠，本就引起諸人詫異，是直到後來這親事做成了，大家才漸漸不覺得有什麼。

現在猛然間，說是那當姪子的嘴裡，口口聲聲喊著自己七嬸的名字，怎麼不讓人起疑心呢？

阿蘿見此情景，求助地看了蕭敬遠一眼。

她是真不知道他怎麼打算的，之前問，他也不說。

蕭敬遠自然感覺到阿蘿的不自在，當下伸出手，將她的小手握牢在自己手中，望向了蕭老太太。

蕭老太太望著剛剛走進門的小兒子並兒媳婦，不由得心底一個長長的嘆息。

她如今年紀大了，只盼著家門安生，一家子上下和睦才好。

她這麼大年紀了，若是看著一家子離了心，那便是死了，九泉之下也不能安寧啊！

這阿蘿，也算是她自小看著長大的，當初一見她那小小模樣，便知道這姑娘長大了必是傾城之姿。

偏生她又那麼惹人憐，自己老了，就喜歡這小姑娘的鮮嫩模樣，看著喜慶，便貪心想著，以後把小姑娘娶進門來給她當孫媳婦多好。

心裡雖然存了這個念想，可惜後來，永瀚根本看不上人家姑娘，而永澤看上人家姑娘，人家姑娘又看不上永澤。

她瞧著這光景，知道小輩們的事，是偏偏不能如她意的，也就沒了這個念頭。

誰知就在她根本放棄了這想法的時候，小兒子敬遠竟然說要成親，讓自己去提親，偏生提的親就是這葉家的小姑娘！

當時她一聽，自然也覺得這姑娘年紀小，又是曾和孫輩議過親的，敬遠若娶了來，面上看著不好。

不過小兒子的親事耽擱了那麼久，之前幾次想給他做親都沒成，這回他主動開口，她當時哪裡顧得上那麼多，只盼著他成親罷了。

只要他成親，任憑他娶誰，她都是一百個贊同，再沒有不願意的。等娶進門，看著小兩口和和美美的，看著那往日總是板著臉的兒子竟然漸漸露出笑來，她算是長吁了口氣。

這下子她便是死也瞑目了。

誰承想，猛然間就出了這事。

永瀚那病，其實是九歲就落下的病根，一直不曾好，請過多少名醫，都不見效。他以前只是癡癡傻傻的，那也就罷了，如今怎麼好好的，竟然滿口喊起了自己嬸嬸的名字！

這事若傳出去，蕭家的臉可是丟大了，怕是成了街頭巷尾的笑話。

「怎麼這會子過來了？」

縱然心事重重，蕭老太太依然一副笑呵呵的模樣。

「前幾日阿蘿身上一直不大好，這幾日稍恢復了些，我便陪她過來一趟，給娘請安。」蕭敬遠恭敬地道。

阿蘿聽此言，忙掩下心事，笑道：「阿蘿自從病了，娘每日都來探病，做媳婦的，心裡實在過意不去，好不容易等身子好些，便想著趕緊過來給娘請安，在跟前盡個孝。誰承想，七爺說他也好久沒來了，便一併過來了。」

蕭老太太看著這兒子和媳婦孝順，自然喜歡，滿意地道：「阿蘿身子能大好，我聽了比什麼都開心，妳啊，還是得在屋裡好好養著，不該亂跑。」

說著便命阿蘿近前來，拉著她的手，仔細地瞧了瞧臉色，轉頭對旁邊的二夫人道：「妳瞧，這小臉兒可算是有神采了，不像前幾日蠟黃，都要把我這老太婆嚇壞了！」

其他人縱然心中有疑，當下自然也都收起。二夫人是八面玲瓏之人，連忙笑道：「娘說得是，如今阿蘿這臉蛋，像是三月裡的桃子，透著紅亮，果真是大好了，這也是託您的福氣。」

其他人等聽了此言，也都紛紛誇起來。

畢竟蕭七爺在蕭家、在朝廷，那是什麼地位，誰都明白。

即使知道蕭永瀚那邊怕是和這七夫人有個牽扯，可是當著蕭七爺的面，誰敢說話？況且今日這情景，明眼人都知道，蕭七爺特地帶著自家夫人過來，這是為自家夫人正名。

不管姪子那邊怎麼鬧騰，這就是他的夫人，他蕭敬遠沒說話，別人就別想插嘴。

大家都是明白人，明白人幹明白事。

於是就在這蕭老太太房中，大家和樂融融，歡聲笑語的，好不熱鬧。

唯獨羅氏，她今日剛從永瀚那裡出來，看著兒子那般光景，心裡自不是滋味，過來老太太這邊，剛說了幾句話，就見阿蘿和老七過來了。

她看著人家夫妻和美融洽，跑到老太太跟前盡孝，再想想自己兒子，越發心酸。以前也沒見永瀚對這阿蘿有什麼意思，反而是對柯容和顏悅色的。

如今好不容易娶了柯容，她原指望著娶妻生子後，永瀚能好起來，誰承想，突然間就犯了病。

犯了病不說，嘴裡竟然一個勁兒念叨阿蘿的名字。

這也真真是奇了怪了。

正想著，忽然就聽到外面傳來一陣喧譁聲，緊接著便是尖利的哭聲。「永瀚、永瀚！你別這樣！我求你了！」

眾人聽聞，頓時臉色一變，知道這淒厲哭聲是柯容的。

而這哭聲之外，還伴隨著丫鬟們的驚呼聲。

蕭老太太是經過事的，倒是沈得住氣，當下命道：「珍珠，出去看看，這到底怎麼——」

誰知這話還沒說完，就見棉簾已經被人呼啦啦一下子揭開，有人大步跨過門檻走進來，嘴裡還一個勁兒地唸著——

「阿蘿、阿蘿，妳在哪裡？阿蘿……」

阿蘿聽見這個，自是知道這人是誰，當下只覺得手腳冰冷，幾乎不能站穩。

她是不明白，分明是上輩子的事，這輩子已經完全不同了，她為什麼要因為這輩子沒發生過的事被糾纏？

她怎麼就不能拋卻前世，好好地和心愛的男人過個安生日子！

就在這時，一雙手穩穩地貼在她的腰際。那大手格外厚實有力，她仰起臉，看向旁邊的蕭敬遠，蕭敬遠薄唇微動，以唇語道：別怕，沒事。

她望著身旁的男人，心中頓時有了倚靠，輕輕握了握拳，她對他點頭，示意他自己沒事的。

而就在一旁，蕭永瀚闖入屋內後，自有羅氏並其他幾位夫人、嫂子的上前將他攔下。蕭永瀚被按住手腳，兩眼發紅，額頭青筋畢露，猶自在發瘋低吼。「阿蘿、阿蘿，妳為什麼不肯見我！」

蕭永瀚身後緊隨而來的，便是他的新婚妻子柯容。柯容頭髮凌亂，衣裙上沾了髒污，兩眼哭得紅腫，撕心裂肺地喚著蕭永瀚。「永瀚，隨我回去，你隨我回去……」

眾媳婦們此時是按住蕭永瀚那邊，管不了柯容，待要去勸解柯容，蕭永瀚又鬧騰起來。

蕭老太太見此情景，氣得手都發抖了。「這、這是真瘋了！這是真瘋了！」

正在一片忙亂之際，卻聽得一人低沈喝道：「永瀚，你跑到祖奶奶房裡來鬧，成何體統！」

說話間，箭步上前，已經將蕭永瀚制住。

此人自然是蕭敬遠。

他先單手制住了蕭永瀚，又吩咐身旁人道：「蕭拐，傳下去，今日蕭家的事，任何人不許外傳，不然家法處置；再命人去宮中請太醫過來。」

蕭拐得令，自去辦了，他又轉首對房中的幾位媳婦道：「敬遠先帶著永瀚回去房中，煩勞二嫂和諸位姪媳先勸解娘。」

又對羅氏道：「大嫂，還得煩勞大嫂先把三姪媳帶回房去歇息。」

他這麼一調度，大家分頭行動，頓時哭的、喊的、鬧的，都各自被勸解帶回去了，場面得以控制。

唯有那被他制住的蕭永瀚，兀自在那裡大喘著氣，紅著眼睛怒道：「放開我！我要阿蘿，我的阿蘿！」

然而他根本不是蕭敬遠的對手，在被反剪了手綁起後，越發惱怒地淒聲大叫。「阿蘿，我知道妳在這裡，妳為什麼不肯見我！妳是不是還恨著我？是我錯了……我錯了！我知道是我錯了……」

「我錯了」的聲音，就在這屋內迴蕩，淒厲尖銳。

阿蘿怔怔地望著眼前那個狼狽的人，聽著那聲聲傳入耳中的「我錯了」，心神震盪，兩腳無力。

他為什麼說他錯了？他做錯了什麼？

有一瞬間，她幾乎想衝過去問他。

這輩子，當第一次見到他時，她就想問了。

為什麼，整整十七年的時間，你都沒發現身邊的妻子換了個人，沒發現我在哪裡……

她被囚禁在水牢裡，苦苦期盼了十七年。

十七年的時間裡，從痛苦到煎熬，從煎熬到麻木，又從麻木到漠然，及至重生後的努力忘記過去，重新活回小時候的那個她。

她已經在地獄裡走了一個輪迴，卻自始至終得不到一個答案。

可是她到底壓抑住了，她咬著唇，安靜地站在一旁，眼睜睜地看著他被綢布塞住嘴巴，之後被蕭敬遠吩咐下人帶下去。

屋裡其他幾個媳婦顯然都被震到了，儘管她們努力克制著，可是依然忍不住多看了她幾眼。

所有的人都在猜測，這新進門的七夫人，到底和那當姪子的有什麼過往？

阿蘿深吸了口氣，用盡所有力氣讓自己鎮定下來。

她如今不是一個人，她有個夫君。

她不能因為這麼一件事讓自己的夫君遭受別人非議。

就算傳言紛紛，全家人都在懷疑，她也要裝作若無其事。

這件事和她沒關係。

這輩子她和蕭永瀚本來就沒關係！

想到這裡，她用這輩子最大的克制力讓自己放輕鬆，然後挺起腰，蹙起眉頭，疑惑地望著離去的蕭永瀚，喃喃地道：「好好的，三少爺怎麼一直叫我的名字？」

有和她素日要好的姪媳婦，聽得這個，也乘機小聲道：「也未必是叫七嬸的名字，畢竟重名的很多。」

「說得是，之前七嬸過府來玩，我看三弟可從來都不正眼看七嬸一眼的。」

阿蘿當下苦笑了聲，故意道：「三姪媳婦和我長得像，莫不是他弄錯了什麼？」

她這一說，自是引導了別人的想法。

「三弟和三弟妹自小是青梅竹馬，很要好的，怕不是如今他瘋著，把最親近的人都給記混了？」

其他人聽了這話，還能說什麼？便是心裡依然有懷疑，也只能點頭附和。「說得是，想必是記混了。」

就在這個時候，三夫人過來了，聽到幾位晚輩的話，不由斥道：「別胡說八道的了！永瀚本就病著，瘋瘋癲癲的，怕不是撞了什麼不乾淨的東西，嘴裡說出的話自己都未必知道，妳們聽了後竟然當真，還瞎猜起來，這成什麼樣子！」

三夫人這一說，眾位姪媳婦忙低下頭。「是，三嬸說得有理，這原本就是魘著了，瘋言瘋語，當不得真。」

阿蘿感激地看了眼三夫人。

這樣也好，把這件事至少從面子上遮掩過去。

至於大家心裡怎麼猜測，那也是管不住的。

身正不怕影子歪，這輩子她只有蕭敬遠一個，只要自己問心無愧，哪管別人怎麼猜。

再說了，都是蕭家媳婦、女兒的，再懷疑，也只能悶在肚子裡爛著，哪個有膽子敢往外傳？

第三十一章

蕭永瀚在蕭老太太房中一番鬧騰，算是勉強被按住了。

可是儘管蕭敬遠請來了宮中太醫，也依然治不好他這瘋病，以至於流言不停歇，底下丫鬟還是走漏了一些風聲。

據說蕭永瀚竟然口口聲聲說，阿蘿是他上輩子的妻子，自小定情、為他生兒育女。還指著柯容的鼻子大罵，罵柯容不知廉恥欺騙他，發瘋厲害的時候，甚至上前想掐死柯容。

這事傳到阿蘿耳中，阿蘿反而淡定了，不慌了。

若說蕭永瀚口口聲聲唸著阿蘿這個名字，或許別人以為她是先和他有了私情之後，才嫁給蕭敬遠，反倒引人誤解。

如今他說什麼上輩子云云，這種荒誕不經的事，誰能信啊？

無非是越發以為這蕭家三少爺是中了邪，被什麼物魘住了。

果然，她和幾個姪媳婦閒談間，姪媳婦都為她抱不平。

「才進門沒多久就平白被人潑這種髒水，什麼上輩子、這輩子的，也不知道到底是著了什麼道！」

「是了，瘋瘋癲癲的，原該好好管著的。」

末了，大家又開始胡亂猜測，想著蕭七叔在朝中地位如何如何，又和太子交好，突然間出了這檔子事，該不會這病是別人做的手腳，其實是刻意要害七叔的吧？

這想得就遠了，阿蘿也不好說什麼，最後大家瞎猜一番，也是不了了之，各自回房散了。

至於後來，蕭家自然得處置這件事，便把蕭永瀚關在院中。

除了隨身伺候的僕婦、小廝，其他人一概不准靠近，同時也嚴禁底下人議論這件事，否則將極力嚴懲。

而年節後，家裡事情多，來往送迎待客，一番忙碌，慢慢地，蕭家府內，也沒人提起這件事了。

大家有志一同，只當那蕭永瀚根本不存在。

羅氏想起這事自是難過，每每可以看到她眼睛紅腫。

可是其他人也安慰不得，畢竟三少爺都瘋了這麼些年，如今只是病情加重而已。

阿蘿面對這樣的蕭永瀚，也就是一聲嘆息，嘆息之外，卻是想起了柯容。

對於上輩子那個害她的女子是誰，她心裡多少有些猜測，卻無真憑實據。

如今蕭永瀚所說的話可能也是一些線索，她細細品著。

什麼叫柯容騙了他？他為什麼要掐死柯容？

若是上輩子的柯容和這件事全無瓜葛，那柯容這輩子就是活生生被牽連的無辜人，他怎麼可以去恨這樣的柯容？

蕭永瀚這麼做，阿蘿難免會猜，柯容就是上輩子害了自己的那名女子。

當她這麼想著的時候，有一次去蕭老太太處請安，出來時，恰好碰到了柯容。

柯容顯得面色蒼白、顴骨高且削，這才多久工夫，如花似玉的姑娘，如今竟已成了憔悴的婦人。

阿蘿默默無語，想著這時說什麼都不好，便微微點頭示意，邁步正要離開，身邊的雨春連忙跟上。

柯容見著阿蘿，幾乎是咬牙切齒地恨，眼裡也冒出了陰冷的光，突然開口。

「葉青蘿，妳既勾搭了他，為何又不嫁他？」

阿蘿輕輕挑眉，淡聲道：「姪媳何出此言，這種話也能亂說？仔細明日我告訴妳七叔去，他那脾氣，想必姪媳也知道。」

柯容聞此一噎。這些日子家中之事，多是蕭敬遠處理。

眾人往日只知他在北疆威猛，也知他在朝中勢大。

可是在家裡，他一直都是那個高遠淡泊的七叔，嚴厲肅穆，和晚輩們有距離了點，但也不會太過懼怕。

但是經此一事，眾人知道，那真真是雷霆手段。

底下人敢多說一個字，他是直接送到大老爺面前家法處置，絲毫不留情面的。

柯容這個做晚輩的，哪裡敢惹蕭敬遠？

現在好不容易湊到阿蘿跟前，還沒說話，阿蘿竟然直接把蕭敬遠祭出來了。

她顴骨氣得透出紅來，咬牙道：「妳也不用拿七叔出來壓我，妳當我不知道妳幹的事？若是我把這件事都扯到七叔面前，看他還會不會這麼護著妳！」

阿蘿聽了，故意問道：「哦？我到底幹了什麼事？」

柯容看阿蘿一臉無辜的樣子，更是氣得冷笑連連。

「看永瀚現在這副模樣，口口聲聲喊著妳的名字，誰都知道一定是妳何時勾搭了永瀚，卻又耍弄他，才讓他變得如此。

「我一心以為他喜歡的是我，雖說有時他提到的事，我也不太明白，如今、如今我才知道，原來他眼裡看著我，心裡想的卻是妳！

「你們分明是一對狗男女，早就勾搭上了，卻一個娶了我，害了我這輩子；一個嫁給七叔，讓七叔臉上蒙羞！」

阿蘿原本以為能探聽到一些消息，如今聽了柯容這話，知道她根本對上輩子之事絲毫不知。

想必是從蕭永瀚那裡聽得隻言片語，便以為自己和蕭永瀚有私情。

當下知道再和她糾纏也無益處，打聽不出什麼消息，也就不想計較，也不動氣，只是淡聲地回應著。

「我看姪媳的臉色蠟黃，想必是這段時日過於勞累，沒歇息好，便是三姪子生病，妳也該保重自己身體才是。我那裡有上等燕窩，趕明兒讓人送一些給姪媳，姪媳每日記得讓底下人燉了吃。」

說完這個，便帶著丫鬟走人。

柯容說了這半晌，誰知阿蘿臉上絲毫無感，最後竟然來了一句要給她送燕窩。

她哪裡稀罕她的什麼燕窩！她要燕窩不會自己去買？

望著阿蘿輕飄飄像無事人一般從容離去的背影，柯容氣得兩隻手都在發顫，一時卻也無可奈何。

回到房中，阿蘿想起剛才情景，頗有些得意。

「雨春，我剛才那句話，是不是回得應景，回得恰當？」

雨春抿唇笑著回話。

「是了，回得再好不過了。其實夫人根本不用和她掰扯什麼，她哪裡能和夫人比？之前人說柯姑娘和夫人長得像，我也覺得好像是有點像，可是如今一看，一個天上一個地下，差老遠去了。」

阿蘿想起柯容剛才一臉憔悴模樣，反而收起了之前的得意，嘆道：「她也不容易，可惜了。」

再想想她這輩子嫁給蕭永瀚，或許自己多少也是個推手，倒彷彿是自己害了她似的。

「罷了，不想了，等七叔回來，我得好好和他說說今日的事，這柯容也是可憐的⋯⋯」

正說著，忽而一陣噁心，她下意識摀住嘴巴，險些吐了出來。

雨春見此也是嚇了一跳，連忙拿來盂盆給她。

誰知阿蘿乾嘔了半晌，卻什麼都沒吐出來。

這個時候，其他幾個丫鬟聽到聲音，紛紛衝進來做幫手，立時捶背的捶背、捧巾的捧巾，個個皆緊張不安。

偏偏魯嬤嬤正好不在院落裡，大家擔心之餘，更是七嘴八舌地拿不定主意。

雨春害怕阿蘿像上回那樣一下子突然倒下，都快哭了。

「還是回一下七爺，請個大夫看看吧。」

阿蘿抬手阻止，在那陣難受的噁心感過去後，卻疲憊地閉著眼，半晌後才搖頭。

「不用，等七爺回來再說吧。」

她自然知道，這是有身子了。

原本以為生了那場大病後，她怕是一時半刻不能有孕，不承想，這麼快就有了。

阿蘿懷了身子一事，消息很快就傳出去，可把蕭老太太給高興壞了，一掃之前因為蕭永瀚帶來的陰霾。

然而，蕭敬遠知道這個消息後，卻沒有表現得如阿蘿以為的那般高興，反而是眸中有深思之色。

阿蘿見此，心中也是忐忑。

「七叔，怎麼了？你是不想要這個寶兒？」

雖說小腹尚無跡象，但她彷彿已經感覺到肚子裡有個寶兒，以至於母愛洋溢了。

如今蕭敬遠並無喜色，反添憂思。

她不免想起他之前所說，說他並不急著要個血脈。

難道因為不著急，如今自己有了，他對自己肚中的胎兒並不待見？

蕭敬遠看阿蘿這般神情，知道她怕是誤解了。

當下走到阿蘿身邊，扶著她坐下，解釋道：「妳如今懷了身子，我自是高興，也盼著妳能生下妳我的子嗣，只是一則妳大病初癒，我只怕妳這身子受不起孕育之累。」

須知她如今才十六歲罷了，懷了身子，秋天那個時候分娩，也才不到十七歲，大病初癒，加上身子尚虛，怕是生產時風險極大。

「二則，妳不是說過在夢裡，妳正是在生產時被人偷梁換柱？如今那個害妳之人尚未查出，妳便有孕，我只怕妳如上輩子般有個閃失。」

蕭敬遠猶豫了下，終究對她道：「這幾日我不曾陪妳，一直在外忙碌，其實是因為不久前南羅國王駕崩，造成南羅內亂。

「南疆傳來消息，南羅世子奪得王位後集結兵馬，屢犯我大昭邊境。」

阿蘿聽聞這話，腦子頓時轟隆隆一陣響，彷彿有炸雷從耳邊經過。

上輩子，她是十七歲產子，就在她產子之時，蕭永瀚隨同叔父蕭敬遠出征在外，就是因這南羅國動亂！

自己懷了身孕、南羅國內亂，這一切和上一世如此相似，只是時間提前了。

「七叔，你、你……」她望著蕭敬遠，話說不出來，心頭卻在顫。

這一次蕭敬遠也要南征？

如果他真又前去南疆，那麼自己是不是會落得上輩子一般境地？

「是。」

蕭敬遠這一聲是，回答得頗為沈重。

此時新帝登基不過年餘，朝中上下人心不穩，又兼之南羅國進犯邊境，這帥印若是他不領，又讓哪個去領？

「不過妳放心，在我離開之前會安排好一切，為了確保妳的安危，我一定會查出上輩子害妳之人。」

蕭敬遠握住妻子冰冷的手，放在手心裡暖著，溫聲安撫。

「嗯，七叔，我信你。」

阿蘿垂下眼，壓抑心頭的戰慄，點了點頭。

蕭敬遠凝視著懷中的妻子，知道她雖然嘴上這麼說，其實心中終究不安。

想著她說過的上輩子，不免心疼。

任憑哪個女子經歷了她上輩子那般痛苦，又帶著記憶重活一次，能夠對眼前之事安然處之？

「阿蘿，妳不必多想，好好地安心養胎就是。若有哪個人存心要害妳，我必會讓他付出代價。」

他的聲音低沈厚重，傳入耳中，阿蘿心中稍定。

「我知道的，七叔。」

七叔向來都是言出必行，他跟蕭永瀚截然不同，她——必要相信七叔才是。

其實當阿蘿猜測柯容便是上輩子害她之人時，蕭敬遠也開始用懷疑的目光審視這個寄居蕭家多年，如今成為自己姪媳婦的女人。

可是，無論上輩子這個人做過什麼，只要她這輩子沒做，他也不能對她如何。

只不過防人之心不可無，他必須確保阿蘿的安全，給阿蘿一個交代，也好讓阿蘿能夠安心。

本來蕭敬遠有足夠時間來籌劃這件事，慢慢地化解阿蘿身邊潛伏的危險。

可是現在，他即將遠征南疆，他不能留著懷有身孕的愛妻獨自面對任何可能的危險。

在這種情勢下，蕭敬遠很快有了打算。

他向皇上爭取延遲出發的時間，卻先親自陪同阿蘿前往城郊一處位於山間的別莊，調養安胎。

「七叔，這方向不對，去別莊的方向不是應該一直往前嗎？」馬車上，阿蘿依偎在蕭敬遠身邊，疑惑地這麼問道。

蕭敬遠取了一顆酸梅，輕輕放進她嘴裡。

「我們不去那個別院了。」

「不去了？」阿蘿疑惑。

「你先前不是說為了製造機會，引誘那個壞人早點下手，所以我們才要去那個別院的嗎？」

蕭敬遠聞言，笑了笑，卻道：「現在蕭府上下跟其他相熟之人，都知道咱們要去別院，咱們反而就不去了。」

「可是——」

阿蘿還是不明白，他這是要做什麼？

畢竟距離他出征的時候已經不遠了，時間緊迫，他可沒有時間陪自己優哉游哉地在山間晃悠。

蕭敬遠輕嘆了口氣，將阿蘿的腦袋按在胸口。

「傻瓜，我怎麼會讓妳置於那般危險中？」

他是人，不是神，既然是人，就不可能完美地控制一切，毫不偏差。

推出妻子當誘餌，若是萬一阿蘿真出了事怎麼辦？

他不會讓阿蘿冒這種風險的。

「那我們怎麼逼出那個壞人啊？」阿蘿還是不明白。

「既然上輩子的那個壞人，可以造出真假阿蘿，這輩子，我們為什麼不以其人之道，還治其人之身？」

阿蘿想了想，恍然大悟。

「你的意思是說，讓一個假的我去那個別院，引誘壞人動手；而真正的我，去另外一個安全的地方躲著，確保安全無事？」
「是。」
「可是……可是我們要從哪裡弄一個假阿蘿呢？」
蕭敬遠笑了下。「這不是有妳哥哥嗎？」
「我哥哥也知道這件事？」
蕭敬遠點頭。「當然。」
這麼大的事，葉青川怎麼可能不知道，又怎麼可能不插一腳？

二月早春時節，柳枝早已抽出翠綠的枝條，那一簇簇嫩芽新鮮得緊，更有翠鳥在柳枝上跳來跳去，嘰嘰喳喳的。
住在這處隱密的別院已有兩日。
阿蘿在房裡原本想好好睡個午覺，誰承想聽著外頭翠鳥的嘰喳聲，便早早醒來了，趴在窗櫺上往外看。
這個時候蕭敬遠回來了，見她沒睡，一邊幫她關了窗子，一邊隨口道：「寒意還沒退盡，仔細著涼。」
阿蘿卻興致高得很，對蕭敬遠道：「我瞧著這柳枝長得正好，你給我折下來做個柳哨吧？」
蕭敬遠看了看阿蘿，有些無奈。「多大的人了，玩心還這麼大。」

嘴裡這麼說，他還是躍上柳樹，折了幾根柳枝，去掉上面的柳葉，給阿蘿做口哨。他是個手巧的，修長的手指幾下子就做出了幾個口哨。

他自己留了一個粗的，遞給阿蘿一個細的。

夫妻二人坐在窗櫺前吹起來，於是一個聲音沈悶遼闊，一個聲音尖銳細長。兩人人的柳哨聲交相呼應，鬧得柳樹上的翠鳥都上下蹦跳起來，好不歡快。

「對了，到底另一邊是怎麼安排的？你好歹和我說說！」

阿蘿隨著蕭敬遠來到這處隱密的別院，也是奴僕成群地伺候著，甚至蕭敬遠還帶了一個御廚，任憑她點單，這日子過得倒是自在。

只是心終究提著，不知道蕭永瀚那邊如何、不知道柯容那邊如何，不知道哥哥和蕭敬遠的計劃又如何了？

這些操心，每每想起便覺不踏實，最後這些不踏實都化作一個長長的嘆息。

蕭敬遠知道自己的小妻子不安心，便也和她一步步地詳細說著自己和葉青川的計劃。

「妳哥哥不知怎麼說動了馮啟月，就是妳那位表姊，讓她來假扮成妳，妳哥哥更可以在暗處做周全的防護。」

「馮啟月？」阿蘿倒是不曾想過她會幫忙。「她肯？」

「妳哥哥自有辦法，況且柯神醫對易容術有些研究，聽說馮啟月在他的巧手裝扮下，和妳幾乎一模一樣；加上平日雨春等幾個隨身丫頭也都跟去了，妳不在別莊裡養胎的事就更不易被人看穿。

「如今一切已經安排妥當，我們現在只需要時間。」

對於柯神醫，他只是輕描淡寫地帶過，沒有多說。總之，另一頭也是布下了天羅地網，由葉青川領頭。

依蕭敬遠看，阿蘿這位哥哥可真是神通廣大了，還有他辦不到的事嗎？就差通曉前世今生了。

阿蘿聽著這話，不免擰眉，細細想著。

想不到這事馮啟月也攪和進來了，自己是曾懷疑過她，但是如今看來，她便是因為己身處境不佳而嫉恨自己罷了，也不至於李代桃僵。

畢竟馮啟月並不熟蕭家，假扮自己幾無可能，更遑論瞞過那枕邊人蕭永瀚。

如今她寄人籬下，以後婚事都要仰仗自家，想必哥哥用了什麼條件交換，讓她願意冒著生命危險幫這個忙，這倒是可以理解。

可是這柯神醫竟有易容這般本事，且還在燕京城裡，哥哥為何隻字未提？

阿蘿心裡疑問四起，突然聯想到一事，背脊一陣涼意襲來，竟覺得遍體生寒。

這麼想著間，她忽而心裡咯噔一聲，臉色驟變。

蕭敬遠看她如此，也是疑惑。

「阿蘿，妳想到什麼？怎麼了？」

說話間，已經挽住她的手在掌心。

阿蘿望著身邊的男人，心中稍定，卻問道：「七叔，我只是突然想到，這柯神醫……會不會和柯容有什麼關係？」

蕭敬遠聽到這話，才明白阿蘿的擔心，他點點頭。

「妳想得沒錯，這一點我派人查過了，他們都姓柯，確實是同宗，不過倒是不同分支。「柯容是嫡系，柯神醫的那一支最近十幾年已經和本家疏遠，況且柯神醫自從認親後，柯家人都沒認全，就已經受邀出海，周遊島國；而柯容又自小寄居蕭家，他們兩人絕不可能認識。」

阿蘿聽著這話，這才終於有些放心。

既然七叔都查過了，那應該不會有事吧。

因這幾日出征南疆的大軍正緊鑼密鼓籌備中，蕭敬遠抽不出時間過來陪著阿蘿，是以阿蘿便獨自在這別院。

不過好在別院外四處都埋伏著蕭月帶領的守衛，只要有任何風吹草動，那些屬下都會衝出來。

阿蘿倒是也沒什麼擔心的，何況身邊隨時都有魯嬤嬤陪著。

唯獨不喜歡的一點是，平日不敢出這院子，只能讓嬤嬤和丫鬟陪著看看書、寫寫字，實在憋悶乏味至極。

也許唯一的好處便是，她的字倒是頗有長進，這下子七叔再看到，斷不會說她不學無術了吧。

偶爾，她也能得到些蕭家老宅傳來的消息，知道老太太還曾親自去山下別莊看過「假阿蘿」，竟然絲毫沒有發現到不對勁。

「聽說柯姑娘也跟著去了。」魯嬤嬤正說著打聽來的消息。

阿蘿聽說這個，輕嘆了口氣。

蕭敬遠和哥哥那邊也都分別傳來消息，她知道他們已經布好了天羅地網，等著柯容投進去。若柯容真的對自己動了惡念，是斷斷逃不了的。

只是當這麼想著的時候，她也不免疑惑。

其實上輩子傷害她的人就算是柯容，可是今生情勢已變，今生的柯容原本未必會起這種惡念害自己的。

如今為了以後的安心，布下這個陷阱，特地弄個假的自己擺在那裡，讓柯容知道極易行事，從而激發了柯容心中的惡念。

如此一來，她是真有些不懂，如果不是有此計劃，這一世的柯容真的會害自己嗎？到底是自己用形勢逼著柯容害自己，還是說她命中注定會害自己？

想來想去，只覺得困惑不已。

不過後來一想，也是豁然。

兩世為人，本是玄妙之事，當年莊子尚且發出蝴蝶夢我，還是我夢蝴蝶之問，更何況她這麼一個凡夫俗子？

最後只好不去想了，唯願一切順利。

自此該吃就吃、該喝就喝，不再去想那些紛紛擾擾。

只盼著蕭敬遠和哥哥能夠護自己周全，不只為自己，也為腹中胎兒。

這一日，她因孕吐得厲害，身上乏力，便想著早早歇下。

誰知剛剛剪了燈火，就有丫鬟過來回稟，說是有人求見於她，傳話進來，對方只說是蕭老太太託他過來的。

阿蘿聽了不免詫異。想著這個時候是誰來見自己？偏生又是以老太太的名義過來。

按理說，根本沒有什麼人知道她在這裡啊。

魯嬤嬤畢竟是老經驗，在旁放心不下，說道：「夫人先等等，還是我先去悄悄察看一下是誰再說吧。」

阿蘿於是便忐忑不安地等著。

過了片刻，卻見魯嬤嬤急匆匆地回來，那臉色卻是不好。

「夫人，外面、外面是三少爺！」

「三少爺？哪個三少爺？」

「就是……就是蕭家的三少爺！」魯嬤嬤輕輕跺腳，無奈地解釋道。

「他？」阿蘿臉色頓時變了。「他不是瘋了被老太太關押起來，怎麼會找來這裡？」

誰知這話剛一落下，就聽到一個清冷而陰鬱的聲音道——

「阿蘿，我都已經來了，妳卻忍心不見我？」

這話一出，阿蘿驚得幾乎三魂七魄都要散了。

這個聲音！這麼叫她阿蘿！

分明是她上輩子的夫君！

她還沒來得及反應，那人便已經撩起簾子走進來了。

翩翩白衣，單薄的身子，慘澹的臉色，懷裡卻抱著一把古琴。

「你——」

阿蘿渾身冰冷，僵在那裡，定定地望著走進來的男人。

男人苦笑一聲，目光掃過阿蘿依然平坦的小腹，輕聲道：「阿蘿，我所求的，只是能和妳再說一說話，妳不願意嗎？」

聲音低淡，其中不知透著多少悲哀。

「你是怎麼進來的？」

阿蘿突然意識到了什麼。

「外面的人，你收買了誰？」

要不然，手無縛雞之力的蕭永瀚，不可能神不知鬼不覺地進到這裡。

蕭永瀚垂眼，淡聲道：「阿蘿，妳忘了嗎？上輩子，妳我成親那天，蕭月喝醉了。」

阿蘿聽聞這話，頓時想起了。

上輩子的蕭永瀚在成親那天，曾經看到蕭月兩眼紅腫地獨自哭泣，望著自己時，眼中似有情愫，他當時就猜到了蕭月戀慕著他，只不過隱藏著罷了。

這一世，他暗中觀察，知道蕭月依然如上輩子一般，既如此，他便毫不客氣地利用了她。

「你……到底要如何？」

如果蕭月被收買了，那自己身邊的銅牆鐵壁便形同瓦解，所以她連叫都不叫了，只是警惕地望著蕭永瀚，護住自己的小腹。

蕭永瀚顯然看到了阿蘿的動作，眸中漸漸有了淒涼和嘲諷之意。

「我到底要如何？妳說我能如何？我眼睜睜看著自己的妻子成為孀婦，我現在還能如何？」

阿蘿聽聞，不氣反笑。「你如今何必說這些？你分明知道，那都是上輩子的事了，況且，況且你——」

她深吸口氣，明白如今自己懷著身子，萬不能有什麼閃失。

對方現在瘋瘋癲癲的，必須引起他的愧疚之心，萬萬不能和他爭辯其他。

要不然，萬一他狂性發作，只怕後果不堪設想。

「你難道不知，我上輩子所受的苦？」

她這話說出，蕭永瀚臉色馬上變了，他身子劇烈地顫抖起來，幾乎握不住手中的琴。

阿蘿見此，知道這計可行，忙繼續道：「你說要和我說話，可是你我之間，又有什麼好說的？

「永瀚，你要聽我在水牢裡苦苦熬過的十七年嗎？那個時候，你在哪裡？是陪著那賤人聽風吟月，還是你在為別人彈奏綺羅香？」

「阿蘿，阿蘿……」

蕭永瀚的眸中閃現出猶如困獸一般的痛，他顫抖著蜷縮起身子，幾乎連站都站不穩。

利用這個機會，阿蘿連忙以眼神示意嬤嬤和丫鬟伺機出去找人，一邊咬牙繼續說。

「你但凡有些良心，當告訴我，那害我之人到底是誰？若你不說，那我便知，原來你根本是對那人有了不捨，這才護著她。

「抑或者，其實這事根本和你有關，你愛的原本就是她，她所做的一切，都是如了你的意！」

蕭永瀚聞言，古琴哐噹落地，掩面哭泣。

「阿蘿，我沒有，沒有辜負妳，從頭至尾都沒有……我被那人騙了，騙得好苦……那些年，我一直夢到妳，一直都夢到妳……」

「我要聽的，不是歉疚，而是真相，你告訴我真相！」

蕭永瀚從蒼白削瘦到幾乎只剩下骨頭的指縫裡，望向阿蘿，顫聲道：「阿蘿，我活到如今，只為了能和妳說話，說給妳聽……妳想知道什麼，我都告訴妳……」

原來上輩子發現這一切端倪的，是蕭永瀚的七叔蕭敬遠。

蕭敬遠自從那次征戰南疆，便留在南疆戎守，一守便是十七年。

十七年後，當他回到燕京城蕭府時，不知怎的，有那麼一次，無意間碰到了前去給蕭老太太請安的姪媳婦，突覺有異，幾乎當場便愣住，盯著那姪媳婦，半晌沒說話。

之後，他不知怎麼明察暗訪，漸漸地發現了這假姪媳婦的破綻。

而當他們好不容易尋到地牢，第一個衝進去的是蕭敬遠。

蕭敬遠把阿蘿抱了出來。

那個時候的阿蘿剛剛氣絕，尚存餘溫，只可惜，終究沒能救活。

「其實那次自南羅回來後，我也發現了不對，可是我聽人說，女人生產之後，若是疏於照料，會性情大變，身形也會走樣。

「我便以為是自己在妳生產時遠征南疆，致使妳心中有鬱結，這才變了性情。從那之後，我在那賤人面前越發小心，處處忍讓，甚至百般討好。

「我心中只有許多苦楚，時常覺得昔日情愛早已耗盡，徒留下許多爭吵和無奈，可每每想起過去那般情意，到底是按捺下來。」

「我也經常作夢，夢到妳被囚禁在牢裡，痛苦不堪，可是我醒來後，總以為自己只是夢魘所致……」蕭永瀚喃喃地道。

「我從不知，自己竟然是這般有眼無珠，害我阿蘿在水下受苦十七年，而我卻和那賤人以夫妻相稱十七年！」

所以當知道真相的時候，當看到他的七叔將死去的阿蘿從地牢裡抱出來的時候，他根本沒辦法接受這個事實。

他竟然被一個害死阿蘿的假阿蘿騙了，騙了整整十七年！

他痛恨自己的有眼無珠，絕望之下，舉刀自盡。

臨死前，他懷裡攥著一幅阿蘿的畫像。

他告訴自己，上窮碧落下黃泉，來世他定要尋到阿蘿，定要認出他的阿蘿，再不會被那假阿蘿蒙蔽了眼。

誰也沒想到，死後的他竟然發現時光倒流了二十七年，他又回到了小時候。

只可惜，他對於上一世的記憶是殘缺不全的。

只記得自己要尋找一個人，只記得這個人可能有真的、有假的，他必須警覺些，不能讓那假的騙了去。

然而兜兜轉轉，他終究仍是找錯了人！

當驟然醒來時，明白一切，為時已晚。

他的七叔已經娶走了他心愛之人！

「阿蘿，我什麼都沒有了，若不是蕭月幫我，我連見妳一面都不能……」

阿蘿聽到這番話，說不動容是假的。

沒想到，在她死後沒多久，七叔竟然就尋到了她，將她從那困了十七年的水牢抱出去。

更不曾想到，蕭永瀚知道真相後，竟然悔恨而死。

低頭默了片刻，她忽然想起一件事，紅著眼圈望向蕭永瀚。「我生下的那個孩兒，後來、後來……怎麼樣了？」

蕭永瀚聽聞，苦笑了下，眸光再次掃過阿蘿的小腹。

「他很好，一直很懂事、很有出息。」

阿蘿咬唇，努力嚥下泛起的哽咽。

「謝謝你，永瀚。」

生下那個孩兒便遭受了這般厄運，她對那個孩兒的慈愛之情，其實早已消磨殆盡。只不過如今重新懷了身子，偶爾難免想起來。

如今聽說這個，她算是徹底對前世毫無牽掛了。

「妳難道沒有其他要問的？」

「你覺得我應該問什麼？」她停頓了下，挑眉道：「我想問，那個女人是誰，你知道真相嗎？你會告訴我嗎？」

蕭永瀚怔怔地看著她，半晌後，忽然哈哈大笑。

「妳果然不知道，妳竟然一直不知道……」

阿蘿心中生異，忙問道：「我應該知道什麼？」

「妳難道不知道，那個孩子，到底是誰的？」

「你這是……什麼意思？」

阿蘿聽聞這話，忽然意識到了什麼其中涵義，霎時已是通體泛冷。

可就在她想通方方面面的時候，隨即聽到外面有喊殺聲，猛地看向窗外，窗外已經是火光沖天。

接著魯嬤嬤匆忙趕進屋來，卻焦急地道：「夫人，不好了！外面來了一夥黑衣人，竟然襲擊了別莊，他們還放了火，咱們得快點——」

與此同時，另一邊山下的別莊——

蕭敬遠和葉青川的計劃堪稱完美。

一隊黑衣人利用別莊守衛換班之時，伺機偷偷潛入，鎖定了假阿蘿所在的廂房位置，殺了過去。

就在尋到房間後悄悄開門，正要刺殺床上人之際，立時燈火通明——

一陣混亂之後，黑衣人全數被擒，來人還不少。

更令人驚訝的是，其中一個被保護著的黑衣人就是柯容！

或許她心中有太多不甘，手無縛雞之力的她竟然親自前來，想在「阿蘿」束手就擒時刺上一刀。

蕭敬遠和葉青川將這柯容逮個正著，押往大廳。

此刻，別莊的正廳裡，柯容在，柯神醫在，蕭敬遠也在，葉青川冷冷地盯著地上跪著的柯容。

柯容求著，想要再見蕭永瀚最後一面。「若不能見他，我死不瞑目！」

誰知道此時，往日總是一臉輕淡的葉青川忽然走上前，一腳踢在柯容臉上。

柯容滿面是血，葉青川神情不變，涼涼地看著地上跪著的柯容，又是一腳，柯容當場伏倒在地。

蕭敬遠在旁擰眉不言語，他總覺得葉青川是故意做給柯神醫看的，不知目的為何？

葉青川回首，問柯神醫：「柯神醫覺得，此婦是否惡毒？」

柯神醫一臉慌張，當下不好說什麼，只道：「終究是個女子，既是惡毒，要了性命就是，你這樣也……太殘忍了些。」

打從一開始，他就因不知道上一世的任何事，對眼下的情況實是一頭霧水。

原本他也只不過是個醫術高明的大夫，行走江湖多麼自在，但不知自己何時惹上了葉青川這瘟神，不明所以地被他綁去醫治眼盲，從此行動受制。

偏葉青川勢力強大，他又逃不了。

可是誰知葉青川卻忽然拊掌冷笑，對柯神醫道：「怎麼，柯神醫終究是念著骨肉親情，不捨得了？」

這話一出，可是驚到了眾人，柯神醫皺眉道：「你這是什麼意思？」

蕭敬遠也覺得詭異，擰眉不言語。

葉青川這才道：「本來你們早就應該父女相認的，可惜無此因緣，不如今日我便做個好事，讓你和私生女相認吧。

「畢竟如今還多虧你這當爹的易容手法高明，才騙過你女兒，讓我有機會可以痛踢你這女兒兩腳。」

他這話一出，柯神醫渾身顫抖，不敢相信地望著地上女子。

「你應該想到了。多年前，你行醫江湖，曾結識一位羅氏姑娘，當時你們私下苟且，讓羅氏懷了這孽種，卻又負心於她。

「後來，羅氏嫁至洛陽柯家，生下此女……對了，這柯家正是你同宗族親，真是親上加親呀！」

柯神醫聽聞這話，不敢置信地盯著葉青川，又望著地上女子看了許久，似在回憶當年之事。

「她、她是我親生女兒？你……你早知道，為何瞞我？又為何設下這個陷阱，害我父女相殘？」

葉青川揮手，已經有人將柯神醫拿下，按在地上，和柯容並排。

葉青川冷冷地睥睨著地上父女二人，揪著柯神醫的頭髮，冷厲地道：「問我為什麼？你們也有資格問我為什麼？你們當年——」

他咬牙，一字一字地道：「是怎麼害我妹妹的？」

這話一出，柯神醫和柯容自然是不懂的。

當然了，葉青川也不需要他們懂。

蕭敬遠此時已經不說話了，他單手負在身後，默默地看著這一切。

只見那個往日白衣翩翩，猶如仙人下凡的葉青川，忽而變身成索命閻羅，幾乎是發洩一般地對著柯容和柯神醫痛打。

柯神醫想救自己的女兒，卻無能為力，眼睜睜地看著她遭受折磨。

過了許久後，柯神醫已經奄奄一息。

柯容用最後的力氣抬起頭來，雙眼的恨意幾乎噴出火來。

「葉、葉青川……我不知怎麼得罪了你，讓你這般害我……」

葉青川冷漠地盯著她，像看一隻臭蟲。

「我要見永瀚，讓我見蕭永瀚……」

「那麼我更要讓妳活著，永遠活著，但是一輩子也見不到蕭永瀚。」葉青川鄙夷地望著地上女人，冷笑道。

柯容頹然地倒在地上，有氣無力地喃喃道：「那你就不要想見到你的妹妹了……」

蕭敬遠聽到這話，頓時皺眉。

葉青川顯然也聽到了。「妳這是什麼意思？」

柯容忽然淒厲大笑，一邊笑，一邊道：「你們以為你們的計劃就萬無一失嗎？此處的葉青蘿是冒牌貨，想必另一處就是真的了。

「蕭永瀚想見葉青蘿，我就如他所願，讓我的手下帶他去見她最後一面。蕭永瀚敢不要我，我就讓他再也找不到葉青蘿！」

她一邊咳血，一邊道：「我雖中了你們的埋伏，但是葉青蘿也不會好過的！」她充滿恨意的眼睛望著葉青川。

「我柯容雖寄人籬下，可到底是柯家人，我也有我的辦法，只要我手下的人早一步尋到葉青蘿，我一定會把她藏起來，這輩子，你們誰也別想再見到她……」

蕭敬遠聽此，頓時明白了什麼，踏前一步，扼住了柯容的頸子。「妳說的是不是水牢？」

柯容呼吸艱難。「你、你怎麼知道？」

蕭敬遠道：「我是蕭家人，自當知道。妳以為妳把阿蘿關進水牢，我們就尋不到了嗎？」

柯容瞪著蕭敬遠，原本慘白的臉色頓時憋得通紅，她絕望地盯著蕭敬遠，眼裡滿滿的都是不甘心。

最後，她唇中湧出一股股鮮血，而隨之吐出的字眼是：「永、永瀚……」

柯容死了。

蕭敬遠和葉青川對視一眼後，已顧不得其他，馬上帶著人馬疾速趕往阿蘿藏身的隱密別院。

奈何趕到時，卻見此處已經是大火熊熊，周圍布滿了屍體和血跡。

蕭敬遠和葉青川幾乎同時衝進別院，結果別院內的房間，並無阿蘿。

幸好，也無任何屍首。

他們尋到了魯嬤嬤，魯嬤嬤盡數告知，黑衣人來襲之後一陣混亂，最後果然是蕭永瀚帶走了阿蘿。

混亂之中，蕭永瀚在哪裡？

他會把阿蘿帶去哪兒？真是水牢嗎？

兩個男人對視一眼後，蕭敬遠擰眉，問葉青川：「水牢到底在哪裡？」

葉青川一聽，也跟著皺眉。

「你不知道？你不是說身為蕭家人，你知道水牢？」

蕭敬遠心往下沈。「你不是知道前世之事，怎麼會不知道水牢在哪裡？」

葉青川瞥了蕭敬遠一眼，冷笑道：「我怎麼可能知道。當年我回到燕京城時，阿蘿都已經下葬了！你們蕭家的水牢，我又從何得知？」

蕭敬遠語塞，半晌後，僵聲道：「既如此，合該留下柯容性命！」

葉青川默了下，問蕭敬遠：「是了，你怎麼掐死了她？」

蕭敬遠一臉無奈。「我並沒有取她性命，她是早就——」

他想說，她早就被你打得半死，我沒用力氣，她自己就死了。

可是又覺得，事已至此，和葉青川爭論這個顯然毫無意義。

葉青川顯然對他有種種不滿，可是目前兩人的目標是一致的，都要保護阿蘿。

「為今之計，我們還是儘快尋到水牢吧。」

「還有，尋到你姪子。」葉青川冷聲道。

「你的姪子必然知道水牢在哪裡！」

兩人正說話間，渾身是傷的蕭月趕來，她撲通一聲，跪在蕭敬遠面前，哽聲道：「是蕭月無能，沒能保護夫人，中了奸人之計！」

葉青川想起之前柯容所說，再看那蕭月，冷冷地嘲道：「你蕭家的人，就是這般德行？也怪不得我妹妹落得那般下場！」

蕭敬遠低首望向蕭月。

蕭月一向盡忠職守，連他也沒想到這次會是在她這邊出差錯，一時鬼迷心竅，竟然背叛了自己，幫著永瀚害了阿蘿！

他疲憊地閉了閉眼，吩咐底下人道：「先押下去吧。」

第三十二章

事不宜遲，蕭敬遠派了副將在別莊善後，自己和葉青川即刻趕回蕭府商議尋人之計。

很快地，兩人有了共識，雙方人馬必須分頭行動，一路準備引走雙月湖的水，一探湖底是否有水牢的線索。

另一路，儘快找出永瀚的下落。

經過這一回的聯手合作，兩人暫且拋開對彼此的恩怨，葉青川將他長久以來調查柯家的結果，全數告知蕭敬遠。

根據葉青川的說法，上輩子的柯容知道蕭家水牢的地點，這輩子的柯容也知道，而兩輩子的柯容在七、八歲後的經歷是完全不同的。

那麼這便說明，對柯容來說，知道水牢的地點這件事不是偶然，而是柯容本身的身世，確切地說是七歲前的經歷，使得她一定能知道這個秘密。

蕭敬遠和葉青川翻開蕭家的家譜以及祖廟中的族志，又研究了柯容父母的情況，一點點抽絲剝繭地分析，約略明白了柯容的來歷。

原來當年蕭家建府時，是由當朝御用大匠柯南海畫下的施工圖紙，之後由御用工匠負責建造。

在蕭府建成後，據說當初施工所用的圖紙，全因一場火災付之一炬，連蕭家自己人都沒有當年的建造圖紙。

「但是實際上，那場火災不過是掩人耳目罷了，事實是，柯南海私自盜取了設計圖，並且留在了柯家。

如此機密，自然不可能讓整個柯家都知道，只會由某一房所保管。時間長了，這圖紙正好留傳到柯容的爹手裡。

「至於你們蕭家，掌握的應該是水牢的秘密。」

葉青川提到「蕭」這個字的時候，語氣頗有鄙薄。

「或許開始的時候，關於水牢的秘密還口耳相傳，可是時間久了，也或許是你們哪位祖宗臨死前沒來得及說，水牢的事便沒有傳下來，秘密就此消失。」

蕭敬遠點頭。「是。不過當年皇上賜下的避水珠倒還一直留在蕭家，代代相傳。」

只可惜，沒有人知道這顆避水珠到底何時可以用，更不知道此珠竟然和隱藏在蕭家的水牢有關係。

葉青川瞇起眸子。「柯南海所繪的建造圖之所以珍貴，在於擁有此物便能號令一個神秘組織為其辦事。相傳這個神秘組織是當年太宗皇帝訓練的皇族暗衛，專為他所用，若有人威脅到皇帝，即可出動暗衛除去此人，以保皇位萬年不墜。

「柯容在柯家雖然沒什麼地位，可是因為擁有這張圖，多年來一直有人在背後支持她，她也才有能耐主導這次的行動。」

上一世，在妹妹死後，為了替妹妹報仇雪恨，他就是這麼一步步先把柯容拉下來，再瓦解了柯容背後這個神秘組織，最後開始鬥蕭家。
這其中多少艱辛，自不必說。
「想來，太宗皇帝深怕皇位被奪，因此預先留下許多後路，造蕭府的目的，不只是獎勵功臣這麼簡單，看來有很多玄機在裡頭，可惜，蕭家把秘密失傳了……」
蕭敬遠眯起眸子，默了片刻，看出葉青川是真的失望，因為他也是極具野心之人，想必內心有所籌劃，未來不知是福是禍……
就在此時，有人來報——
「七爺！七爺！三少爺找到了！」
蕭永瀚很快在城外一處廢棄的茅屋中被找到，然而身邊卻不見阿蘿。只有他面色蒼白，陷入昏迷中，一直不醒。
經過太醫診治，只能猜測應該是中了某種毒，導致患者陷入昏迷，但嘗試著用各種辦法解毒，卻無濟於事。
「是那些組織的餘孽下的手。」
葉青川在床榻旁看著，冷冷地說。
「你這姪子實在愚笨至極，不過是被人利用罷了。」
那些人只聽從持圖者的號令，假意協助蕭永瀚前往別院接阿蘿，待人接到了，那些人就打傷他，搶走阿蘿，將阿蘿關押入水牢中。

「其實我一直不明白。」

蕭敬遠望著葉青川，緩緩開口。

「柯容身邊既然有人相助，她為什麼還要寄人籬下，以一個弱女子的身分留在蕭家？」

葉青川搖頭道：「我也不知道，事實上——」他停頓了下，望著蕭敬遠。「我一直以為，是你們蕭家在助紂為孽。」

以至於上輩子，他在消滅了柯容的人馬後，便傾盡所有，和蕭家為敵，最終把這大昭天下也攪得人仰馬翻！

蕭敬遠聞言，半晌不語，沈思片刻後，喃喃道：「先看看雙月湖的情景吧。」

可是等雙月湖的湖水終於被一點點引出，湖底的淤泥出現後，大家徹底失望了。

湖底就是一灘淤泥、敗葉、殘枝，又去哪裡尋找什麼湖下水牢？

此時距離阿蘿失蹤已經三天，蕭敬遠的臉色越來越難看，這幾日他幾乎都不曾進食。

這件事開始還瞞著蕭家老太太，後來不知道怎麼走漏了風聲，她當場便昏厥過去。

家門不幸，不承想，蕭家還養了這種禍根。

葉青川的人馬幾乎是挖地三尺地在找那柯容的餘孽，然而搜遍了燕京城內外，也沒有半點線索。

到了最後，他不得不把焦點又集中在蕭家。

柯容已死，如果這水牢是在蕭家沒錯，沒有內應，要神不知鬼不覺地送人進這水牢，恐怕沒這麼簡單。

直接找水牢行不通，從人身上下手，也許可行。
蕭敬遠此時已經臉色灰沈，整個人猶如槁木一般。
「我已經把蕭家都搜了一遍，裡裡外外，不曾放過一個，可是竟無一人可疑。」
蕭家的子嗣自然不可能去當柯容的走狗，況且從時間上來看也不可能。
除此之外，蕭家的媳婦們，其背景來歷都過了一遍，也是絕無可能。
至於蕭家奴僕，基本都是家養的奴才，身世清白，哪個也不可能和柯家有什麼來往。
可是葉青川卻睇起眸子。「不對，你再想想，柯容已死，搜遍她的東西，始終沒有找到那張建造圖，那麼……」
蕭敬遠聽聞，陡然間也想到了。
「那張圖，還在蕭家的某個人身上？」
四目相對間，兩人都從對方眼中看到了對方的意思。
蕭家的人，必然有問題！
兩人既然有了這般猜測，當下事不宜遲，忙將蕭家的名冊取來逐個研究，最後可疑的對象集中在七個人身上。
分頭行動，分別試探，終於這一日，有人行動了——
蕭家的管家蕭拐，竟然意圖連夜潛逃！
蕭敬遠早就設下埋伏，自然不會讓他逃走。
一番血戰，蕭拐落網，葉青川施展了聞所未聞的手段逼供。

蕭拐咬舌自盡，而葉青川和蕭敬遠只拿到一份依然模糊的圖紙。

在這份圖紙上，清晰地標注了水牢的位置，竟然是在蕭家宗廟的正下方，離雙月湖不遠，只是之前他們都太在意雙月湖這條線索了。

通往水牢的路有兩條，其中一條便在雙月湖畔，只是早已被人刻意破壞，無法使用了。唯剩下另一條，在蕭家園子裡的一處假山。

蕭敬遠和葉青川立即趕往，只可惜，到的時候卻發現，山口已經被炸毀。炸毀的山口，沒有通路了。

此刻，蕭敬遠幾乎絕望。

他和葉青川費盡所有的力氣，將那些隱藏在背後的黑手逐個兒揪出，可是卻依然不得其門而入。

眼前彷彿有一隻巨大的黑手在控制著這一切。

如阿蘿和葉青川所說，上輩子他沒來得及救下阿蘿，這輩子，依然不能嗎？

葉青川此時也幾乎崩潰了，他無法接受自己籌謀多年，得到的依然是這般下場。

「蕭敬遠，你現在有兩條路可以選。第一條，把你的姪子叫起來。他既然做錯了事，那就不要躺在那裡裝死！就算他已經魂飛魄散，也要把他的陰魂揪出來，讓他說出水牢入口在哪裡！第二條——」

葉青川紅著眼圈道：「拆了你家的宗廟！」

蕭敬遠此時已經四日不曾合眼，眼眸中都是紅血絲。

他盯著葉青川，默了好半晌才咬牙道：「葉青川，我比你更希望阿蘿活著，她是我的妻子，肚子裡懷著我的孩兒，我比你——更希望她活著。」

說到這裡，他聲音中幾乎帶著哽聲。

「如果可以，我願意用我的命來換她的命。」

葉青川盯著眼前這個娶走了自己妹妹的男人，一時無語。

他知道，蕭敬遠說的是真話。

可即使是真話，那又如何？

他的妹妹呢？

他的妹妹現在在哪裡？在哪裡！

蕭敬遠閉上了眼睛，剛厲的臉龐削瘦而冷硬。

「可是，一百條蕭敬遠的命，也抵不過蕭家的宗廟。我不能為了我自己的妻子，拆去蕭家全族的宗廟。」

葉青川的呼吸沈重而壓抑，也充滿了絕望。

他其實也明白，便是九五之尊，也不會妄動別人家的宗廟。

他此時如果要強挖蕭家宗廟，那他當下便再也沒機會踏入蕭家一步，更不可能找到妹妹了。

蕭敬遠睜開眼睛，一字一字地道：「現在，我們開挖湖底，挖地三尺。」

阿蘿曾經說過，她在水牢裡聽過水聲，那麼那座水牢一定通著水源。

雙月湖的湖底，極可能找到線索。

葉青川點頭。「為今之計，也只有如此了。」

然而，就在這個時候，底下家僕突然氣喘吁吁地跑來。

「七爺，三少爺醒了！」

葉青川和蕭敬遠同時看去——

「三少爺終於醒了！」

蕭永瀚醒了。

醒來之後，他喃喃而出的第一句話竟是——

「阿蘿！救她，快、快救阿蘿……」

葉青川第一個衝上去，直接扼住他的脖子，冷冷地道：「我不想聽你多說一個字，你也不必躺在床上裝病，現在、馬上告訴我，地底下的水牢在哪裡？」

蕭永瀚憋得臉色慘白，咳嗽不停。

蕭敬遠上前從葉青川手下救回姪子，然而面對嗆咳不止、痛苦不堪的蕭永瀚，他第一句話也是——

「永瀚，水牢到底在哪裡？」

蕭永瀚虛弱地嘴巴張了又張，最後終於說出兩個模糊的字。「庫房……」

說完之後，他又虛弱得再次暈過去了。

蕭敬遠和葉青川面面相覷片刻，之後猶如離弦的箭，一起衝向了庫房。

衝向庫房的蕭敬遠此時才恍然大悟，蕭拐一家許多代都是蕭府的管家，一直掌管著最重要的庫房。

蕭拐留在這裡，就是為了守護那個秘密，而那個秘密顯然就在他觸手可及的地方，那就是庫房。

而庫房裡……

蕭敬遠想起了當初阿蘿剛嫁給他的時候，他曾帶著阿蘿去庫房挑選家什。

那裡有個廢棄的副庫，是被鎖上的。

秘密應該就在這個副庫了。

蕭敬遠和葉青川來到了副庫，可是鑰匙找不到，沒有人知道在哪裡，蕭敬遠乾脆直接將那鎖扭斷了。

進到了副庫後，卻見這裡陰暗潮濕，並不見什麼秘密通道，更不要說什麼水牢。

葉青川在自己妹妹失蹤幾日後，已經近乎崩潰。

他不明白，為什麼重生一世，依然要讓妹妹去嘗那牢獄之苦！

她怕黑，為什麼要這樣折磨她?!

想到這裡，他疲憊地扶著副庫的牆壁，嘲諷地道：「該不會你那姪子在騙你吧？還是說，這裡面有什麼秘密，是連他都不知道的？」

蕭敬遠不理會葉青川的冷言冷語，他竭盡全力冷靜下來，瞇起眸子，仔細地回想著這一切。

接著，他又認真觀察著這個庫房，不敢放過一絲一毫的線索。

最後，他終於開口了。

「這面牆，好像比其他地方潮濕。」

葉青川擰眉。他也發現了。

當下用手撚了下上面的土，潮濕得很，確實和其他地方不同。

「或許就是因為這裡太陰潮，以至於這個副庫被棄用了。」

「是，陰潮的原因，那就是——」

兩人對視一眼，都明白了對方眼中的意思。

當下兩人對著那面牆，合力一擊——

開始時，牆壁根本紋絲不動。後來，那牆壁便逐漸出現裂痕，而就在現出裂縫的那一刻，有水從裂縫溢出。

兩人見此連忙後退，撤出庫房。

不過此時已經晚了，水從那破裂的牆壁溢出，緩慢地淹向這個副庫。

蕭敬遠一邊命人在副庫和主庫之間砌起水壩來阻擋，一邊想從那倒塌的牆壁進去尋找阿蘿。

「如果這裡也是一條通道，怎麼會進水？」

葉青川天生體弱，縱然勤奮練武，也是虛弱。

他已經開始咳嗽了，一邊咳，一邊道：「萬物相生相剋，有因必有果，既然這通道有水，那必有辦法引走這水。」

如若不然，空留這麼一條通道，顯然不符合常理。

蕭敬遠聽到此話，頓時明白了什麼，連忙命人去取阿蘿的避水金釵。

如今他總算知道，為什麼祖上會留下避水珠了。

幸好那避水金釵留在房內，阿蘿平時不怎麼捨得用，如今倒是派上用場了。

很快地，避水金釵送來了。

蕭敬遠直接把釵子扔到水裡，沒想到，神奇的一幕出現了。

那水流竟然慢慢地消退，最後副庫裡只留下濕潤的地面，通道裡也漸漸沒水了。

蕭敬遠和葉青川相視一眼，順著那條略顯泥濘的通道，往前走去。

這其間，幾次有暗器、機關、陷阱，不過好在兩人功夫了得，一一化解，並將那些機關順手拆了。

最後，終於來到一處空曠處，卻見原來果然有一處地下湖，而湖中央是一個牢室，有一艘古老陳舊的小舟就停靠在水旁。

兩人生怕那小舟再有詐，也不用小舟，只施展輕功縱身過去。

在打開牢門前，兩人不由再次看了對方一眼，都分明地看到了對方眼中的沈重。

這道門背後，有許多種可能。

或許阿蘿已經出事了，也或許根本沒在這裡，他們白忙一場。

也或者，她就眼巴巴地在裡面，等著他們去救她。
如果她根本不在裡面，那怎麼辦？他們又去哪裡找她？
如果她其實已經出事了，那……又該怎麼辦？
咬咬牙，狠下心，他們終究推開了那扇牢門。
牢門開的一剎那，腐朽沈悶的氣息撲面而來。
蕭敬遠看到阿蘿臉色蒼白地閉著眼睛，躺在角落裡，不知生死。
「阿蘿！」
他顧不得其他，一個箭步衝過去，抱起了阿蘿，第一件事是用手去探鼻息。
旁邊的葉青川看到，他的手幾乎是顫抖的。
「如何？」葉青川緊聲問道。
蕭敬遠沒說話，他點點頭，抱起了懷裡的女人。
就在此時，他懷中的阿蘿醒來了，虛弱地望著他，眼中皆是茫然。
「阿蘿？」兩個男人同時出聲。
「哥哥、七叔……你們？」
她擰了擰眉，腦中一片虛幻，甚至有些分不清楚，這是上輩子，還是這輩子？
她到底多大了，又在這水牢裡過了多少年？
十七年？還是一年、一個月、幾天？
還有她懷中的胎兒，她是生了，還是沒生？

想到這裡，她臉上流露出驚惶，連忙抬手去摸自己的肚子。

蕭敬遠的手已經搭上她的脈搏，只見依然是喜脈，又看她那小腹，柔聲安撫道：「沒事，咱們的孩子好好的。」

她勉力抬起手來，摸了摸肚子。

七叔在，孩子在，旁邊哥哥也在，真好。

這輩子才是真的，上輩子是假的。

她對著自己的夫君，對著自己的哥哥，綻開一個虛弱的笑。

之後便重新閉上眼睛，睡了過去。

她太累了。

幾天的時間，卻彷彿又是一個十七年。

當蕭敬遠將阿蘿從水牢裡抱出來的時候，蕭永瀚也拖著病體過去，從旁恰好看到了。

當他看到那個嬌弱單薄的身影靠在自己七叔懷中，被自己七叔就那麼抱著出來的時候，整個人軟軟地跪倒在地上。

也許上輩子有著不甘心，許多的不甘心。

最大的不甘心自然是，為什麼發現假阿蘿的不是自己，而是七叔？

為什麼最後抱著阿蘿走出水牢的不是自己，而是七叔？

他不甘心，這種不甘心埋在心裡，猶如一根刺，在在扎著他的心。

以至於重活一世，縱然已經記不太清楚上輩子的事，可是那不甘心，依然留著根，根在心裡，慢慢地發芽。

可是如今，他頹然地倒在那裡，望著那個高大的紫色身影，抱著自己心心念念的人兒離開這囚禁之地，他是徹底地絕望了。

他就是這樣，一次沒有認出，第二次依然沒有認出。

上輩子沒能救她，這輩子依然沒能救她。

阿蘿在床上躺了幾日，蕭永瀚就在床上躺了幾日。

幾天後，他憔悴得已經不成人樣了，不過依然爬起來，顫巍巍地撐著身子走到蕭敬遠面前。

「七叔，請你……讓我見她一面吧。」

他沒有解釋，只是這麼低低的一聲哀求。

蕭敬遠望著自己這姪子，默了半晌，沒說話，只是點點頭。

他知道這姪子是阿蘿上輩子的夫君，也知道他怕是依然心心念念。

不過既然他們都有關於彼此曾經的記憶，不管如何，他們是需要一個了斷的。

蕭永瀚見蕭敬遠痛快答應了，有些意外，意外過後，臉上浮現出無法形容的歉疚。

「七叔，謝謝你。」

如今他才知道，他是永遠比不得自己那七叔，從頭到尾都比不上。

而當他走進門時，身後的蕭敬遠忽然道：「自此之後，前塵往事，盡數了斷。」

蕭永瀚頓了頓，胸口悶痛，不過還是忍住，點點頭。

「七叔，我知道。」

走進屋內時，阿蘿正躺在紅色錦被中，她比前幾日剛從水牢出來時，臉色水靈多了。烏黑的秀髮如雲一般披在枕邊，紅豔豔的喜被襯得她彷彿一朵盛世牡丹。

蕭永瀚啞聲喚了句：「阿蘿。」

阿蘿其實早聽到外面動靜了，她抬起眼，看向這個上輩子的丈夫。

「你要說什麼，就說吧。」

面對他，實在是再無一絲一毫的牽掛，再無一絲一毫的波瀾。

如果說他要刻意來到自己面前說什麼，那自己就當一個聽眾，隨他去吧。

說完這一次，從此以後，她再也不想看這個人一眼。

「上輩子，我沒有認出那個假的，是我不好。我一直以為，再給我一次機會，我是能認出來的，誰知道，這輩子我依然沒做到。

「我又一次害妳到了那個水牢裡受苦。

「我現在終於可以承認了，其實我就是不夠好。

「我還是一個心胸狹窄的男人，因為我有私心，或許在我心底，也存著怨恨吧。因為那點我自己都不曾察覺的怨恨，所以我刻意忽略了一些事，以至於，看不清楚誰才是妳。」

阿蘿聽著這些，淡淡地道：「你繼續說吧。」

蕭永瀚望著阿蘿。「上輩子她臨死前說，她見到我第一面時就喜歡上了，可是我眼裡、心裡都是妳。

「她知道自己不能奪走我，便假裝不在意，看著我娶妳，看著我給妳彈琴，看著我們在一起……在我們成親那天，她來找過我。」

說到這裡，他頓住了。

「嗯，然後呢？」

她實在不知，自己成親那晚還有這樣的故事。

「她抱著我求我……」蕭永瀚艱難地道。

「我當時也是惱了，對她說了一些難聽的話。」

阿蘿點頭道：「所以她就因愛生恨？」

不知為何，她如今提起過往，就像在說別人的故事。

「這是我的錯，我當時氣惱，確實傷了她。只是未曾想到，她會報復在妳身上，如此狠毒地設計妳，手中又掌握著這般勢力，以至於惹出天大禍事。」

他新婚燕爾，卻被人用計騙出去，氣惱之下說出的話，對於一個年輕姑娘來說，確實是無法承受。

可是任憑誰能想到，一個為情所困的小姑娘，竟然會翻出這般風浪？

「好，我知道了。」

無論如何，所有的事情已經過去，至於上輩子柯容受了多大的委屈傷害、他又多歉疚，如今她是不關心的。

她只想順利地生下腹中的胎兒，和蕭敬遠好好過日子。

曾經的水牢，她早就走出來了。

蕭永瀚凝視著榻上這個熟悉又陌生的女子，半晌後，眼前好像浮現出上輩子，她在桃花樹下，含羞輕笑的模樣。

那個時候，她對著他笑，叫他永瀚哥哥。

可是如今她望著自己，眼神平靜，心如止水，絲毫沒有任何波瀾，就彷彿看著一個走在街道上的路人。

至此，他是徹底明白，屬於他的葉青蘿，早已消失在那十七年的水牢中。

這個世上或許可以給你重活一次的機會，卻不會時光倒流，更沒有萬能的後悔藥，讓你去彌補一切過錯。

失去的東西，再也不會回來了。

蕭永瀚最後看了一眼榻上的女子，轉過身，蹣跚地離開。

在他身後，阿蘿聽著他的腳步聲，抬起眼來，也看了他最後一眼。

今生她已經是蕭敬遠的妻子，一個笑容都不會再給他了。

可是她依然希望，有一天他能走出這場噩夢，忘記這一切，重新開始他新的人生。

阿蘿身子漸漸地養好了，原本散去的精氣神回來了，肚子也一天天大起來。

這一日，外面天氣暖融，楊柳成蔭，草飛鶯長，隱隱又有蟬鳴聲，竟已入夏了。

蕭敬遠攙扶著阿蘿在院子裡散步。

「幸好去年我就讓你做了這些木頭人、木頭車的，等咱們孩兒生出來，倒是可以讓他玩耍。」

「妳倒是想得久遠。」

蕭敬遠停下腳步，大手撫摸著阿蘿的肚子。

「等我從南羅回來，有了閒工夫，可以再給孩子做更多小孩玩的玩意兒。」

聽他提起南羅一事，阿蘿心裡不免有些沈重。

「你是這兩日就要出發了吧？」

她還在安胎養身，他怕是顧忌她難過，一直沒提南羅的事。

可是她怎麼可能猜不到呢？

這幾天他抽時間陪著自己，但是一旦自己休息了，他就匆匆忙忙趕緊出門，顯然在籌備出征南羅一事。

南羅軍隊已經快要兵臨城下，他還在這裡拖著，都是為了她。

怕是皇上那邊都不知催了他多少次，也不知他承受了多大的壓力。

「是。」

蕭敬遠萬萬沒想到，自己在邊關數年，早就習慣了邊疆征戰生涯，可是竟然有一天，在國境危難之際，竟然怎麼都不捨得動身。

燕京城裡有太多的牽掛，家中正是多事之秋，遭受了如此大劫，阿蘿的身子又這樣，娘那邊也因為這事傷心不已，大房那邊更是愁雲慘霧。

在這種情況下，他實在不捨得放著阿蘿一個人在家。

「要不然，妳先回娘家住幾日散散心？」

蕭敬遠想的是，蕭家經歷了這些事，並不適合在這裡安心養胎，若是回去葉家，阿蘿至少能得到妥善照料。

況且，雖然現在柯容已經死了，蕭拐也已經被擒拿，可是他總覺得心中不安，害怕阿蘿再遭遇什麼。

畢竟這段姻緣得來不易，阿蘿又懷著孩子，他這做丈夫的不能守在身邊，終究忐忑。回到葉家，至少有葉青川守著，這讓他多少比較放心。

葉青川此人，雖然神出鬼沒讓人捉摸不透，不過好在他對這個妹妹是拿命在護著的，怎麼也會護得阿蘿周全，這樣他也放心。

阿蘿想想也是。

因為自己失蹤的事，七叔和哥哥幾乎在蕭家掀起了軒然大波，甚至險些都拆了蕭家宗廟，蕭家各房難免有些說道。

她懷著孩子，夫君又不在身邊，回娘家避一避也好。

當下點頭道：「好，等兩日後你離開了，我也回娘家住幾日。」

蕭敬遠離開前，特意去探視了蕭永瀚。

蕭永瀚已離開蕭家，正式剃度出家了。

蕭敬遠過去的時候，蕭永瀚正面無表情地在佛前唸經、敲木魚。

曾經這是一張出塵脫俗的臉，從他很小的時候，人人都誇，說這個小孩兒像是觀音旁邊的童子，帶著仙氣。

結果現在，他真的皈依佛門了。

香煙繚繞中，姪子那蒼白的容顏縹緲遙遠，似真非真。

佛門的經書和香火，早已淹沒了昔日塵世的愛恨情癡，世上已經沒有蕭永瀚，只有個佛門的忘塵。

一卷經書唸過，忘塵睜開眼睛，看到了眼前的七叔。

「施主。」

他垂下眼，算是見禮了。

蕭敬遠開口道：「原本，我不該來打擾你。」

佛門乃是清淨之地，實在不該再拿那塵世的是是非非來叨擾他。

不過他心裡終究有一樁事解不開。

這解不開的心事，唯獨求助於往日的蕭永瀚了。

忘塵聽聞，一個苦笑，默了半晌，才喃喃道：「蕭施主想問前世之事？」

蕭敬遠頷首道：「是。」

忘塵唸了一聲佛號，放下經書，淡聲道：「施主請講吧，忘塵所知，必盡數告知。」

蕭敬遠聽他這麼說，一時倒有些不知如何開口了，他轉首望向窗外。

窗外，綠竹翠柏，掩映在一座座佛舍旁的幾棵菩提樹間。

遠處蒼空之下，氣魄恢宏的廟宇微露簷角，莊嚴肅穆。

他默了好半晌後才聽到自己的聲音，緩緩道：「我出生的時候，手心裡刻著一個蘿字。」

所以他的乳名叫阿蘿，一個本該是女子名字的字。

他一直以為，他和阿蘿之間是先有這般機緣巧合，再有後面的諸般緣法。

如今卻覺得，事情未必如此，或者所謂的機緣巧合，不過是上一輩子的欲罷無能。

「施主想必已經有所猜測了。」忘塵望向自己的七叔，那個兩世將阿蘿從水牢中抱出來的男人。

他曾經恨過這個人，不過現在，回憶這兩輩子，他只有感激了。

「施主的夫人，如今正懷有身孕吧？」忘塵不但不答蕭敬遠的問題，反而這麼問道。

「是。」

「可知道是男是女？」忘塵繼續問道。

「現如今只不過懷胎四個月，自然不知。」

蕭敬遠並不知道忘塵為何問這個，不過還是如實回答。

忘塵聽聞，笑了笑，卻道：「夫人腹中胎兒，必是男孩，出生時，胸口有一紅痣。」

蕭敬遠微驚。「為何？」

忘塵嘆息，之後苦笑一聲。

「因為上輩子，尊夫人曾經為施主生下一個男孩子，胸口也有一紅痣。」

蕭敬遠縱然多少有所預感，知道怕是自己上輩子心中存著那姪媳婦，如此不倫之事，實是他如今不敢想，但又不可不知，所以才來問蕭永瀚。

可是怎麼也沒想到，竟然還有這等珠胎暗結之事。

當下心口震盪，幾乎覺得喉頭一股腥甜。

「怎麼可能？」

怎麼可能，是了，怎麼可能？

上輩子的蕭敬遠，竟能幹出如此禽獸不如之事？

忘塵搖頭，苦笑，閉眸。

「施主，確實如此。所以在很長一段時間內，那個叫蕭永瀚的人，不是說心中無怨，是以對妻兒頗多疏遠，幾乎不敢正眼去看。

「不過怨完之後，他知道也怪不得誰，漸漸地也就試圖去忘記這一切。」

也正因為如此，幾年的疏遠，再和好時，他忽略了，或者說，接受了她和以前的些許不同。

只以為生育之苦、幾年疏遠，人終究是會變的。

卻不承想，人，早就不是原來那一個。

自己心心念念的掌心寶，其實早已在水牢下煎熬度日。

「這到底怎麼回事?!」

蕭敬遠一步上前，冷眸逼問。

他是真沒法相信，自己怎麼可能做出這等事！

「是柯容。」忘塵語氣中頗有惆悵。

「我傷了她，她恨著我，便故意要毀我至愛之人。

「那一日，恰好七叔在溫泉別莊，我和阿蘿也去了溫泉別莊。這本來沒什麼，彼此避著也就是了，可是她卻用計支走了我，又在茶水中下藥，以至於七叔和阿蘿有了肌膚之親。」

縱然他已經不是蕭永瀚，縱然他如今已是忘塵，可是提起那最後四個字，語音依然發顫。

「後來，七叔知道自己犯下大錯，倉促離開，本欲遠離蕭家，從此以後再不歸來，誰知南羅邊疆動亂，七叔帶兵出征，我亦隨行。

「南羅邊疆動亂平息後，七叔便留在邊關，一留十七年。十七年後，七叔歸來，無意間碰見了阿蘿，或許——」

他盯著蕭敬遠，道：「或許你們說了什麼吧，以至於你一下子窺破了，這是假阿蘿，不是真的。」

蕭敬遠深深吸一口氣，攥緊了拳。

「然後呢？」

「然後七叔查出了真相，揪出了柯容，從水牢中抱出阿蘿，只可惜，為時已晚。」

蕭敬遠皺眉。「區區柯容，不過是個弱女子罷了，為了一己之私情，竟做出這般事來？」

忘塵低首，半晌不言語。

「她確實是個弱女子，弱女子懷抱巨寶，本無野心，可是或許我傷了她，或許是她往日活得太過卑微，以至於後來做出這等事來。至於七叔掌心的字，我也不知了……」

也不知過了多久，木魚聲、唸經聲再次響起。

年經人的聲音，依稀帶著絲惆悵，也不知道多少經卷，多少木魚敲打，才能慢慢洗去那往日的不甘和絕望。

蕭敬遠木然地離開了這佛舍，走出了寺廟。

這個時候，暮鼓之聲響起，遠處的一輪紅日在山後散發出萬丈紅芒，將這遠離塵世的寺廟籠罩在一片輕紗中。

一場劫難，有人死了，有人皈依佛門，也有人依然憤憤不平，而他，蹣跚地走在下山的路上。

他永遠不可能知道，上輩子的他是用著怎麼樣的心情，又是用怎麼樣的方式，在手心刻上了阿蘿的名字，以至於這輩子他帶著這個字來到人世間。

不過，不管上輩子是怎麼樣的愛恨情癡，怎麼樣的恩怨情仇，他和阿蘿，這輩子終究締結了這段來之不易的姻緣。

「等著我，等我從南羅國回來。」
他望向那籠罩在一片暮煙中的燕京城。
那裡千萬人家，其中有一處，住著那個眉眼秀美的婦人，正抬手輕撫著隆起的腹部。
蕭敬遠要遠征南羅了，阿蘿非常賢慧地開始為蕭敬遠收拾各樣衣物以及日用。
魯嬤嬤在一旁念叨著：「夫人，可別累著了，讓我帶幾個丫鬟收拾不就行了？您還是閒著吧。」
最近幾日身子才養好，她是不忍心看著自家夫人又累壞了。
阿蘿卻笑了下。
「反正我左右無事，能做一些就做一些吧。」
其實他們成親才多久啊，就先是遇上自己大病一場，接著便是蕭永瀚一事，可算是折騰了個天翻地覆。
如今才沒幾天，他又要遠征南疆了。
阿蘿現在沒其他的期盼，只希望他能平安歸來，她肚子裡的孩子能順利生下，從此以後一家三口過個不操心的日子。
她實在是累了，幾天的水牢之災，比那十七年的痛苦還要煎熬。
這一段姻緣來之不易，她心裡格外珍惜。
正收拾著，蕭敬遠進屋了。

她忙迎過去。「七叔？」
可是待走到跟前，卻覺得有些不對，他神色有異。
她當下心驚道：「七叔，怎麼了？」
蕭敬遠凝視她半晌，之後目光下移，來到她的小腹處。
「可還覺得嘔？」
前幾日她孕吐得厲害，這幾日吃了大夫開的藥，可算是好些了。
「沒有，今日安靜得很。」她笑道。
「其實過了三個月，就不會吐了。」
話說到一半，她忽然意識到什麼，不說了。
蕭敬遠卻是明白的。
她上輩子也曾懷胎十月，懷的，是他的骨肉。
他不知道當年自己是以怎麼樣的心情，看著心愛的女人嫁給自己的親姪子？更不知道自己又是抱著怎麼樣的想法遠離燕京城，在那毒瘴遍布之地苦受了十七年？
她曾經為他生下一個孩子。
蕭敬遠走上前，抬手輕輕將她抱在懷裡。
「七叔——」
阿蘿有些不懂了，他今天的神情看上去和往日實在不同。
蕭敬遠帶著薄繭的手指輕輕抵在她的唇上。

「別叫我七叔。」

「嗯？」

阿蘿越發疑惑了。

因她自小都這麼叫他，如今縱然嫁給他，卻也沒其他趁嘴的稱呼，也就這麼隨意叫下來了。

「那……那叫什麼？」

阿蘿眨眨眼睛，抬眼望著自己的夫君。

「叫我的名吧。」蕭敬遠輕笑了下，溫聲這麼道。

「好。」阿蘿點頭。

「來，叫一聲，我聽聽？」

「啊……好的。」

其實阿蘿面對蕭敬遠，總覺得他是強大的、是無所不能的。

這麼樣高高在上的人，自己竟然直呼他的名字，她會覺得很不自在。

那種感覺就好像，你會直呼遠在九霄之上的神靈的名字嗎？

縱然如今，他已是她指尖的繞指柔，可是曾經的那種印象實在太過強烈深刻，以至於，她喊不出那個會讓她有冒犯感的名字。

「嗯？」

蕭敬遠見她不叫，挑眉看著她，眸中彷彿有所期待。

她鼓了下勇氣，喊出那個曾經對她來說是禁忌的名字——

「敬遠。」

敬遠，這是他的名字，是她家夫君的名字。

蕭敬遠聽她用低低軟軟的語調那麼呼喚自己的名字，心中微蕩，胸膛裡不知多少情愫在瀰漫。

他忍不住一把將她抱在懷裡。

「敬遠？」她更加不懂了，今天他這是怎麼了？

蕭敬遠卻是依然覺得不夠，他抱著她又道：「來，叫我一聲敬遠哥哥。」

阿蘿頓時瞪大眼睛，忍不住推開他的胸膛，歪頭好生把他一番打量。

「怎麼，妳看什麼？」

阿蘿搖頭，嘆道：「我是看看，該不會是有人把你給換了吧。」

要不然，怎麼這性子大變？

蕭敬遠聽她說這個，也是笑了，忍不住伸手捏了捏她嫩滑的臉頰。

「我只是想著明日就要離開了，不知道什麼時候才能回來？」他停頓了下，無奈地笑了。

「等我回來時，妳是不是肚子就大起來了？」

阿蘿想想也是，便道：「是，肚子會大起來，胖了，不好看。」

蕭敬遠牽著她的手來到窗前，看外面的柳絮飄飛。

「沒關係，胖就胖些，胖了也很好。」

說話間，他指著外面。

「妳看，現在正是白絮飄飛的時候，再五個月妳就差不多生了，那個時候是秋天，怕是樹上的葉子又要掉了。」

「是。」阿蘿頷首。

「等過了中秋，我差不多就生了。」

蕭敬遠有力的臂膀輕輕環住她的腰。

「那我們就以秋葉為誓吧，等到秋葉飄飛之季，我回來陪著妳。我要親自陪妳經受分娩之苦，看著妳生下咱們的孩兒。」

阿蘿仰起臉來看向自己的夫君。

「好。那我等著你，等著你平安歸來。」

蕭敬遠笑道：「放心就是了，我有妳親手為我做的荷包，黃葉落地，我必能歸。」

「荷包？」

阿蘿眨眼，心中不免有愧，想著那荷包上，她唯一做的也只有眼睛了。

「嗯，就是過年那會兒妳做的。」

阿蘿微微低頭，眼珠轉了轉，想著是不是應該告訴他真話？

可是如今濃情密意，卿卿我我的，實在太甜蜜不過，說這話，未免太殺風景了吧？

想了想，她終究沒說。

還是等到他平安歸來，她再告訴他吧。

他家夫人根本是個不會做女紅的，所謂的賢慧勤奮人兒，也只能裝裝樣子了。

其實……他不是也應該知道，她從小就是個不學無術的嗎？

阿蘿站在高塔上，望著自己的夫君遠征而去，陪著她一起上高塔的，是蕭家的老太太。

蕭老太太這幾日彷彿老了許多，臉上皺紋深了，頭上白髮多了，走起路來也有些蹣跚。

「咱們蕭家如今走背運，我只盼著妳肚子裡的這個平安出生。我聽說，新生的小娃兒能帶來福運。」

蕭老太太這麼念叨著。

「其實有個小娃兒啼哭聲也好，有啼哭聲才熱鬧。」

經蕭老太太這麼一說，阿蘿看看陪在她身邊的媳婦、姑娘，頓時也覺得彷彿有些單薄。

羅氏因為這一連串的事，備受打擊病倒了。

家裡中饋如今由二夫人掌管，一時接手得不順，忙得團團轉。

而蕭敬遠這一出征，自己便要回娘家小住，老太太可不覺得寂寞嘛。

「娘，您放心就是，過幾日我回來，等到秋天，敬遠也會回來，建功立業、家中添丁，那都是喜事。」

蕭老太太想想也是，頷首道：「只盼著如此、只盼著如此，不圖建功立業，只求平安是福。」

是啊，平安是福。

阿蘿笑著，在心中這麼想著。

第三十三章

送走了蕭敬遠，告別了蕭老太太，阿蘿便在魯嬤嬤和雨春的陪伴下啟程回去娘家。

回到娘家，正好遇上了馮啟月。

馮啟月見到阿蘿，主動對她一笑，如今她已不再嫉恨阿蘿了。

當初是和葉青川談好的，因阿蘿身陷危險中，只要她配合假扮阿蘿，分散賊人注意力，葉青川和表妹夫蕭敬遠絕對會確保她的安全，並且幫她做好一切善後，這其中當然包括為她尋得一位夫婿。

如今她已經定了人家，是當朝三品官員之長子。

這對馮啟月來說算是極好了，她自然高興，高興之餘，見了阿蘿都笑逐顏開的。

寧氏看女兒歸來，親自扶她進了屋，又叮囑她好一番懷孕的禁忌，又要魯嬤嬤吩咐廚房，趕緊去按照之前她擬好的食譜來給阿蘿準備膳食，好一番忙活。

阿蘿舒服地坐在榻上，聽著寧氏嘮叨這個那個，不免心裡感慨萬分。

有娘就是好。

這一晚，葉家擺了家宴來給阿蘿接風洗塵。

阿蘿嫁出去沒多久就病倒，之後又出了失蹤的事，可算是把寧氏和葉長勳擔心得不輕。

當時葉長勳也是動用了自己所有的力量幫著一起尋找，萬萬沒想到，最後竟然在蕭家宅院裡找到。

當消息傳回來時，他們實在是覺得莫名其妙。

「這蕭家也實在是家大業大是非大，早知如此，真不該隨妳性子讓妳嫁過去。」寧氏嘆了聲。她這寶貝女兒，嫁過去，也真是多災多難。

旁邊的葉青越把個燉豬手挾到阿蘿碗裡。

「姊，給妳吃個豬手，轉運，去晦氣。」

阿蘿見了，噗哧一聲笑了。「聽誰說的，這個能轉運？」

葉青越想了想。「書上說的。」

寧氏無奈，笑斥道：「你少胡說八道。」

一時又對阿蘿道：「青越如今跟在太子身邊，越來越沒個正形，我瞧著都有些張狂了，明日也該讓妳爹找太子說說，好生管束他。」

阿蘿憋了笑，點頭道：「娘說得是，青越才多大年紀，便得太子器重，少年得志，就怕太張狂。」

這母女兩個妳一言、我一語的，說得葉青越頭皮發麻，連忙求饒道：「我不就給姊姊挾個豬手，怎麼倒牽扯出這麼多事？我以後再也不挾了還不行……」

他那可憐樣子，倒是把這母女二人給逗笑了。

用完晚膳，阿蘿便想著過去葉青川書房。

蕭敬遠一五一十地已將他和哥哥一起找她的過程描述給她聽了。
她是沒想到，哥哥原來也擁有上輩子的記憶。
只是仔細想想，又覺得其實是自己大意了。
哥哥往日行事，早已有所端倪，自己早該察覺的。
她想過去和葉青川說句話，可是走到書房前的迴廊時，又頓住了腳步。
說什麼呢？跟他說，哥哥，怎麼你也重活了一輩子？
還是問問哥哥上輩子的事？
他們兄妹二人這些年其實都是瞞著對方的，如今經過這次的事，彼此總算知道真相。
還是兩人來一個閒話上輩子？
她不免笑嘆了下，正猶豫著要不要乾脆按下不提，心知肚明得了，耳邊卻聽到一個聲音，頓時那笑便凝在唇邊。
「這就是蕭家的藏寶圖了？」
「是，主人，這張圖分為兩部分，第一部分是蕭家宅院設計圖，裡面包括地下通道和水牢、水庫的布局，另一部分便是這藏寶圖。當初那蕭拐被抓後，他只拿出了設計圖，卻藏起了這張藏寶圖。」
「呵呵，很好，當年太祖皇帝留下這張藏寶圖，是為了給後代子孫留一個退路，找到寶藏後可用以充盈國庫，讓國富民強。可是他怎麼可能想到，白雲蒼狗，世事多變，皇室之中幾番更迭，早已不知這藏寶圖的秘密，反而流落到旁人之手。」

「那柯容區區一個女子，自是無這般野心，這藏寶圖也算是明珠暗投了。」

「不，即使柯容有那野心，這藏寶圖，也不會是她的。」

「主人何出此言？」

阿蘿聽到這裡，已是震驚不已，那個被稱作主人的聲音，赫然正是她的親哥哥葉青川。

卻聽得他又道：「雖說當年太祖皇帝留下伏筆，讓持有建造圖之人擁有號令皇城暗衛組織的權力，並開啟藏寶圖。可是今日這個神秘組織早已四分五裂，各藏野心，又怎麼會甘心聽命於區區一個弱女子？他們聽柯容的命令，不過是順手而為，想從柯容那裡盜取藏寶圖罷了。一旦藏寶圖到手，便是柯容命喪之時。」

「怪不得，那些人根本沒有要保護柯容的意思。」

「一個弱女子身懷巨寶，自然會引來各方覬覦，她以為她利用了所有人，其實根本是為人所利用。只可恨的是，她使我妹妹遭受牢獄之苦，如此一想，未免讓她死得太便宜了！」

「主人如今能夠一舉殲滅那組織，奪得這藏寶圖，實在可喜可賀，從此以後，主人便是要這天下，豈不是唾手可得。」

「天下？天下既已取之，猶如探囊取物，要它又有什麼意思？」

清冷的聲音，帶著無邊的傲氣，就這麼在書房裡響起。

「這次也是天時地利人和，南羅動亂，蕭敬遠南下遠征，我可以放開手腳，才把這組織來了個一鍋端。接下來只要再尋個時機，從我妹妹那裡取了避水珠，就能潛入蕭家水庫，運出寶藏……」

阿蘿聽得這番話，先是震驚得不能自已，後來細細一想，也多少明白了。

原來哥哥和蕭敬遠聯手，提供的關於上輩子所知的消息，到底是隱瞞了許多。

哥哥如今獲得了那藏寶圖，想從蕭家取得寶藏，然後呢？他……他到底要做什麼？

聽哥哥的意思，那藏寶圖中所指示的寶藏，是能顛覆天下的啊！

阿蘿震驚過後漸漸地平靜下來，轉瞬間，她已經有了想法。

當下從頭上摘了那避水金釵，走向葉青川的書房。

她剛一走近，裡面想必是聽到了她的腳步聲，已經沒有了動靜。

她推開門進去，卻見葉青川正在書桌後的紅木椅上坐著，書房裡並無他人。

葉青川見妹妹進來，又看她肚子都大了，連忙上前扶住她，道：「阿蘿，怎麼這會兒過來了？」

阿蘿抬頭凝視著葉青川，過了一會兒才道：「哥哥，剛才你們的話，我都聽到了。」

葉青川聽聞，臉色微變。「阿蘿？」

阿蘿看著他，忽然淚水就落下來了。

「哥哥，敬遠都跟我說了。我知道，你上輩子定是受了很多罪、吃了很多苦，為了給我報仇，付出了許多代價。

「可是，過去的事都過去了，我不希望你再為了我如何，也不希望你為了所謂的寶藏費盡心思。

「如今爹娘都在，我也好好活著，咱們又添了一個弟弟，你就不能過個安生日子嗎？你若再折騰出什麼事來，你讓爹娘如何自處？你讓我怎麼自處？」

葉青川怎麼也沒想到，憑著自己和自己屬下的耳力，竟然能讓妹妹偷聽去這些話。

他咬牙，皺眉道：「阿蘿，妳既然聽到了，那我也不瞞妳。若擁有了蕭家底下的寶物，那就是富可敵國，我既然費盡周折得到這張藏寶圖，總是要——」

誰知他話還沒說完，阿蘿望著旁邊已經點燃的蠟燭，突然伸手，將手裡的避水金釵放到燭火上。

跳躍的火苗舔著她玉白的手指，也燒到了金釵上頭的避水珠。

萬物相生相剋，避水珠能驅水，卻怕火。

她的手尚只感到一點灼燙，避水珠已經變形軟融。

葉青川看到此番情景，忙一把抓住阿蘿的手腕，可是為時已晚。

那天下珍稀的避水珠，已經變成了軟融融的一灘，而阿蘿的手指也已經灼傷。

葉青川氣急敗壞地道：「來人，來人！去請大夫！」

阿蘿忍著痛，抬起淚眼望著葉青川。

「哥哥，避水珠已毀，蕭家的水庫再無可進之法，除非毀去蕭家宗廟。難道你忍心和蕭家為敵，看著妹妹的幸福毀於一旦？我、我腹中有著蕭家的血脈啊……」

葉青川望著含淚的阿蘿，搖頭嘆道：「阿蘿，妳何必如此傷自己來逼我？那藏寶圖與我而言，有也可，沒有也可，我只是——」

他並沒有顛覆天下的野心，也沒有要當那個富可敵國的人，他只是因為數年籌謀，不拿到那一大批寶藏，心裡終究不痛快罷了！

阿蘿聽聞，撲通跪下，哽聲道：「哥哥，阿蘿在此謝哥哥。」

當院子裡下起了濛濛秋雨的時候，阿蘿坐在窗櫺前。

望著那絲絲綿綿的雨，看著那紅黃摻雜的秋葉飄零，想起了遠征南疆的夫君。

他當初說，入秋後，他就回來了。

現在她的肚子一天比一天大起來，以至於走起路來都有些艱難。

不過她為了能夠生產的時候順利，依然堅持每日都在院子裡遛達幾圈。

她會摸著那些木頭馬、木頭人，嘴裡念叨著：「你們可知道，這是你們爹親手給你們做的，等你們出來後，再長大些，就能一起玩這個了。」

她的肚子很鼓、很大，比尋常人的都要大，這對她纖弱的身子來說實在是很重的負擔。

別人會驚訝地說：「這該不會是雙胞胎吧，尋常沒見過這麼大的肚子！」

她笑了笑，沒回話，只是默默摸著那圓滾滾的肚子，感受著裡面的胎動。

最開始的時候，她也沒想到，還是有一天她在提筆給蕭敬遠寫信的時候，忽然聽到裡面的心跳聲，彷彿並不是一個，而是兩個。

她當時凝神聽了一番，只聽得裡面有一個是強烈有力的，那就是之前自己聽到的胎兒心跳聲。

除此之外還有另外一個心跳聲，比起第一個要柔弱一些。

初時也是一驚。重活一輩子，她可能習慣性地按照上一輩子的發展來期待未來的事，以為自己照樣還會生個男孩單胎。

不承想，這次竟然是兩個。

待到這懷了雙胎的喜悅過去後，她不免開始擔心，一個強有力、一個柔弱，第二個該不會身子先天不足吧？

後來，她仔細地感覺胎動，體會那心跳聲，也就發現，第二個雖然柔弱，卻也頗為穩定，且胎動時，胳膊、腿兒也很賣力，只不過或許天性文靜吧，這才顯得比第一個柔弱些。

這麼一想，她難免猜測，或者第二個是女孩吧？

想到或許自己懷了龍鳳胎，她便止不住地歡喜，恨不得趕緊讓蕭敬遠知道。

不過她並沒有把這件事寫在家書裡，因為她想等到蕭敬遠回來再親口告訴他，他一定很喜歡，她要親眼看著他驚喜的樣子。

薄薄的紙張，定是無法傳達他聽到這個消息時的激動。

她正坐在窗櫺前，想著蕭敬遠什麼時候能抵達燕京城？

前幾日他捎回的家書是底下小廝快馬加鞭提前送來的，說是還有兩、三日就要到燕京城了。

她想到這裡，唇邊便不自覺泛起一個柔美的弧度。

這次蕭敬遠平定南疆動亂，擒獲敵軍首領，使得南羅新主派了王子前來大昭，親自遞送降書，可以說是大獲全勝。

皇帝已經下了幾道聖旨，要封賞蕭敬遠並其下將士，而自己也妻憑夫貴，封為一品國夫人。

素日有來往的燕京城名流貴族，一個個的都登門前來，祝賀蕭家雙喜臨門，只不過這些都一併由蕭老太太和二夫人給應付了。

她懷著身子，自是全家呵護備至，那些叨擾人的事，是萬萬不會到她跟前的。

她現在需要清靜，蕭老太太早這麼給底下人說了。

正想著，忽而聽到外面傳來急匆匆的腳步聲，抬頭看時，卻是雨春。

雨春一臉激動，跺著腳、喘著氣道：「回來了，回來了！」

儘管她的話著頭不著尾的，可是阿蘿一聽便明白了，這是蕭敬遠歸來了！

當下大喜，連忙叫來魯嬤嬤並房裡的丫鬟，準備茶水、準備巾帕、準備嶄新的衣裳，好給蕭敬遠接風洗塵，又跑到一人高的銅鏡前照照鏡子。

「嬤嬤，我如今實在胖了許多吧？」

她摸著自己偌大的肚子，又捏了捏自己的臉頰，心中不免忐忑。

魯嬤嬤從旁笑呵呵地道：「夫人啊，這懷著身子，哪能不胖的？依我看，您如今還瘦著呢！」

「啊？」阿蘿聽著這話，心中涼了半截。

她原本以為魯嬤嬤會說「夫人除了肚子大了，其他地方一點也沒胖，臉和胳膊都瘦得很」，可是魯嬤嬤卻說了這話，這簡直坐實了她變胖的事實啊！

這下子，她忍不住對著鏡子一看再看。

魯嬤嬤又笑呵呵了，滿意地看著她的臉，嘆道：「夫人這肌膚真是白得像那冬天下的雪，晶瑩剔透的，泛著紅光，讓人一看就喜歡！還有這胳膊，也不像以前乾瘦，看著圓潤有福氣了。」

阿蘿聽著這話，一時倒是有些哭笑不得。

想著這是該高興還是不高興呢？敬遠會喜歡她這樣的嗎？

當然了，說不得他根本顧不上注意這些，腦子裡只惦記肚子裡那寶貝疙瘩了。

和魯嬤嬤這麼閒話著，雀躍期盼著夫君的歸來。

正是一片歡喜，卻聽得外面又有動靜，再看過去時，竟然是新上任的管家帶著小廝等，匆忙往這邊來。

「這是出什麼事了？」

她這裡清靜得很，沒什麼事，尋常時候管家不會過來的。

說著時，管家已經過來屋簷前，恭恭敬敬地回道：「剛剛得來消息，說是七爺受了傷，已經馬上要到府門口了，等下就抬著進來。」

這話一出，可真是猶如炸雷，炸得阿蘿腦子裡亂哄哄的一片，兩腿幾乎站立不穩。

「受、受傷？」

她一下子緊緊攥住了手中的帕子。

「情形到底怎麼樣，傷得可重嗎？之前怎麼一點也沒提到？」

管家看這七夫人煞白的臉，還有那立不住的身形，一時都不敢抬頭了。

「這、這老奴也不知，只聽說，因之前怕夫人聽了擔心，便沒敢讓底下小廝過來回稟。是在南疆時候傷的，一路行來，應該、應該是沒事了吧……」

管家說話都有些不流暢了，實在是這位七夫人簡直有如是老太太的眼珠子一般，老太太是看得比什麼都嬌貴。

如今冷不防被他一嚇，萬一有個好歹，他擔當不起啊！

阿蘿在最初的震驚後，很快平息下來。

她想著，這從南疆回來，已經好些天了，若真是不能治，怕是早就不行了。

既是能撐到如今，那應該至少無性命之憂。

想明白了這個，便是最怕缺胳膊少腿的好吧，那也沒什麼。

他就算不能走動，自己也可以守在他身邊，一輩子伺候他，只要他人還活著就行。

人活著，看著她生下他們的龍鳳胎，看著他們長大，那就足夠了。

當下她深吸口氣，平靜下來，對那管家道：「先把前面的門檻卸掉，他既受了傷，或者抬進來，或者馬車拉進來，那門檻在總是礙事。」

一時又吩咐丫鬟。「先去把床鋪好了，再準備熱水。」

她好歹也是經歷過事的，如今在最初的極度擔憂驚怕之後，很快鎮靜下來，開始調度安排。

這邊一切安置妥當，外面蕭敬遠終於被送進來了。

送進來的時候，他是被人拿著架子床抬的。

阿蘿原本也把最壞的情況都想過了，可是一看到他閉眸躺在那架子床上的樣子，眼淚都險些落下來，連忙跟上去，命人將他放在屋裡的榻上。

外面的管家等都離開了，唯獨蕭敬遠的一個屬下，在那裡回稟這一切。

原來蕭敬遠是中了箭傷，一枝羽箭射到胸口處，險險地擦著心臟過去。

因這羽箭上是帶著毒的，軍中大夫一時解不了，是以傷口遲遲不好，拖延到現在。

如今皇上早已派了宮廷御醫前去把這毒給解了，傷口才漸漸恢復，現在只需要靜養就是了。

阿蘿聽了這話算是鬆了口氣。沒大事就好，至於需要臥床靜養，這都不是事。

正想著，蕭敬遠那邊傳來動靜，阿蘿聽了，忙湊過去。

「你、你可是要水？我給你端湯水來喝？

「你覺得怎麼樣，可累了？

「傷口呢，傷口還疼嗎？」

她這一籮筐的話語急切地扔過去，聽得剛剛醒來的蕭敬遠笑了。

他因這胸口的傷遲遲未好，回燕京城的路上，也吃了不少苦頭。

是以如今身子虛弱，往日剛硬的面龐蒼白中透著憔悴。

不過他還是艱難地抬起頭，要去看阿蘿的肚子。

阿蘿的肚子很大，大得他都不敢相信。

「確實胖了許多。」他想起她信裡抱怨的，這麼笑著說了一句。

「啊？」

對他的心疼，頓時幾乎拋到了九霄雲外。

怎麼這樣說話呢？

誰知道接下來一句，他卻說：「不過這樣更好看了。」

蕭敬遠立了大功，本該有接風宴、慶功宴的，但因他傷得不輕，這接風宴便由屬下代為參席了。

而他自己，則是躺在家中，享受著自家小嬌娘的服侍，再沒事摸摸肚子裡那寶貝的胎動。

這一日，蕭敬遠舒適地躺在矮榻上，看著窗外落葉。

阿蘿則是坐在一旁，親手餵他吃今日廚子煲的雞湯，好生愜意。

「夫君，」她還是有點不好意思直接喚他名字，便乾脆叫夫君。「有幾件事，我得慢慢地告訴你。」

「什麼？」

「我說了，你可不要生氣啊！」

「嗯，妳說吧。」

蕭敬遠停住手中的動作，抬頭望著自己的妻子。

她或許有太多心事，關於上輩子、關於她心裡曾經記掛的人，以及——關於那個孩子。

太多的事。

她不想說，他也不會非要她說。

但她如果想說，那他就洗耳恭聽吧。

「敬遠夫君……你還記得……」阿蘿眼珠轉了轉，想起這事，不免羞愧。

當初她大言不慚說她一定要親手做荷包，結果呢，最後只繡了幾針。

「記得什麼？」

蕭敬遠的手不自覺攥緊了錦被。

他不知道她是不是有些什麼，不好告訴自己？

是關於那個孩子嗎？還是說，她對永瀚尚有餘情？

「之前我曾經送給你一個荷包。」阿蘿吞吞吐吐地道。

「嗯，那個荷包怎麼了？」蕭敬遠暗暗皺緊了眉。

「那個荷包，其實並不是我繡的……是底下丫鬟代勞的，我只繡了眼睛。」

阿蘿羞愧無比，簡直不敢看蕭敬遠了。

蕭敬遠聽聞，愣了下，再愣了下。

「哎，你也知道的，我本來就不會……我、我以後可以慢慢學……學會了，再給你做啊！」

阿蘿輕輕握著他的手，柔聲撒嬌，聲音軟膩得恍若蜜糖。

蕭敬遠聽了，真是好氣又好笑，抬起手揉了揉她的頭髮。

「妳啊，小笨蛋！」他無奈地搖頭。

「我還以為是什麼事，敢情是這個？妳當我不知道我娶的娘子有幾斤幾兩重？」

他早看出來了。

阿蘿聽他這麼說，竟彷彿是早就知道的，敢情是看破了不說？

當下想想自己幹的這事，也是抿唇不好意思地笑了。

「還有一件事呢，我也得向你坦白。」阿蘿老實地繼續道。

「說吧，嗯，還有什麼事？」

他真不知道，她這個小妻子到底瞞了自己多少事。

阿蘿聽著他那低沈沙啞的語調，其中不知多少包容，摸了摸肚子，笑著道。

「以前你天天讓我去練什麼字，我可不喜歡了，可是我怎麼好意思說我就是這麼不學無術，直接說了豈不是面上無光？所以我就故意坐你大腿上——」

接下來的話她就不好說出了。

他們都知道的，當時她每每喜歡坐在他腿上，之後攏來搖去的，幾下子他們就到了桌上。

後來因為這事，蕭敬遠還特意在書房裡加了一張矮榻。

蕭敬遠聽聞這話，凝視著自己小妻子臉頰上那柔膩的紅暈，默然不語。

阿蘿見他這樣，心裡不免嘀咕。他這樣是什麼意思？

當下拉著他的胳膊，輕聲細語撒嬌。「我也不是故意要瞞著你，實在是你拿出來的那些字帖，好生無聊，我又不想當個書法名家，我何必呢……」

誰知蕭敬遠眸中卻帶著笑意，招招手，讓她湊過來。

她不敢違背，趕緊湊過去。

「笨蛋。」他咬著她的耳根，低低地這麼道。

阿蘿好無辜。

「你怎麼又說我笨？我是學不好那書法，可是天底下寫不好那種書法的多得是，又不止我一個……」

蕭敬遠這下子真是哭笑不得了，如果不是他受傷，真恨不得直接把她放倒在榻上。

「妳當我是真讓妳學書法嗎？」

當時新婚燕爾的，偏生他有太多公務要處理，實在捨不得這小嬌妻，便乾脆讓她過去陪著自己。

但是若說出來，自己堂堂一個朝中重臣，處理個公務還要嬌妻陪伴在側，傳出去也不好聽，於是便想了個讓她練書法的名目。

不承想，她這小腦袋為了偷懶不練字，竟然想出勾引他的法子。

他試了一、兩次，食髓知味，從此後就只好儘量創造條件讓她繼續勾引了。

怎奈他在她心裡實在太一本正經，以至於她好像都沒想明白自己的真實目的。

「那是為什麼？」

蕭敬遠扶著阿蘿的後腦勺，讓她低下來，然後在她耳邊咬耳朵一番。

「真是個糊塗蛋，其實每天拉妳練字，是因為我就是喜歡看妳坐我大腿摟脖子撒嬌……還有後面……」

那聲音低沈溫柔，曖昧無限。

阿蘿恍然，意外地看著他，想想當時的諸般荒唐，臉頓時紅了。

「你、你實在是——」她咬唇，忍不住捶打了下他的肩膀。

本來應該捶胸膛的，可是他傷口還沒好完全，沒敢。

誰承想，她這一捶，他頓時皺著眉頭咬牙，很是痛苦的樣子。

她這下子可嚇到了。「這……沒事吧？我可是碰到你傷口了？大夫呢？大夫！」

蕭敬遠艱難地搖頭。「我沒大事，就是疼一下……妳叫來大夫也無濟於事……」

「啊？那怎麼辦？」

「你先給我揉揉這裡……」蕭敬遠抬手，示意阿蘿。

「揉一揉，或許會好些。」

阿蘿看著他的胸口，哪裡敢下手啊，小心翼翼地碰過去。「這裡？還是這裡？」

「對，這裡。」

蕭敬遠已經痛苦地閉上眼睛。

阿蘿當下不敢耽誤，連忙伸出小手，輕輕幫忙揉捏著。

她揉捏。
他咬牙。「往下，往下——」
她再揉捏。
他皺眉。「再左邊點，對，這裡，輕輕的。」
她再再揉捏。
他長吁了一口氣。「還是再用力點吧。」
慢慢地，阿蘿覺得不對勁了，忍不住一邊揉捏著，一邊悄悄地看了看那傷口處。
自己揉捏的地方，既沒有穴道，也沒有涉及到傷口，怎麼可能會疼？
再說了，即使是疼了，難道揉捏幾下就好了嗎？
最後，她終於發現不對勁了。
「敬遠哥哥……」她故意軟綿綿地喚他。
「嗯？」
「有一件事，我可能忘記告訴你了。」
因為蕭敬遠的傷，她確實許多事還沒來得及說。
想到這裡，她輕嘆了口氣——幸虧之前沒說。
「什麼？」
「不過我怕你知道之後太激動，到時候傷口更疼，那就麻煩大了，所以等你傷口不疼了再說吧。」

蕭敬遠聽聞，含笑望了自己妻子一眼。對於她的小心思，他自然瞭如指掌。她自然是在詐自己了。

「竟還有這麼重要的事？」蕭敬遠故意道。

「嗯嗯，那是自然。」阿蘿烏黑的眼珠轉了轉，之後故意加重語氣。

「我可不是說謊騙你的，是真的！」

然而她那個重重的強調，簡直是欲蓋彌彰。

蕭敬遠越發笑了。

「對，我也信是真的。」

「那你什麼時候才能不疼啊？」她含笑望著他，水靈靈的眸中充滿期待。

「我也不知道。」

「喔，好吧。」

她眼神柔軟地望著他，眼中是滿滿的心疼，柔軟的憐惜。

當晚，阿蘿在旁邊擺弄著娃兒的小衣裳，蕭敬遠半靠在榻前，翻看著一本書。

「阿蘿，怎麼做了這麼多衣服？」

蕭敬遠看著旁邊那一大包袱的衣服，有點納悶。

小娃兒的衣服小小的，不過他兩隻大手大小，看上去十分惹人喜歡。

只是怎麼做了這麼多，能穿得過來嗎？

阿蘿抬頭睨了他一眼，沒說話。

「阿蘿？」

阿蘿嘆了口氣。

「嗯，小笨蛋，怎麼了？」

阿蘿又看了他一眼。「其實有一件關於咱們娃兒的事，我一直想告訴你。」

「什麼？」

蕭敬遠微微擰眉，看她嘆息無奈的樣子，彷彿不是什麼好事？

他低頭望向她那麼大的肚子，不由忐忑了。

「咱們寶兒怎麼了？我聽說最近幾個月妳也沒讓太醫診過脈，要不要請太醫過來？」

「不用了。」

阿蘿比太醫更知道自己肚子裡是兩個娃兒的事，也比太醫清楚兩個寶貝如今長得可好，畢竟她每天都仔細傾聽兩個寶貝的動靜。

「到底怎麼了？」蕭敬遠總覺得她彷彿有什麼事瞞著他。

「之前我不是說了嗎？我有一件重要的事要告訴你，但是我也說了，等你身體好一些再說吧，結果你這不是一直胸口疼嗎？」

這幾天他傷口又換了藥，其實雖然傷口看著依然觸目驚心，可是至少沒有化膿，應該已經在癒合，沒大事了。

「我現在不疼了，妳說吧。」蕭敬遠急得忍著痛坐起來。

阿蘿看他坐起來時還皺了下眉，忙上前，幫他撫平眉心的紋路，卻問道：「你想要男寶兒，還是女寶兒？」

「我……男寶。」

蕭敬遠想起上輩子，她給自己生的就是個男寶兒，想著乾脆順著她的心思說吧。

那個孩兒，這輩子，還會再回來吧？

「原來你重男兒輕女孩兒，若我生個女孩兒，你是不是還要嫌棄我沒給你生個兒子？」

阿蘿微微噘嘴，故意這麼道。

「呃……」蕭敬遠想了想，只好道：「女孩兒我很喜歡。」

「那男孩兒就不喜歡了？」阿蘿就是想為難他。

「男孩也喜歡！」蕭敬遠終於明白正確的答案是什麼了。

「只要是妳生的，男孩女孩我都喜歡。」

阿蘿抿唇輕笑，眉眼飛揚。

「好吧。那我如果一次生兩個呢？」

「什麼？」蕭敬遠有點沒明白。

阿蘿摸了摸肚子，神情很平淡隨意，稀鬆平常到好像她在說今天天氣不錯。

「我肚子裡的是龍鳳胎啊，有男有女。」

蕭敬遠先是愣在那裡，之後盯著阿蘿肚子半晌，猛地坐起。

「阿蘿，妳！」

可是他才起到一半，應是牽扯到傷口了，頓時疼得一聲悶哼。
好半晌才緩過神來，他盯著阿蘿的肚子。
「妳、妳怎麼不早點告訴我？」
「我早說了啊，我說有一件重要的事要告訴你，奈何你覺得——」阿蘿很無奈地道：「你覺得你胸口疼，可以再等等，我想了想，就沒說了啊。」
「妳——」
蕭敬遠想起當初她那欲蓋彌彰，用力的「真的」二字，頓時無語了。
不承想自己聰明一世，總說自己妻子是小笨蛋，卻被這小笨蛋擺了一道。

蕭敬遠的身體這幾日漸漸恢復了，已經能在院子內外遛達幾圈。
阿蘿眼看就要臨盆，便每每陪他出去散散步。
她這要生的人，多走路的話，生起來較不費力氣。
現在蕭敬遠已經請了兩位婦科聖手並三個穩婆時刻準備著。
人都說女人生孩子猶如過鬼門關，她這一口氣生兩個，更是鬼門關中的鬼門關。
其實阿蘿自己並不擔心，也不知道為什麼，她心裡有個篤定的想法，自己一定會順利生下這兩個寶貝。
她甚至閉上眼睛都能想像出，以後兄妹兩人胖乎乎地坐在那裡蹺著小腳丫的情景。
不過蕭敬遠可沒有她這麼淡定，他自己胸口的傷雖然還沒好全，但是已經當沒這回事了，心裡都是牽掛著她。

每每看著她那麼纖弱的身子竟然頂著那麼大的肚子，便替她擔心，走路的時候恨不得幫她托著肚子走路。

阿蘿看到他這個樣子，不免想笑。

其實不光是他，就連來家裡串門子的幾位姪媳婦，也都暗暗地掩唇發笑。

「想當年，七叔是何等威風、何等高冷，我們這些做晚輩的，哪個不怕他？可自從他娶了七嬸，真是變了個人似的！」

「對啊，不說其他，就連穿衣，都和以前不一樣了。我瞧著咱們七叔，是越來越年輕了！」

以前深愛玄色、褐色，如今卻是天天寶藍、月牙白、靛青等較為鮮亮年輕的顏色。

整個人看著一改往日的嚴肅板正，變得隨和了許多。

甚至偶爾見了晚輩，還會對晚輩露出一些笑來。

「也不知道七叔當了爹後是什麼樣？」

「七叔一定是個嚴父吧！」

「我看不像，到時候還不是任憑小娃兒騎在他脖子上撒尿！」

……

就在眾人的諸般猜測嬉笑中，阿蘿不由得看了看西院擱置的幾個小玩具。

她這夫君可真真是手巧，胸口的傷還沒好完全，就給娃兒添置了好幾個小東西。

有那掛在牆上的木鈴鐺，會自己在娃兒上方打轉的；也有那自己往前蹦的木頭小青蛙，甚至還會發出一種類似呱呱呱的聲音。

蕭敬遠說這些是給男孩兒準備，女孩兒麼，他特意命人準備了各樣布狗、布貓的，說是女孩兒或許會喜歡這個吧。

除此之外，他還命人打造了一對吉祥如意金鎖，到時候兄妹兩個一人一個。

這讓阿蘿看在眼裡，多少有些不是滋味，有一日，便拉著他的手道：「我可沒忘記你去年怎麼說的，轉眼工夫，已經拋到九霄雲外了。」

「什麼？」

蕭敬遠不知道她說的是哪一樁。他說了什麼又沒做到嗎？

阿蘿挑眉，笑道：「當年你是這麼說的，說不急著要孩子，說照顧一個我還照顧不過來呢！」

蕭敬遠見她提起這個，也是無奈，低首親了親她的面頰。

「阿蘿說得是，妳也是個大娃兒，我怎麼忘記了？要不然這樣吧，等兩個寶兒生下來，我就有三個寶貝了，到時候我一手抱妳，另一隻手才抱他們兩個，出門就喊一聲『賣小豬嘍』。」

阿蘿聽他這麼說，也不由笑起來，捏了捏他的臉頰。

「以前從不知道，原來你這麼油嘴滑舌！堂堂朝中棟梁，若是被人知道，還不笑掉大牙！」

蕭敬遠聽到這話，慢慢收斂了笑。「對了，以後姪媳婦們要過來，記得讓底下人知會我一聲，我好避著點。」

「啊，為什麼？」

蕭敬遠卻一本正經地道：「在她們面前，我必須擺出叔叔的樣子。」

阿蘿聽聞，頓時無語，最後憋笑道：「夫君，怕是已經晚了……」

誰讓你娶了個小媳婦，那些晚輩、媳婦們，早已在背後想著你被小娃兒纏著撒嬌的樣子了！

尾聲

按理說阿蘿這幾日就該生了，卻一直沒動靜。

蕭老太太這幾日是一天派人過來三次問問情況，二夫人主持中饋，唯恐哪裡考慮不周，也是時不時派丫鬟過來問候著。

蕭敬遠則自從受傷休養身體後，一直不曾上朝，就在家裡耗著。

阿蘿這肚子已經大得不像樣，在院子裡走一圈路都要人陪著，可是無論她怎麼走動，就是沒動靜。

這麼一來，她難免有些焦急了，畢竟任憑誰，被全家人這麼一天三餐地問候肚子，怕是心裡也不能舒坦吧。

她便小聲跟肚子裡的娃兒商量。「男寶兒，你是當哥哥的，可是要給妹妹開個好頭，好歹先出來吧？」

然而肚子裡的男寶兒小腿有力地踢了下肚皮，小腿鼓出一個小包，之後便沒動靜了。

她嘆息，又小聲地跟肚子裡的另一個商量。「女寶兒，妳是當姊姊的，可是要給弟弟開個好頭，好歹先出來吧？」

然而肚子裡的女寶兒挪動了下小屁股，用那小屁股在肚皮上偎了偎，肚子隆起一會兒，之後便沒動靜了。

阿蘿無奈。這兩個娃兒，也太不給當娘的面子了吧？

正想著，蕭敬遠過來了。

「妳怎麼不好好坐著，自己站在門前做什麼？萬一不小心碰到怎麼辦？」

阿蘿嘆口氣。

「一日日的，也沒什麼事做，無聊得緊，我想著四處走走。」

蕭敬遠搖頭，堅定地道：「大夫說了，一日出去走動三次就可以了，妳如今已經走夠了三次，還是坐下歇歇吧。來，我陪妳下棋。」

下棋？

阿蘿其實並不想和他下棋。

因為和他下棋，自己一定會輸。

當然了，作為丈夫，他會讓自己幾個子，可是無論怎麼讓，她還是輸。

這實在印證了他的那句話——「她是個小笨蛋」。

可是她再笨，也不能笨到自曝其短，非要和他下棋。

無奈蕭敬遠拉著她已經擺好陣勢，她只能硬著頭皮和他下了。

他抬手，直接讓她五個子。

秋葉飄落，棋局無聲，她偷偷抬眼，看他正端起旁邊的茶水品著，當下迅速地抬手，把其他一個子藏進袖子裡。

「咳，我們繼續下吧！」

「好。」

蕭敬遠看起來並無察覺。

過了一會兒，丫鬟捧來了紅棗蓮子糕。

蕭敬遠平時並不愛吃的，如今不知怎的，竟然捏起一塊來慢慢吃著。

阿蘿趁著他吃紅棗蓮子糕的工夫，又快速捏起一個子，藏到袖子裡。

「敬遠夫君，該你了。」

陰謀得逞，阿蘿甜甜地這麼喚道。

「好。」

蕭敬遠擦拭過手，繼續下棋。

如此這番……

蕭敬遠最後輸了，輸得很慘。

「為什麼這棋子越來越少呢？」

他輸了幾次後，終於開始納悶了。

阿蘿挑挑眉，故意道：「是嗎，少了嗎？」

蕭敬遠微微擰眉，對著棋盤琢磨一番。

「好像確實是少了。」

「我不知道啊！」

阿蘿一邊將袖子裡的棋子扔旁邊角落，嘴裡卻理直氣壯地道：「怎麼會少呢，奇怪了！」

蕭敬遠最後搖頭，嘆了聲。

「或許都被我吃了吧！」

阿蘿聽著這話，怎麼覺得不對勁呢，可是看他那一絲不苟、完全不像開玩笑的表情，也只好跟著笑笑。

「有可能吧……」

「不過呢，無論如何，反正我贏了！」

她正得意地這麼說著，忽而間，肚子那裡一陣悶痛，讓她忍不住「啊」的一聲叫出來。

「怎麼了？」

蕭敬遠忙起身就要扶住她。

她皺著眉頭、咬著牙，忍過這一陣痛，之後才顫巍巍地道：「我、我這次好像真要生了……」

後來，阿蘿用自己的話來說就是：贏了夫君一盤棋，生了兩個娃兒。

她生兩個孩子的時候，還算順利。

因為是兩個孩子的緣故吧，比起尋常足月出生的小娃兒要小一些，不過胳膊、腿兒都很有力，踢蹬起來很喜人。

先出生的是哥哥，後面才是妹妹。

兄妹二人，大的哥哥活潑有勁，小的妹妹則是溫柔些。

蕭敬遠早準備了四個乳娘並兩個專門伺候的嬤嬤，大寶、二寶吃奶很賣力，睡起來也香甜。

蕭老太太等人來看了之後，都說這兩個娃兒好帶，是乖巧的。

阿蘿坐月子期間，蕭敬遠是親自守在旁邊的。

底下嬤嬤送來的粥飯等，他親自捧著餵給她吃。

她這次生產時，疼得最厲害的時候，蕭敬遠從外面聽得也是膽戰心驚，是以早早說好，這輩子就這兩個娃兒，再不要了。

阿蘿倒是沒什麼的，這次生產她並沒有覺得多麼痛苦。

況且生產後夫君如此體貼，婆婆、嫂嫂也都十分關愛，她還有什麼不滿足的？

待到熬出了月子，兩個娃兒都長胖許多，用秤一秤，竟然比尋常出生的小娃兒還要胖。

抱在懷裡，軟糯白胖的娃兒，軟滑的肌膚嫩得如水一般，烏黑的雙眼滴溜溜的，清亮得能透出人的影子。

小嘴兒更是粉嘟嘟，很小很小的一點，也就人的指甲蓋大小。

還有那小腳丫，握在手心，嬌嫩惹人憐，又憨態十足。

蕭老太太並家裡幾個媳婦們看了，都十分待見，喜得恨不得每日都要過來看兩次才行。

蕭敬遠如今也是有子萬事足，每每在那裡盯著兩個孩兒，這個看一番、那個看一番，都看得挪不開眼。

「往日姪子、姪孫輩也見多了的，卻從不知道，小娃兒能如此乖巧可愛。」蕭敬遠這麼嘆道。

阿蘿一旁笑道：「其實別人家的娃兒未必不可愛，只是人家抱給你這個叔公看，你那模樣，嚇都要把人家嚇哭了，又哪能再衝你咧嘴笑，撓撓小手，踢踢腳丫子呢？」

蕭敬遠想想，彷彿也是這個理，當下不去想了，只專心逗弄著自己的兩個寶貝。

阿蘿看著那高大挺拔的身軀只穿了家常便服，彎腰坐在榻旁，望著兩個小娃兒的眼神頗為柔軟，帶著些許笑意。

那種笑意，柔化了他剛硬的五官，讓他整個人看上去年輕許多。

一時她不免想起曾經記憶中的那個蕭敬遠——那個封侯拜將、年輕才俊的蕭敬遠，冷冷地站在那裡，顯得目無下塵，讓人懼怕。

如果不是走到了他身邊、踏入了他心裡，她怕是永遠不知道，他還能是這樣的蕭敬遠。

而如果沒有走到他身邊，她又怎能在這深冬的夜晚，品著淡茶，欣賞這其樂融融的一幕？

這麼想著間，她不由走到他身邊，從他後面抱住他的腰，然後將臉埋到他的後背。

「怎麼，也想讓我抱抱了？」

他輕笑著調侃她。

她抿唇笑了笑，卻依然埋在他後背上沒有言語。

無論多少磨難，終究會過去，並且成為一個遙遠的回憶。

當埋在他的懷裡，享受著他帶給自己的甜蜜和溫柔時，那些曾經的不愉快，細細品來，竟品出一絲略帶苦澀的甜。

歲月是一杯酒，終需慢品，才知回味無窮。

——全書完

與子成悅　韶光靜好／渥丹

2018年8月出版

妻好月圓

置之死地而後生，走過鬼門關的她自然明白，
但過得這般「精采」的，她應該是第一人吧?!

文創風 657 **1**

一朝遇害，堂堂侯府千金竟借屍還魂成了官家庶女，
為求生存，她使盡渾身解數，孰料依然多災多難，
不是半夜失火，就是被人追殺，乾脆硬著頭皮上前，打幾個算幾個吧！
可此舉卻讓來救人的御前護衛蕭瑾修傻了眼。
唉，這位大人誤會了，並非她勇猛無雙，而是身不由己，
有道是庶女難為，但像這樣屢次險些把小命玩掉，好像更難為啊……

文創風 658 **2**

自從正式回了京中的顧家大宅，她大開眼界——
看嫡母使計彈壓其他兩房，保護三房兒女，實在太讓人嘆服！
但大姊慘遭騙婚，她與蕭瑾修聯手整治那無良世子，總算出了口惡氣。
幫完自家姊妹，她沒忘上唐家認親的目的，可是——
伺機闖入東平侯府，竟被當成賊打，這下該怎麼道出真相？
雖然她的外貌是官家庶女顧桐月，靈魂卻是侯府千金唐靜好啊……

文創風 659 **3**

謝謝天，曾經遠在天邊的東平侯府，她終以義女身分回來了！
顧家四姊的及笄禮出了大錯，她直奔後院求救，卻因此滑倒，
起身沒站穩竟變成投懷送抱，害她擔上「輕薄」某人的罪名。
唉，雖然及時替四姊救場，不過她虧大了呀，這下找誰賠去？
而蕭瑾修也越發離譜，闖她閨房闖上癮不說，還搞得她心裡小鹿亂撞，
他獻殷勤必有所圖，可她該不會栽進他的陷阱了吧……

文創風 660 **4** 完

她得兩家愛重走路有風，但姊姊們卻遭遇橫禍，損及閨譽，
不怕，她挺身舌戰眾千金，姊妹齊心協力討回公道！
孰料風波再起，她的親事未決，竟惹來親王與皇孫覬覦，
唉，這些人白費力氣，她沒興趣當妃子，只想做蕭瑾修的妻。
如今姊姊們各有歸宿，下一個幸福的，應該是她了吧？
他為前程遠赴嶺南，她自然要等，不想卻等來讓人心碎的噩耗……

覓得良配，緣定今生／水暖

2018年6月出版

換個良人嫁

兩世為人，原以為即將再續前世之情緣，
孰不知，竟是妹有情、郎無意的結局，
反倒這橫生冒出的「福星」表哥老是助她逢凶化吉，
無意間攪亂這一池春水……
莫非老天早已另有安排？

文創風 642 **1**

平平都是同個娘親所生，待遇竟大不同！
宋嘉禾想不透，論長相跟才華都優異於胞姊，
可她這名門嫡次女卻委屈得如同二等庶女，
兩世為人的饋贈，也讓她看清母女緣薄的實情；
橫豎後宅尚有祖母可倚仗，且父兄還拎得清，
與其苦待自己，奢望偏心的娘親能一碗水端平，
不如劃清界線，揭穿母女情深、姊妹相親的假象！

文創風 643 **2**

大概她與季恪簡今生緣淺，
一見鍾情、再見傾心的戲碼並未如期上演，
不過老天爺卻讓她多了個「福星」時常於左右幫襯；
這名叫魏闕的三表哥，來歷頗為傳奇，雖貴為梁王嫡次子，
卻因寤生而不受生母待見，幼時離家就被異人傳授為徒，
年少即戰功卓著，在軍中威望日隆……
如此前程似錦的棟梁材，要嫁他的閨秀自然多如過江之鯽，
可一思及魏家兄弟將來為權力而互相傾軋的局面，
她是只敢遠觀而不敢褻玩焉啊！

文創風 644 **3**

魏闕得承認，他對宋家表妹有超乎尋常的關注，
約莫是兩人同病相憐都不受生母愛戴，
遂見不得她不爭氣，才屢次出手相助，
孰不知她的一顰一笑早已點滴入心……

文創風 645 **4** 完

少帝退位讓賢，梁王繼位，魏家一躍成為帝王家，
隨之而來的奪嫡之爭也趨近白熱化。
魏闕在遭遇無情暗算後，非但大難不死，
還適時化危機為轉機，向聖上表明心意，
望能求娶名門貴女——宋嘉禾。
這烈火烹油、鮮花著錦的賜婚聖旨到了宋家，
宋嘉禾天真地以為情定魏闕之後，
就不會再被愛慕季恪簡的安樂公主給記恨，
無奈當皇家未來的媳婦，捲入權力角逐，哪能獨善其身啊～～

人生如戲　悲歡離合／笙歌

文創風
684

七叔，請多指教 3 完

國家圖書館出版品預行編目資料

七叔，請多指教 / 蘇自岳著. --
初版. -- 臺北市 : 狗屋, 2018.10
冊 ; 公分. --（文創風）
ISBN 978-986-328-921-0（第3冊：平裝）. --

857.7 107014237

著作者 蘇自岳
編輯 李佩倫
校對 黃薇霓 簡郁珊
發行所 狗屋出版社有限公司
地址 台北市104中山區龍江路71巷15號1樓
電話 02-2776-5889～0
發行字號 局版台業字845號
法律顧問 蕭雄淋律師
總經銷 知遠文化事業有限公司
電話 02-2664-8800
初版 2018年10月
國際書碼 ISBN-13 978-986-328-921-0

定價250元
狗屋劃撥帳號：19001626
網址：love.doghouse.com.tw E-mail：love@doghouse.com.tw